西洋│文學│17

英詩十

Enjoying Poetry

"Let me count the ways"

朱乃長 編譯

英詩十三味

Enjoying Poetry

"Let me count the ways"

朱乃長 編譯

國家圖書館出版品預行編目資料

英詩十三味＝Enjoying Poetry／朱乃長編譯.
-- 一版. -- 臺北市：書林，2009.09
面；　公分. --（西洋文學；17）
ISBN 978-957-445-309 -2 (平裝)

873. 218　　　　　　　　　　　98012735

西洋文學17

英詩十三味
Enjoying Poetry

編 譯 者　朱乃長
校　　閱　黃嘉音・陳衍秀
執 行 編 輯　張麗芳
校　　對　王建文・紀榮崧
排　　版　趙美惠
出 版 者　書林出版有限公司
　　　　　Tel (02)-2368-4938・2365-8617　　Fax (02)-2368-8929・2363-6630
　　　　　100台北市羅斯福路四段60號3樓
北區業務部　Tel (02)-2368-7226・通路業務部 Tel (02)-2368-4938
台北書林書店　106台北市新生南路三段88號2樓之5　Tel (02) 2365-8617
中區業務部　403台中市五權路2之143號6樓　　　Tel (04) 2376-3799
南區業務部　802高雄市五福一路77號2樓之1　　 Tel (07) 229-0300
發 行 人　蘇正隆
出 版 經 理　蘇恆隆
郵　　撥　15743873・書林出版有限公司
網　　址　http://www.bookman.com.tw
經 銷 代 理　紅螞蟻圖書有限公司
　　　　　台北市內湖區舊宗路二段121巷28號四樓
　　　　　電話02-27953656(代表號) 傳真02-2795-4100
出 版 日 期　2009年9月一版，2013年5月三刷
定　　價　330元
I S B N　978-957-445-309-2

CONTENTS ▪ 目錄

第四章　意象　063

出版說明

　　能夠自在的聆聽、閱讀、理解並流暢的使用英語溝通，是朝向國際化邁進的重要能力之一，也是今日教育界及產業界努力的重點。然而，英語的表達與運用有極為複雜多變的層次，除了傳遞訊息之外，有時還須表現出幽默、刁鑽、隱晦、奧秘、諷刺、振奮等打動人心或引人深思的效果，而英詩正是這些豐富表現方式的最佳舞台，也是欲真正深入了解英語奧妙者的絕佳起點。有別於一般日常生活的語言，英詩在修辭的運用上有其獨特的手法，在意義方面呈現繁複、多元的意蘊，在感性上更是訴諸豐富的想像力與情感。因此，要了解英詩，僅僅具備大量的英語字彙及一般的閱讀能力是不夠的，讀者需要對構成英詩的語言、修辭甚至文化等元素有所認識，並透過每一首詩歌的精讀與賞析，真正體會英語詩歌獨特的思維與感性成分，而這也是許多努力學習英語語言與文化的學子們倍感困難的一項挑戰。為了打開讀者進入英詩世界的門徑，我們特別邀請資深英美文學學者朱乃長教授，參考國外詩歌入門的經典著作，如Perrine教授的《聲音與意義》（*Sound and Sense*）、Scholes的《詩歌的元素》（*Elements of Poetry*），以及其他中英著作，並針對中文讀者對於英詩的常見疑惑來編譯撰述，不僅介紹英詩的本質、架構、修辭手法，並選讀許多中文讀者有興趣的詩歌，對其特色及內涵作進一步的詮解。我們期盼本書能夠為莘莘學子及眾多讀者提供品味英詩的一些方法，讓閱讀英詩成為一場豐富、美味的感官饗宴。

書林出版部　謹識

二〇〇九年九月一日

第一章

什麼是詩？

　　詩和語言同樣普遍，也同樣古老。最原始的民族都有他們自己的詩歌，最文明的民族仍在設法讓詩歌的藝術繼續發揚光大，以適應時代的需要。古今中外，各行各業，無論尊卑貴賤，都有人寫詩，都有人讀詩、吟詩，也都有人聽詩歌朗誦。這是為什麼？就因為他們愛詩、喜歡詩，就因為詩讓他們快樂，讓他們掉淚，讓他們感動，讓他們對生活，對人，對未來，對一切都更加了解，更加感到興趣。

　　什麼是詩？它有什麼魔力？給詩下過定義的人不少，讓人滿意的卻一個也沒有。其實，誰都無法下一個確切的定義。美國詩人羅伯特‧福洛斯特（Robert Frost）有一次給人逼急了，替詩下了一個看似天衣無縫的定義：「詩就是詩人的作品。」當然，這有說等於沒說。究竟先有詩，還是先有詩人？

　　為了探索詩的魅力所在，我們不妨姑且給它下個定義：詩是一種比一般語言表達更多內容、而且表達得更加有力和巧妙的語言形式。那麼，作為語言的一種形式，詩具有語言的哪些共同特徵，以及哪些特有的素質呢？

　　毋庸贅言，語言的最大功能之一就是傳遞訊息。這是我們一般所謂的語言的「實際功能」，它使我們能夠憑藉語言的幫助來處理日常生活中的一切事務。但是我們並不滿足於處理事務，我們還需要從小說、短篇小說、戲劇、詩歌等文學作品裡發現、了解、並且享受生活裡無比豐富的內容。它們使我們開拓視野，深入生活，對世間紛至沓來的事物和現象產生更加敏銳的感覺和深刻的領悟。換言之，它們使我們得以超越時間和空間的限制來擴展我們的經驗和認識，從而生活得更加充實和美滿，因為我們從這些作品裡體驗到別人的經驗和生活，也因此對自己的經驗和生活有了較為深刻和強烈的了解。

一、經驗傳遞與啟迪

詩人和其他作家、藝術家一樣，從他自己所感覺到的、觀察到的和想像到的經驗庫存裡進行選擇、組合，重新加以建構。他以詩的形式創造出來的新經驗之所以能對他的讀者具有意義，就因為它要比讀者自己親身經歷到的經驗更加集中，更加清晰，並使讀者間接地參與其中，更敏銳地感覺和了解他自己的世界，更深更廣地參與和體驗生活，像一面放大鏡或望遠鏡一樣，使經驗的真相和涵義變得更清晰、生動、明確。

不妨舉個例子來說明：假定我們對猛禽中的鵰產生了興趣。但我們如果只想知道鵰的生理狀態和牠的生活環境與習性，只要去查查百科全書就夠了。然而這些書裡提供的資訊，畢竟只限於某些關於鵰的知識，我們能從那裡得到的，只是鵰的皮相而非牠的靈魂和實質。我們無從了解牠那橫空出世、孤高獨立的性格，強壯兇悍、迅猛矯捷的體魄，以及牠棲息的荒野和險峻的懸崖峭壁。然而，唯有這些情況，才能幫助我們真正了解鵰這種猛禽的特徵。為此，我們不妨求之於詩。英國詩人丁尼生的〈鵰〉是他的名作之一。

The Eagle

He clasps the crag with crooked hands;
Close to the sun in lonely lands,
Ringed with the azure world, he stands.

The wrinkled sea beneath him crawls;
He watches from his mountain walls,
And like a thunderbolt he falls.

—*Alfred Tennyson* (1809-1892)

5

鵰

他那勾曲的勾爪勾住峭壁；
孤獨的曠野裡緊靠著太陽，
藍天的懷抱裡，他兀立。

皺褶的大海在他下面蠕動；
從山巒的巔峰朝四周凝望，　　　　　5
迅如電閃雷鳴，他俯衝。

——艾福瑞德·丁尼生 (1809－1892)

　　丁尼生在這首詩裡只用短短六行，就把鵰的形象和牠的精神特徵概括無遺，令人感覺到一股由力量和速度結合而成的英風撲面而來，不但鵰的雄姿躍然紙上，還生動地刻劃出百鳥之王的神威。如果我們閱讀得法，就會從這首詩裡得到一些重要的經驗，並且對鵰產生絕非百科全書之類的書本所能給予我們的了解——那些書裡講的只是人類的調查和分析的結果，而詩人這首詩則是這些結果的總結。當然，就人類的需要來說，科學和文學相輔相成，兩者對人類具有同等的價值，同樣重要。

　　如此看來，詩或其他文學作品之所以重要，乃由於它們所傳遞的是意義重大的經驗，而這些經驗之所以意義重大，就因為它們的內容高度集中，結構嚴謹。它們所起的作用不僅在於描述內容，也在於使我們能夠發揮想像力，間接參與並體驗它們。文學因此成為生活的一種內容和方式：我們閱讀文學作品，再憑藉想像力領略它所提供的經驗，使自己活得更充實深刻，更有自覺。

二、對詩的誤解

文學作品在兩個方面發揮作用：其一，擴大讀者的生活經驗。也就是說，我們能夠在文學作品裡讀到許多在現實生活裡經歷不到的事情。其二，加深讀者的敏感和悟性，使我們比以往更密切注意和透徹了解自己的生活經驗。如果我們把這兩點牢記在心，就能避免對詩歌產生誤解。第一種誤解認為，詩離不開說教，無非只是一些勸人為善的話。第二種誤解則認為，詩人寫來寫去，只是在描繪一些美麗動人的事物和情景。

然而，事情並非如此簡單。我們不妨舉莎士比亞的〈冬之歌〉為例：

Winter[1]

When icicles hang by the wall,
　　And Dick the shepherd blows his nail,
And Tom bears logs into the hall,
　　And milk comes frozen home in pail,
When blood is nipp'd and ways be foul,　　　　5
Then nightly sings the staring owl,
　　　　"Tu-whit, tu-who!"
A merry note,

---

[1] **Winter:** 莎士比亞劇中的歌曲（songs）有英國鄉間泥土的清香，歌頌美麗的大自然和純樸的民間生活，充滿了英國平民百姓的夢想和嚮往。它們都在劇中發揮作用，不是可有可無的裝飾而已。〈冬之歌〉和下一首〈春之歌〉均選自《愛的徒勞》（*Love's Labour's Lost*）。這兩首歌出現在戲劇結尾，可以算是一場對話，其中一方讚美杜鵑鳥（cuckoo），另一方則推崇貓頭鷹（owl）。前者代表春天，後者則代表冬天，它們象徵《愛的徒勞》又甜又苦的結尾。

While greasy Joan doth keel ² the pot.

When all aloud the wind doth blow,　　　　　　　　10
　　And coughing drowns the parson's saw,³
And birds sit brooding in the snow,
　　And Marian's nose looks red and raw,
When roasted crabs⁴ hiss in the bowl,
Then nightly sings the staring owl,　　　　　　　　15
　　　　"Tu-whit, tu-who!"
A merry note,
While greasy Joan doth keel the pot.

　　　　　　　　　　　　—*William Shakespeare* (1564-1616)

冬之歌

當一條條冰柱牆前掛，
湯姆忙把柴火往廳裡邊搬，
牧羊人狄克呵著他的手指爪，
送來的牛奶在桶裡結了冰塊，
當寒風刺骨又加上路難走，　　　　　　　　　5
瞪大了眼睛的貓頭鷹夜夜都唱起了歌，
「嘟喂，嘟呼！」
牠的歌兒唱得歡，

---

² **keel** = skim; stir, to prevent boiling over.　撇去浮沫；攪動湯鍋，防止湯水沸騰而溢出
³ **saw** = wise saying　格言
⁴ **crabs** = crab apples　野生的酸蘋果

而一身油垢的瓊恩在撇著湯鍋。

當寒風呼嘯著漫天漫地而來， 　　　　　　　　　　10
咳嗽的聲音蓋沒了牧師說的話，
鳥兒們都停在那雪地裡發著呆，
而瑪麗安的鼻子凍得紅又痛，
當烘熟了的酸蘋果在盆裡吱吱地響，
瞪大了眼睛的貓頭鷹鷳夜夜都唱起了歌，　　15
「嘟喂，嘟呼！」
牠的歌兒唱得歡，
而一身油垢的瓊恩在撇著湯鍋。

——威廉·莎士比亞 (1564－1616)

　　莎士比亞在這首詩歌裡描繪了十六世紀英國鄉間的冬季生活。他並不評論生活多麼艱難，卻給我們敘述了平常家庭裡的一些瑣事，使我們能夠體會當時英國村民冬日的生活情景：牧羊人朝自己的手指呵氣取暖；從牛棚送到廚房的路上，牛奶就在桶裡結了冰；道路泥濘，十分難走；聽牧師講道的會眾都著涼了，一個勁兒咳嗽；鳥兒都凍在雪地裡動彈不得；女傭人的鼻子凍得通紅等。但是詩人也在詩裡提到一些令人愉快的事：有人正抱著木柴進廳堂生火；熱呼呼的酸蘋果已經準備好了；廚娘正忙著熬湯或燉肉。然而就在這些樸實又熟悉的一幕幕農家生活場景中，貓頭鷹一聲聲淒涼和陰森的鳴叫，卻兀自在你耳邊繚繞不絕。莎士比亞的生花妙筆為我們描繪出一個有聲、有色、有味、有香、有感覺的情景。

　　如果有誰想要在這首詩裡尋找一些生活的教訓、寓言，或者崇高的真理，必然會失望。有些人一味追求道德教訓，把詩看作裹著糖衣的藥丸：用美麗鏗鏘的詞語表達的真理或教誨。他們所追求的

其實是說教而不是詩。

　　〈冬之歌〉裡也沒有習慣上被視為美的事物，你在紅鼻尖、咳嗽聲、凍瘡疤、泥濘路、邋遢廚娘等意象裡看不到一般定義下的美。有些讀者認定黃昏、花卉、蝴蝶、愛情、上帝等美好的意象才能入詩，才配成為詩人描繪的對象。他們還認為，一遇到詩就該對它默然半晌表示敬畏，然後嘆道：「多美呀！」對他們來說，詩是一種品格高貴的東西，只有那些多愁善感的高雅之士才配欣賞，而汗漬滿臉、污垢遍體之輩，肯定與之無緣。可是，這些人對詩的看法未免過於狹隘迂腐。詩人固然愛美，卻未嘗不能寫醜。

　　世間萬物無不可以入詩，也就是說：生活裡的任何事物都能夠成為詩。然而，詩人最感興趣的卻不是美，不是道，不是教，而是生活中的經驗。美和哲理固然也是人生經驗裡兩個重要的面向，但是，詩人所關心的卻是生活裡各式各樣的經驗——美好或醜惡，奇特或平凡，高尚或卑鄙，真實或虛幻等不同的經驗。任何經驗一旦透過藝術形式表現出來，都會引發善感讀者的共鳴。在現實生活裡，死亡、疼痛和痛苦都不是愉快的事情，但是一旦入了詩，卻可能轉化成美的經驗。

　　詩給我們帶來的是經驗和生活，為我們帶來了情趣。不但如此，詩人透過他的文字藝術，使他筆下的經驗比一般生活經驗更為精鍊而強烈，使我們容易感受到詩人想傳達的意義和感情。

三、詩與非詩

　　詩是最精鍊的文學形式。詩人在一首詩裡用最少的文字表達出豐富的意涵。但是，詩和其他文學形式之間並沒有十分明確的區別。在你既定的印象裡，往往認為一首詩的句子有長有短，一首詩朗讀起來有音韻節奏，有別於散文。其實，這些都只是表面形式，

不能作為判斷的依據。以《聖經‧約伯記》和美國小說家梅爾維爾（Herman Melville）的名著《白鯨記》為例，儘管都是用散文寫的，卻充滿了詩意。而下面這段用來教孩子記每個月有幾天的「順口溜」，儘管押了韻，卻算不上詩，因為它的內容毫無詩的情趣。原文如下：

> Thirty days hath September,
> April, June, and November,
> All the rest have thirty-one
> Excepting February alone,
> To which we twenty-eight assign   5
> Till leap year makes it twenty-nine.

中文大意是：

> 有些月份三十天，
> 四、六、九月和十一，
> 其餘每月三十一，
> 只有二月不一樣，
> 算算只有廿八天，   5
> 遇到閏年才加一天。

我們日常交際的語言，是一種單面向的語言。這種語言通常只須透過聽者的理解力，即理性面向就可以了解。而詩歌作為傳遞經驗的媒介，卻是多面向的語言，至少有四個面向。它既然要傳遞經驗，就得訴諸讀者的各個面向——不只訴諸理性，還要訴諸他的感覺、感情和想像力。

為了使詩具備理性、感覺、感情和想像力這四個面向，詩的

語言便不同於詩人日常使用的語言。他得充分運用語言提供的一切要素，使詩中每個詞彙都擁有豐富的內涵。這些要素包括了詞彙的涵義（connotation）、意象（imagery）、隱喻（metaphor）、象徵（symbol）、弔詭（paradox）、反諷（irony）、典故（allusion）、聲音的反覆（sound repetition）、節奏（rhythm）和模式（pattern）。詩人結合了這些語言素材和他精選的生活經驗來創作。一首詩如果真正寫得好，寫得出色，就會活在讀者心裡，像棵樹似的，柯椏枝葉都生長得恰到好處，各得其所。換言之，一首詩一定得是個有機體，每個詞彙都得和其他部分協調搭配，才能表現出一首詩的生命力。以下試分析兩首詩的語言特色。

　　莎士比亞的〈春之歌〉是〈冬之歌〉的姐妹作。這兩首詩的共同之處，在於詩人以寫實主義手法來描繪細節。〈春之歌〉裡含有強烈的詼諧成分。cuckoo 的鳴叫聲 cuckoo 是擬聲詞（onomatopoeia），巧的是它的發音卻和英語裡的 cuckold（烏龜，妻子有外遇的男子）發音相似。在早期英國文學作品裡，這個發音上的雷同常被騷人墨客用來製造笑果。

Spring

When daisies pied[5] and violets blue
　　And lady smocks all silver-white
And cuckoo buds of yellow hue
　　Do paint the meadows with delight,
The cuckoo then, on every tree,
Mocks married men; for thus sings he—

5

5　**pied** = variegated　色彩斑駁的

<blockquote>

    Cuckoo,

Cuckoo, cuckoo! Oh, word of fear,

Unpleasing to a married ear!

</blockquote>

When shepherds pipe on oaten straws,[6]   10

    And merry larks are plowmen's clocks,

When turtles tread, and rooks, and daws,[7]

    And maidens bleach their summer smocks,

The cuckoo then, on every tree,

Mocks married men; for thus sings he—   15

    Cuckoo,

Cuckoo, cuckoo! Oh, word of fear,

Unpleasing to a married ear!

—*William Shakespeare* (1564-1616)

春之歌

當雛菊開得斑斕而紫羅蘭花兒藍，

美人衫花兒也開得白銀似地白，

還有那金鳳花兒吐著蕾兒獻嬌黃，

畫出了草地上一片歡樂的海洋，

這時杜鵑鳥兒就會在每棵樹上叫，   5

把那些娶了老婆的男人來嘲笑，

---

6 **oaten straws** = the reed pipes played by shepherds　牧羊人在放牧時吹著玩兒來解悶的蘆笛或者燕麥桿

7 **When tutles tread, and rooks, and daws** = When turtledoves, rooks and daws mate　指這些禽鳥交配的季節

「郭公！郭公！郭公！」這叫聲多可怕，
讓做丈夫的聽得心驚又肉跳！

當牧羊的人兒都在吹著蘆笛，　　　　　　　　　　　　10
歡樂的雲雀在為莊稼人報曉，
當斑鳩、烏鴉和寒鴉都在成雙對，
而年輕的姑娘在漂洗夏天的罩衫，
這時杜鵑鳥兒就會在每棵樹上叫，
把那些娶了老婆的男人來嘲笑，　　　　　　　　　　15
「郭公！郭公！郭公！」這叫聲多可怕，
讓做丈夫的聽得心驚又肉跳！

——威廉·莎士比亞

　　下面是一首蘇格蘭民謠。詩裡有些詞語的拼法和發音對一般讀者來說有些困難。可是，若改譯成現代英語的話，原作裡由於發音哀惋悱惻而產生的那些詭譎、神祕、哀傷的情韻就蕩然無存了。詩裡講述的是一個撲朔迷離的故事：讀者從兩隻烏鴉簡短的對話裡，聽到了一個由於愛情不專、謀殺和背叛造成的悲劇。因為詩中只提到結果，沒有交代緣由和細節，所以讓人覺得撲朔迷離，產生不少耐人尋味的疑問。

The Twa Corbies

As I was walking all alone,*　　　　　　　alone,
I heard twa corbies* making a mane;*　　　two ravens; moan
The tane* unto the t'other say,　　　　　　one
"Where sall we gang* and dine today?"　　shall we go

"In behint yon auld fail dyke,*   old turf wall   5
I wot* there lies a new slain knight;   know
And naebody kens* that he lies there,   knows
But his hawk, his hound, and lady fair.

"His hound is to the hunting gane,
His hawk to fetch the wild-fowl hame,   10
His lady's ta'en another mate,
So we may mak our dinner sweet.

"Ye'll sit on his white hause-bane,*   neck-bone
And I'll pike out his bonny blue een;*   eyes
Wi ae*; lock o' his gowden* hair   With one; golden 15
We'll theek* our nest when it grows bare.   thatch

"Mony a one for him makes mane,
But nane sall ken where he is gane;
O'er his white banes when they are bare,
The wind sall blaw for evermair."   20

—*Anonymous*

兩隻烏鴉

當我獨自一個人在走路，
聽見兩隻烏鴉在拉呱兒；
一隻對著另一隻說，

「咱倆今天到哪兒去吃飯？」

「就在那堵泥煤牆後面，　　　　　　　　　　　　5
躺著一個武士剛被殺，
沒人曉得他躺在那兒，
除了他的鷹和狗，還有他那漂亮的妻。」

「他的狗兒去打了獵，
他的鷹兒抓著野味往家趕，　　　　　　　　　10
他的老婆有了個新相好，
所以咱倆可以美美地吃一餐。」

「你去高高地坐在他的頸骨上，
我去把他的藍眼珠子來挖，
臨末了還要抓下一把他的黃頭髮，　　　　　　15
帶回去佈置佈置咱們的那個家。」

「不少人為他唉聲嘆氣在發愁，
可沒人知道他究竟去了哪兒，
等他的屍體剩下白骨只一堆，
風吹雨淋永遠再沒有人來管。」　　　　　　　20

　　　　　　　　　　　　——佚名

　　詩人以對話形式敘述了一個謀殺、遺棄和不忠的故事。這純粹是一首敘事詩，沒有使用花俏的意象或修飾。它以客觀的白描、冷漠的敘述為這個故事增添了可信度，引起我們在心理上和生理上的恐怖和厭惡。我們如果親臨其境，目睹橫屍廢墟的淒涼場面，想像

那些掉頭而去的鷹犬、對夫不忠不義的美人，以及惘然不知如何是好的朋友們。然而，故事的敘述者「我」卻一直不見蹤影。我們只聽見一個無名的聲音講述他偶然聽見的烏鴉對話。這段有始有終的對話為這首詩增添了許多戲劇性的色彩，也讓我們感受到詩人的諷刺意味：一樁神祕冷酷的謀殺，讓不忠的妻子擺脫掉丈夫，也正巧為烏鴉提供了食物和築巢安家的材料。所以批評家稱許它是「一首傑出而令人毛骨悚然的作品」。

第二章

怎麼讀詩？

一、讀詩的基本訣竅

(1)**反覆閱讀**　讀一首詩絕不可只看它一遍就算了事。讀詩只讀一遍，就好像你聽貝多芬的協奏曲只聽了一遍一樣，不可能全懂。你隨便讀哪首詩，都一定得讀兩遍以上才能弄清它講了些什麼。如果你讀的那首詩是一件真正的藝術品，它就一定耐讀，經得起你多次閱讀，反覆琢磨。一支好的樂曲，不會讓人聽了一遍就不想再聽；一幅好畫也不會讓人看了一眼就不想再看。一首詩決不是一段新聞報導，你匆匆過目，就可以伸手一撩，把它扔進字紙簍裡去。一首好詩應該會讓人好好銘刻在心裡。

(2)**借助工具書**　你手頭應該有一本好詞典──而且要經常使用它。你想要理解一首詩，就一定得懂得構成它的那些詞語的確切涵義，而且讀詩也是擴大詞彙的方法之一。有些專門的書對你也很有用處，尤其是《聖經》和關於神話方面的書。

(3)**找出詩的涵義**　閱讀的時候，你該時時密切注意詩裡的涵義。雖然在閱讀時一定得意識到詩裡詞句的發音，但你絕不可只注意發音而忽略詩裡的涵義。有些人讀起詩來，就口若懸河，滔滔不絕，好像他們站在一個富於節奏感的輪子滑板上一樣，一下高一下低的，一路滑將過去，對眼前一閃而過的景色毫不理會。等他們氣喘吁吁地把全詩讀完，卻一點也不知道詩人在這首詩裡究竟講了些什麼。這絕非正確的閱讀詩歌的方法。在閱讀一首詩的時候，一定得全神貫注，緊跟著詩句裡的涵義，毫不放鬆，並且隨時設法充分地領會含蘊在詩裡的言外之意和發人深思的東西。一首詩裡的詞句，涵義可能非常豐富，你要完全了解，就得把它讀上好幾遍。但是，你在讀第一遍的時候，就應注意詞和詞之間的關係，搞清哪個動詞跟著哪個主詞。這是正確理解一首詩裡的詩句和整首詩的關鍵之一。

(4)**大聲朗讀**　讀詩的時候，最好讓你自己的心裡聽見你在讀

那些詞句的聲音。詩寫出來是讓人讀的。詩裡的涵義就靠你誦讀詩裡的詞句表達出來。所以讀詩的最好方式和讀報的最好方式正好相反。讀報讀得越快越好，讀詩則讀得越慢越好。當你無法大聲朗讀一首詩的時候，就不妨低吟默讀：按照每個詞句的發音方式運動你的舌頭和嘴唇，但並不發出它的聲音來。當你發現自己特別喜歡某一首詩的時候，你就應該設法把它讀給別人聽。你得盡力把它讀好，使他不由得喜歡上它。你不妨按照下面這些原則來讀：

　a. 讀出詩裡含蘊著的感情來。不要讀得裝腔作勢，卻缺乏真實的感情。有些人讀起詩來，冷冰冰的，不帶任何感情，讓人聽起來毫無抑揚頓挫的感覺和區別，彷彿他在讀的不是什麼詩，而是一張火車時刻表似的。另外一些人則喜歡拖腔拉調，裝模作樣，像在演戲或者表演什麼節目似的，把詩裡原來沒有的某些感情硬塞進去。其實你完全不必添加任何感情進去，因為詩裡本來已經有了詩人想要抒發的感情。你只要給它一個表現的機會：把它讀得自然而流暢，蘊藏在詩裡的感情就會自然而然地流露出來。

　b. 有些人讀詩讀得太快，有些人則讀得太慢。在這兩種極端之間，讀得太快的那種方式當然更加危險。讀詩應該讀得比說話時的語速稍慢而口齒清楚，使每個詞語都能夠進入聽者的耳朵和意識裡去。你得記住，聽你朗讀的人可不像你那樣看著你正在朗讀的那首詩的原文。

　c. 要把詩的節奏讀出來，但不可擅自發揮，或者添油加醋，任意誇張。要時刻記住：詩和散文一樣，它由句子組成，而詩裡的標點符號，則是詩人指點讀者，應該如何閱讀這首詩的標誌。你在讀的時候，要按照語法規則，並按照和每個標點符號的作用有關的規定，予以適當的停頓，或者改變句子裡正常的重讀音節的位置。然而，在朗讀中出現的最糟糕的現

象，還是那種由於積習難返而養成的機械式讀法：每隔一個音節，不管詩裡的涵義如何，一概來個誇張的重讀。譬如，有人讀起來喜歡虛張聲勢，刻板劃一，老是「嗒當－嗒當－嗒當－嗒當」的，還把「當」的音節讀得格外響亮，格外拖長，格外有勁。這種讀詩的方式固然不好，可是，詩畢竟和散文不一樣，你也不該趨向另一個極端而把它讀成一篇散文。我們該記住，朗讀得是好是壞，一個重要的考驗是：看你怎樣處理行末沒有任何標點符號的情況。一般讀者最容易犯的毛病之一，就是把每一行都看作具有一個完整的意思，看作一個句子的結束，於是就不管它的意義是否真正完整無缺，一概在行末把語調降了下來。老練而喜歡自我表現的朗讀者，則喜歡在將近行末的地方加快閱讀的速度，到了行末則一躍而過，逕自閱讀下面一行，就好像分行不存在似的。其實詩的分行是節奏單位的標誌之一。無論那裡有沒有標點符號，你都應該在閱讀中反映出來。如果行末沒有任何標點符號，你就應該在行末稍作停頓，或者把行末的詞讀得稍稍慢一些，但不可在沒有標點符號的行末把語調降下去。譬如，在閱讀下面這首詩的時候，當你讀到第十二行的 although 時，你應該稍微讀慢些。但切不可把語調降下來，因為它是這首詩裡的一個子句的一部分。

The Man He Killed

Had he and I but met
By some old ancient inn,
We should have sat us down to wet[1]

---

[1] **wet** = drink

Right many a nipperkin! [2]

But ranged as infantry,   5
And staring face to face,
I shot at him as he at me,
And killed him in his place.

I shot him dead because —
Because he was my foe,   10
Just so: my foe of course he was;
That's clear enough; although

He thought he'd 'list,[3] perhaps
Off-hand like — just as I —
Was out of work — had sold his traps —   15
No other reason why.

Yes; quaint and curious war is!
You shoot a fellow down
You'd treat if met where any bar is,
Or help to half a crown.   20

—*Thomas Hardy* (1840-1928)

---

[2] **nipperkin** = half-pint cup
[3] **'list** = enlist

他殺死的那個人

倘若他和我相遇
在一家老字號的酒館裡，
咱倆就會面對面坐下來
喝乾它幾升啤酒才分手。

可咱倆各自上了戰場，　　　　　　　　　　　　5
面對面瞪著眼睛望，
他朝著我開槍而我也朝著他，
把他當場就擊斃。

我殺了他，就只因為──
因為他是我的敵人，　　　　　　　　　　　　10
只為了他是個敵人，當然，
這個顯而易見，儘管

也許他和我一樣失了業，
賣掉了幹活的家當，
想也沒想就當了兵，　　　　　　　　　　　　15
再沒有別的原因。

戰爭真是古怪又荒唐！
你竟把伙伴槍殺在地上，
可要是在酒店，你就會請他喝酒，
或者借他半個克朗。　　　　　　　　　　　　20

　　　　　　　　　　　──湯馬斯·哈代 (1840－1928)

二、如何了解詩的涵義：誰在說話？

我們不妨問問自己一些與之有關的問題，這會對了解一首詩的涵義有所幫助。最重要的問題之一是：詩中的敘述者究竟是誰？他是在什麼場合裡說這些話的？初學者的主要錯誤之一是：他總認為詩裡的那個說話的人不是別人，就是詩人自己。其實不然。比較妥當的辦法，卻是假定說話的不是詩人自己，而是別人。即使當詩人確實似乎在他的詩裡直接發表他的意見，或者抒發他的感情時，其實他通常也只是作為一個普通人在發言，而並不代表他自己——也就是說，他在詩裡說的話並非他個人的意見，而是一般人或者公眾的想法，甚至某些人或者某一個個人的念頭。我們務必永遠小心謹慎，不可把一首詩裡的任何一件事情、任何一樣東西強加在詩人自己的身上。詩人和小說家、戲劇家一樣，往往會修改他的實際經驗，設法使它們更富於普遍的涵義。因此，我們不妨把每一首詩都看作一個富於戲劇性的作品——這就是說，詩中所說的話或者表達的內容，都是這首詩裡故事中的人物說的，而不是詩人在那兒發表他自己的主張。即使它是以詩人本人的口吻講出來的，實際上它也只是借他的嘴巴作為媒介而已。其實，許多詩的戲劇效果是非常明顯的。上面這首詩就是其中的一個例子。

在〈他殺死的那個人〉裡，敘述者顯然是從沒上過戰場殺過人的士兵。這首詩為我們提供了不少關於他的情況：他不是一個職業軍人，他之所以參軍只因為他失了業；他是個工人，他用的是樸實而俚俗的語言（wet, nipperkin, 'list, off-hand-like, traps），而且他賣掉了他的吃飯傢伙——他也許是個鐵匠或工人。他待人友善、和氣，喜歡和別人在酒館裡喝兩杯，還很樂意借人家半個克朗——如果他身上有的話。他懂得過窮日子是怎麼回事，若在別的情況下，他是絕不會殺人的，然而他現在心一橫卻下了毒手。他想弄明白這究竟是怎麼回事，但他卻不是一個善於思索的人。他自以為想出了

一個理由，其實不過是藉口：「我殺了他，就只因為——因為他是我的敵人。」當然，問題的關鍵是：為什麼那個人成了他的敵人？甚至連敘述者也對自己的答案不滿意。可是他卻不知道問題出在哪裡。就算我們不知道詩人哈代的身世——其實哈代從來沒當過兵，也沒殺過人——也能體會這首詩的戲劇性。

三、詩人的目的是什麼？

讀詩時，我們可以自問：詩人寫這首詩的主要目的是什麼？他的目的也許是講一個故事，也許是揭示人性，也許是描繪一個令人印象深刻的場景，也許是表現一種情緒，也許是向讀者生動地傳達一種想法或態度。不管他的目的是什麼，我們一定得盡力弄清楚。唯有這樣，我們才能把詩的細節和詩的主旨聯繫起來，從而理解每個細節的作用和涵義。如此我們才能對這首詩進行評價，判斷優劣。〈他殺死的那個人〉的主旨很明顯：詩人希望我們更加明瞭戰爭的無理性。詩中的敘述者對人們相殘的現象感到困惑，我們在讀了這首詩以後，對戰爭的荒謬也有了更清楚的認識：它使原本無冤無仇的人們殺得你死我活。豈不怪哉？

同樣，詩人霍斯曼在下面這首詩裡寫的內容，當然也不是他自己的遭遇——他寫這首詩的時候仍還安然無事——他尚未去世，沒有被埋葬入土。他好端端地活著，正在寫著這首有感而發的詩作。他告訴我們，詩裡的那傢伙死後仍在懷念和眷戀他生前所愛和所關心的人和事：那些讓他套在一起犁地的馬兒，他經常參加的足球比賽，還有他的那位因他去世而哀傷欲絕的女友，和他的那位知心朋友——這一切在他死後可有什麼變化？於是詩人讓死者的幽靈和他的好友進行了一段有趣而涵義頗深的對話。

Is My Team Ploughing

"Is my team ploughing,
That I was used to drive
And hear the harness jingle
When I was man alive?"

Aye, the horses trample,   5
The harness jingles now;
No change though you lie under
The land you used to plough.

"Is football playing
Along the river shore,   10
With lads to chase the leather,
Now I stand up no more?"

Ay, the ball is flying
The lads play heart and soul;
The goal stands up, the keeper   15
Stands up to keep the goal.

"Is my girl happy,
That I thought hard to leave,
And has she tired of weeping
As she lies down at eve?"   20

Ay, she lies down lightly,
She lies not down to weep:
Your girl is well contented.
Be still, my lad, and sleep.

"Is my friend hearty,　　　　　　　　　　　　　25
Now I am thin and pine,
And has he found to sleep in
A better bed than mine?"

Yes, lad, I lie easy,
I lie as lads would choose;　　　　　　　　　　30
I cheer a dead man's sweetheart,
Never ask me whose.

　　　　　　　　　　　　— *A. E. Housman* (1850-1936)

我的馬兒可在耕地

「我的馬兒可在耕地？
　　以前我趕著牠們去出工，
聽著那挽鈴兒叮鈴鈴響，
　　當我還活在人世間。」

是啊，是啊！馬兒在耕地，　　　　　　　　　5
　　挽鈴兒在叮鈴鈴地響得歡，
什麼都還和以前一個樣，

你雖已躺在你常耕耘的田地下面。

「足球可還有人在踢？
　　它可還沿著那河岸在飛？　　　　　　10
小伙子們可還攆著那皮球兒轉，
　　雖然我已經站不起來了。」

是啊，是啊！足球還在飛，
　　小伙子們還在踢得很來勁，
球門矗立著，門將挺立在　　　　　　　　15
　　門前把著關兒守得嚴又嚴。

「我的女朋友她可快活？
　　當時把她撇在世上可真難捨，
她是不是已經哭乏了眼？
　　當她在晚上躺下去安眠時。」　　　　20

是啊，是啊！她現在躺下時心歡快，
　　她在躺下的時候再不掉眼淚，
你的女朋友現在可活得很愜意，
　　安心吧，我的小伙子，你安心睡下去。

「我的好友，你生活得可得意？　　　　25
　　當我只剩下一副包骨的皮，
你有沒有找到一張更好的床？
　　比我睡的床倒要舒服得多？」

不錯，不錯！小伙子，我睡得挺舒服，

　我睡的床鋪每個小伙子都羨慕，　　　　　　　　30

我讓一個死鬼的情人滿心歡喜——

　可你別問我那死鬼究竟是誰。

　　　　　　　　　　　——A・E・霍斯曼 (1859－1936)

　　從詩裡的對話看來，在那個留戀塵世的人死後，世上的一切還在照常進行——馬兒仍在犁地，足球還在讓人踢得起勁，而他的女友已經不再由於他的去世而哀傷欲絕，他的好友已經取而代之，贏得了她的芳心。對於死者來說，這也許是一個不小的安慰或者諷刺（究竟是安慰還是諷刺，就得看他自己生前和死後的修養如何），但這事又能怨誰？世事豈不都是如此？世上還有什麼值得你我認真對待或者苦苦留戀的呢？

　　言歸正傳。在回答了關於詩的主要目的這個問題以後，我們就應該考慮另外一個同樣重要的問題：詩人是如何在他的詩裡達到他的主要目的？對於讀者來說，能否把詩人的目的和手段區別開來，關係到他能否正確理解詩人的作品。首先我們應該明白，霍斯曼寫這首詩的目的，是為了傳達他心中的此一真理：無論哪一個人死後，地球還會像他活著的時候一樣地旋轉，生活還會照舊進行下去。詩人還認為，他若想要達到他寫這首詩的創作目的，他就非得虛構出一個非常富於戲劇性的情景不可：一個已經死了的人和他的一個仍還活著的好朋友之間，進行了一場儼乎其然、若有其事的對話。事實上，在霍斯曼為了想以此來達到他的目的而創造出來的這首詩的內容和結構裡，沒有一處提到他真的相信靈魂不滅（事實上他確實並不相信）。他所構思的只是一種有效的、能夠滿足他需要的表達方式，使讀者讀了以後能夠了解，詩人認為人的死亡不會對他所撇下的人或事產生什麼重大影響。至於詩人採用什麼手法來達

到他的創作目的，也可從前述本詩如何營造戲劇性的分析得到回答。

在詩的閱讀方面，我們要給讀者的忠告是：讀一首詩的時候，你必須時時刻刻保持清醒和敏銳。有些人認為，讀詩不就是為了消遣和解悶而已嗎？還有人認為，讀詩的時候最好躺在花園裡的吊床上，一邊喝飲料或吃巧克力、糖果什麼的。當然，我們並沒有說你不可以躺在吊床裡讀詩，你要躺也無妨——只要你的頭腦千萬別跟你的身體一樣悠哉。詩不只是給你鬆弛身心、消遣解悶用的，也是讓你保持頭腦清醒，精神振奮的祕方！

我們不妨拿打網球來和讀詩相比。一個優秀的網球員，在場上一定得時刻保持高度的警覺，密切注視對手的動向，準備接招。他花在打球上的力氣越多，得到的樂趣也越大。讀詩也是。讀詩的樂趣來自你的腦力激盪。雖然，詩人在創作時並不想打敗他的讀者，卻希望讀者在閱讀時多花點力氣，設法把他發的球打回來。

那麼，不妨試試看，你能把下面詩人哈代擊出的這兩顆球打回去嗎？詩人各有什麼目的？他又如何達到目的呢？

Hap[4]

If but some vengeful god would call to me
From up the sky, and laugh: "Thou suffering thing,[5]
Know that thy sorrow is my ecstasy,
That thy love's loss is my hate's profiting!"[6]

4　標題 Hap 意為「純屬機遇」、「純係偶然」，指冥冥之中任憑興之所至而隨意擺佈人們禍福的神祕力量。

5　**Thou suffering thing:** thing 在此泛指人類，含輕蔑之意。

6　**thy love's loss is my hate's profiting** = Your loss in love is my gain in hate.

Then would I bear it, clench myself, and die,   5

Steeled by the sense of ire unmerited;

Half-eased in that a Powerfuller than I[7]

Had willed and meted me the tears I shed.

But not so. How arrives it[8] joy lies slain,

And why unblooms[9] the best hope ever sown?   10

—Crass Casualty[10] obstructs the sun and rain,

And dicing Time[11] for gladness casts a moan....[12]

These purblind Doomsters[13] had as readily strown

Blisses about my pilgrimage as pain.[14]

—*Thomas Hardy* (1840-1928)

---

[7] **a Powerfuller than I** = a Being more powerful than I.

[8] **How arrives it** = How does it happen.

[9] **unbloom:** 不開花

[10] **Crass Casualty** 的字面意思為「純屬偶然的事件」。在這兒，它卻是詩人給昏庸的上帝或者對隨意擺佈人類命運的那股力量的稱呼，與詩題 Hap 同義。

[11] **dicing Time:**「時間」在這裡被看作一個神仙，而且是一個只知一味擲骰子消遣的昏庸傢伙。

[12] **for gladness casts a moan:**「時間」玩的骰子與眾不同。它是由各種倒楣或不幸構成。它為了讓自己開心而擲出一個讓人類倒楣的呻吟。

[13] **These purblind Doomsters:** Doomsters 就是前面說的 Crass Casualty 和 dicing Time，祂們都是人類命運的主宰，卻是些半盲的瞎子。可想而知，辦起事來既糊塗又而又顢頇。

[14] **strown blisses about my pilgrimage as pain:** (strown = scattered; strow = strew [archaic]) scattered on my way (= my life) what are blisses to them but pain to me.

偶然

但願有個復仇心切的神仙在天上喊我，
並且大笑著對我說：你這受苦的東西，
要明白，你的哀傷，正是我的狂喜，
你在愛方面的損失，正是我在恨方面的獲益！

如果這樣的話，我將會默默忍受，一直到死，　　　　　5
由於知道我受了不應受的神譴而變得堅強如鐵；
同時，又為了我所流淌過的那些眼淚
都是由比我更加強大者所判定，而稍感寬慰。

但是此事並未發生。為什麼歡樂遭殺戮，
為什麼播下的最美好的希望卻從不結實？　　　　　　10
——由於純粹的偶然遮住了陽光雨露，
時間為了讓自己開心而擲出了悲嘆……。
這些半瞎的命運主宰在我的旅途上
播撒下他們的幸福，卻是我的痛苦。

——湯瑪斯·哈代 (1840－1928)

　　在〈偶然〉裡，詩人哈代認為宇宙的主宰昏聵無知，有眼無珠，視而不見，聽而不聞，甚至不聞不見，在無知無識中順其自然行動。造化小兒以人世之苦難為樂，視世人為骰子，隨意一擲，即定輸贏，事事全出於偶然。正是因為天公這種不負責任的態度，現在的世界才會這麼糟糕——芸芸眾生無所適從，不知如何是好。

　　然而，哈代在下面這首〈下屬〉裡表達的卻和前詩〈偶然〉相

反。他認為，天空、北風、疾病、死神等，都不過是那高高在上的神仙的「下屬」。它們都聽命於祂，成為祂的工具，並無自由意志可言。換言之，人類所遭受的一切厄運苦難，都是由一個與人為敵的力量與祂的下屬所致。

The Subalterns[15]

I

"Poor wanderer," said the leaden sky,
"I fain would lighten thee,
But there are laws in force on high
Which say it must not be."

II

"I would not freeze thee, shorn one,"[16] cried　　　　5
The North, "knew I but how
To warm my breath, to slack my stride;
But I am ruled as thou."

III

"Tomorrow I attack thee, wight,"[17]
Said Sickness. "Yet I swear　　　　10
I bear thy little ark[18] no spite,

15　**subalterns** = subordinates; subordinate officers.
16　**shorn one** 原指剛被剪毛的羊，這裡指受到壓迫或剝削的人。
17　**wight:** 動物；生靈；人（此一用法已過時）
18　**ark** 原指《聖經》裡的「方舟」，此處指靈魂的「避難所」，即肉體。

But am bid enter there."

IV

"Come hither, Son," I heard Death say;
"I did not will a grave[19]
Should end thy pilgrimage to-day,   15
But I, too, am a slave!"

V

We smiled upon each other then,
And life to me had less
Of that fell look[20] it wore ere[21] when
They owned their passiveness.[22]   20

—*Thomas Hardy* (1840-1928)

下屬

1

「可憐的飄泊者，」陰沉沉的天空開了言，

「我倒有意為你把路照亮，

---

[19] **I did not will a grave / Should end thy pilgrimage today:** 這裡的 will 是行為動詞，意為「存心要（做某事）」，pilgrimage 在此指人生的旅途。

[20] **fell look:** 殘暴或猙獰的樣子

[21] **ere:** 以前

[22] **They owned their passiveness:** 它們（指前面提到的天空、北風、疾病和死亡）承認自己的所作所為，都是奉命行事，受主子差遣所致。這「主子」究竟是誰？詩人並未交代——莫非就是〈偶然〉一詩裡的神祕力量：那半瞎的命運主宰？

可是上天的那些規矩不可違背，
逆天行事我可絕對不敢。」

2

「我不想讓你受凍寒，你這剪了毛的羊，」　　　　　　5
北風呼嘯著喊，「我知道怎麼
使我的氣息變得暖，怎麼把步子跨得慢，
但是我和你一樣給別人當差。」

3

「明天我會襲擊你，你這個生靈，」
疾病在說，「可是我發誓，　　　　　　　　　　　　10
我和你這小小的玩意兒並無冤仇，
只是奉命差遣不得不來。」

4

「來吧，來吧，我的兒，」我聽死神在召喚，
「我自個兒不想搞個墳墓
來讓你的人生路程今天就了結，　　　　　　　　　　15
但我也得聽從我主子的安排。」

5

於是我和它們面對面望著微笑，
而人生也就不像以前
那樣面目猙獰讓人不自在，
因為它們全都承認自己不是主宰。　　　　　　　　　20

——湯瑪斯・哈代 (1840－1928)

第三章

詞語的詞義和涵義

　　語言具有實際的用途，也有它的文學用途。兩者之間的主要區別在於：在文學作品裡——尤其在詩歌裡——詞語的作用發揮得更充分。為了了解這句話的涵義，我們不妨先看看詞語由哪些成分構成。

一、詞語的構成

　　詞語一般由三個成分構成：詞音（sound）、詞義（denotation）和涵義（connotation）。一個詞語首先是由嘴唇、舌頭和喉嚨發出的聲音和語調結合而成的一個整體，而書寫出來的或者印在書上的詞語，只是代表它的發音和意義的一個書面的符號。詞語的詞音和樂音以及噪音不同，因為它有意義，而樂音和噪音則無。詞語的意義的主要部分是詞義，就是可以在詞典上查到的一個或者幾個意義。可是詞語除了有詞義以外，還可能有涵義。「詞義」是詞語所表達的意義，而「涵義」則是它所附帶的暗示或者某種言外之意。由於許多詞語過去常被用在某些情景之中，或者它們常和某些詞語連用在一起，久而久之，它們除了詞義以外，還會具有某些附帶的色彩或者情調，令人一讀到它們或者一聽見它們就會產生某些聯想或反應。譬如就拿 home 這個詞語來說，其詞義是某人生活其間的那個地方。可是，除此以外，它還有不少予人種種聯想的涵義：它意味著安全、愛情、舒適和家人之間的情誼等等。當我們讀到或者聽到home 這一詞語的時候，它使我們產生的聯想和感覺，遠遠超過了「起居之所」這個詞義的範圍。又如 childlike 和 childish 這兩個詞語的詞義都指「具有兒童特點的」，但是 childlike（稚氣的）令人想到溫馴可愛、天真爛漫以及睜大了眼睛流露出無比驚訝的表情，可是 childish（幼稚的）卻予人愛耍脾氣、固執任性和量小氣窄的印象。

　　對於詩人來說，熟悉詞語的涵義是十分重要的，因為唯有如此他才能夠選用最為適當的詞語，使他的詩裡含蘊的意義更加集中和更加豐富——也就是用較少的詞語表達出更多的意義。不妨以下面這首小詩為例說明：

There Is No Frigate Like a Book

There is no frigate[1] like a book

　　To take us lands away,

Nor any coursers[2] like a page

　　Of prancing poetry.[3]

This traverse[4] may the poorest take　　　　　　5

　　Without oppress of toll;[5]

How frugal is the chariot

　　That bears the human soul![6]

—*Emily Dickinson* (1830-1886)

沒有一艘飛帆比得上書本快

沒有一艘飛帆比得上書本快，

---

[1] **frigate** 原指古代裝有三支帆的快船。

[2] **coursers** = a swift horse; charger.

[3] **a page / Of prancing poetry:** 動詞 prance 原指馬的騰越或奔馳，這裡用來比喻詩文之流暢自然，讓人閱讀時不禁心馳神往，一瞬間就不知被詩篇裡的內容帶至何方了。

[4] **traverse:** 橫越過某地的旅行。

[5] **Without oppress of toll:** 不必擔心被人逼著索取過路費。

[6] **the chariot / That bears the human soul:** 詩人在這裡又把詩篇比作載著人的心靈遨遊的飛車。chariot 原係太陽神阿波羅乘坐著自東方而西馳過天際的太陽車。

　　載送我們去到異國他鄉；

　也沒有任何駿馬快得能勝過

　　一頁騰躍而矯健的詩篇。

　這行旅可帶領最最貧窮的人，　　　　　　　　　　5

　　不用為繳納過路費發愁；

　載負著人的心靈的這輛馬車，

　　它是多麼地省事又省錢。

——艾密莉・狄瑾蓀 (1830－1886)

　　狄瑾蓀在這首詩裡想要頌揚書本和詩歌的威力。她說讀書或讀詩使我們得以依附想像之翼，神遊異域。她把文學作品比作不同的運載工具，說它瞬息千里，快得無可比擬。為此她在詩裡採用了一些富於浪漫情調的詞語：frigate（十八、十九世紀裡裝有大炮的快速帆船）令人聯想起探險和冒險的壯舉；coursers（駿馬，軍馬，快馬）予人以飄逸俊美、雄健強勁的氣概和迅如閃電的速度；chariot（古代馬拉的雙輪戰車；十八世紀的四輪輕便馬車；花車，凱旋車；希臘神話裡太陽神阿波羅駕駛的太陽車也是一輛 chariot）則暗示著飛快的行駛，以及在陸地上和天空中飛馳的形象。如果你把這幾個詞語換成 steamship（輪船）、horses（馬）和 streetcar（電車）的話，這首詩讀起來就會大異其趣，完全不是那麼一回事了。

　　順便提一下。說到譯詩之難，詞語難於譯得十分貼切也是原因之一。高明而有經驗的譯者固然也許能夠把一個詞語的詞義譯得較為妥貼，但是任他本事再大，也不可能把它的詞音和涵義在譯文裡表現得絲毫不爽。就拿本書所附的這首詩的譯文來說，別的缺點暫且不論，原文裡的 frigate、coursers 和 chariot 這三個詞語的譯法就顯得顧此失彼，捉襟見肘。若想把它們譯得表情達意、形神兼備，簡直是不可能的。所以詩的翻譯者明知其不可為而為之，叫人十

分欽敬，但是他們也不免時常擲筆嘆息：「詩者非它，譯文裡失去的東西也。」羅勃特‧福洛斯特也曾說過："Poetry is what is lost in translation." 可見翻譯家都有同感。

二、詞語的多義性

一個詞語不但可能不只有一個涵義，也可能不只有一個詞義。如果翻開一本英語詞典查閱一下，就會發現 spring 的詞義竟然有二三十個之多。它可以解作 (1)跳躍、(2)春天、(3)泉、(4)彈簧等等。這麼一個簡單的詞語，竟然會有這麼多的詞義，再加上它那些為數眾多的涵義，初學者定會感到茫無頭緒，無所適從。無奈，唯有認真對待每個詞語，勤查詞典，並且結合上下文仔細推敲，反覆琢磨，才能加以掌握。和那些為了其他目的而寫作的人一樣，詩人在遣詞造句的時候，一定得結合上下文來考慮每個詞語的確切詞義，但是又有所不同。為了傳達訊息而寫作的人力求用詞精確，詩人則不然。他往往根據一首詩的需要，利用一詞多義的特點，設法使他的詩裡的每個詞語同時含有多種或多層意義。

在下面這首詩裡，有不少詞語帶有歧義──即可作一種以上的解釋。如第十四行裡的 wreathed 一詞既可解作「扭曲的」，又可解作「海藻纏繞的」。

The World Is Too Much with Us

The world[7] is too much with us; late and soon,
Getting and spending, we lay waste our powers:

7　**The world:** 在這裡意為 worldliness，指汲汲於利害得失，一味追求錢財等物質利益的傾向。

Little we see in Nature that is ours;[8]

We have given our hearts away, a sordid boon![9]

The Sea that bares her bosom to the moon;　　　　　　5

The winds that will be howling[10] at all hours,

And are up-gathered now like sleeping flowers,

For this, for everything, we are out of tune;

It moves us not. — Great God! I'd rather be

A Pagan suckled in a creed outworn;　　　　　　　10

So might I, standing on this pleasant lea,

Have glimpses that would make me less forlorn;

Have sight of Proteus[11] rising from the sea;

Or hear old Triton[12] blow his wreathèd horn.

—*William Wordsworth* (1770-1850)

我們的市儈氣太厲害

我們的市儈氣太厲害；或遲或早，

邊取邊花費，會把精力全都糟蹋掉：

大自然難得有什麼讓我們感到沉醉；

我們獻出了赤子的心，卻換來了貪婪和吝嗇！

8　**that is ours** = that appeals to us. 對我們具有吸引力

9　**a sordid boon** = a mean, mercenary bargain. 詩人認為，我們本來都有能夠理解和欣賞大
　　自然的心，但當我們一旦陷入利害的計算之中，就會喪失這種美好的品行，換來的只
　　是一副唯利是圖的冷酷心腸。所以他說這是「一筆卑劣的交易」。

10　**will be howling** = are eager to howl. 這裡的 will 是表意動詞（notional verb）。

11　**Proteus:** 為海神 Neptune 看管拉車海豹的神話人物，據說他會作無窮的變化。

12　**Triton:** 海神 Poseidon 和 Amphitrite 生的兒子，為半人半魚的神話人物，據說他能吹
　　一個用大海螺作的號角，使海面得以平靜。

大海向著月亮坦露出她那博大的胸懷；　　　　　　　5
風兒，它時時都急著想要咆哮一番——
現在像捲起來入睡的花朵毫不動彈；
和這些美妙的情景，我們都格格不入；
我們都並不為之感動。偉大的上帝！
我寧願作個過時的信仰培育出來的異教徒，　　　　10
這樣的話，我站在這片宜人的草地上
瞥見的景物，就能使我不這麼淒苦；
我能看到海老人從水中升起的形象
或者聽見老特萊頓吹起他的海螺聲嗚嗚。

　　　　　　　　　　——威廉·華茲華斯 (1770－1850)

　　在上面這首詩裡，詩人華茲華斯清楚地表明，他反對唯利是圖的市儈氣，因為它破壞人類和自然之間的和諧，戕害人類的赤子之心，因此他主張走向自然，謳歌自然，甚至不惜選擇泛神論的信仰，投入自然的懷抱。

三、尋找意義最豐富的詞語

　　有一個讀者容易產生的錯誤觀念亟待指出，那就是不少人以為，詩人總愛在他的詩裡用上一些他的詞彙庫裡最最漂亮和最最好聽的詞語。其實不然，詩人所尋求的並非最美麗的詞語，而是最富於意義的詞語，而所謂最富於意義的詞語，取決於他寫這首詩的目的，以及這個詞語在上下文裡的需要。語言有許多不同的層次和類別。詩人可以從中任意選擇。他按照他的詩作的內容所需，可以選用雄偉壯麗的詞語或者粗陋平庸的詞語，花俏的詞語或者樸實無華的詞語，浪漫倜儻的詞語或者生動詳實的詞語，古色古香的詞語或

者摩登時尚的詞語，學究氣重的詞語或者富於生活氣息的詞語，單音節的詞語或者多音節的詞語，等等。儘管如此，用在同一首詩裡的詞語，往往就被詩人規定在同一個層次或基調上。艾蜜莉‧狄瑾蓀寫的〈沒有一艘飛帆比得上書本快〉裡的詞語，和湯馬斯‧哈代寫的〈他殺死的那個人〉（第二章）裡的詞語，兩者選自語言的不同的範疇，但是這兩位詩人都為各自寫的詩篇選用了他們心目中最有意義的詞語。

　　有時候，為了取得某種語言上或修辭上的效果，詩人選用一兩個和他的詩中其他詞語不同層次或者範疇裡的詞語，使讀者讀了以後會因為感到訝異而產生詩人所期待的某種頓悟，從而心領神會詩人隱晦曲折的用意所在。不過，他在採用這一手法的時候承擔著一定的風險，因為他若運用不當的話，就會弄巧成拙，把整首詩裡的協調和一致破壞殆盡。

　　其實，正由於語言的豐富多彩，它才成為詩人取之不盡、用之不竭的寶藏。詩人的任務之一，乃是不斷地探索和追求。他無時無刻不在尋找詞語和詞語之間隱祕的親緣關係，好讓他把它們組合起來，從而產生動人心魄的效果。明乎此，作為詩的讀者，你的一個重要任務是什麼，也就不言而喻了。

　　詩人葛瑞夫斯在他的〈赤身和裸體〉裡從不同的語言層次裡採用了一些平時並不相干的詞語，有些是學術氣味十足的大字眼（尤其在第二至五行裡），也有些只是一般的生活用語。當然這並非只為了湊合詩裡的格律或韻律而已（關於格律和韻律方面的問題，留待第十一至十三章再討論），主要是為了確切地、適當地表達詩裡的意義。那麼讓我們仔細觀察一下其中的奧祕吧。

The Naked and the Nude

For me, the naked and the nude[13]
(By lexicographers[14] construed[15]
As synonyms that should express
The same deficiency of dress
Or shelter[16]) stand as wide apart   5
As love from lies, or truth from art.

Lovers without reproach will gaze
On bodies naked and ablaze;
The hippocratic eye will see
In nakedness, anatomy;[17]   10

---

[13] **the naked and the nude:** 赤身者和裸體者。naked 和 nude 是所謂「同義詞」，就是
說它們的詞義基本上相同，可是它們的涵義卻有區別。naked 可以讓人用來指人或者
物，當 naked 用來指人的時候，它固然說的是「一絲不掛」，但此外還帶有道德上和
感情上的涵義，並且予人性的興奮或者暗示，如：She couldn't wear bikinis because
they made her feel naked.（她不能穿比基尼泳裝，因為那使她覺得自己赤裸著身體似
的。）但是，在別的脈絡下，卻也具有中性的涵義，如：naked children frolicking in
the streets（光著身子的小孩子們在街上嬉戲）。nude 只能用來形容人體，就它本身來
說，它的涵義是中性的。但是由於上下文的關係，它在現代社會裡常被人用來暗示帶
有感情的情況。譬如說人赤著身子睡覺，該講 sleeping in the nude，絕不可講 sleeping
naked。更因為 nude 還可以用作名詞，指的是繪畫和雕刻中的裸體像，這一層與藝術
的關聯使它多了一種 naked 所沒有的輝煌色彩或情調，也因此使它變得比 naked 更為
可敬。所以廣告商說某些衣服薄如蟬翼，穿著它的人如同赤身裸體的話，他一般只說
它 having a nude look，而絕不敢用 naked 這一詞語。這首詩的作者就利用這兩個詞語
在涵義方面的區別來嘲諷那些虛偽的、裝模作樣的人。

[14] **lexicographers:** 辭典編纂者

[15] **construed:** 解釋；給…下定義

[16] **The same deficiency of dress / Or shelter:** 同樣的未穿衣服或者沒有東西蔽體的狀況。

[17] **The hippocratic eye will see / In nakedness, anatomy:** 大意為，假裝正經的人說，觀察
赤身露體的人乃研究人體解剖學的一個機會。

And naked shines the Goddess when
She mounts her lion among men.

The nude are bold, the nude are sly
To hold each treasonable eye.[18]
While draping by a showman's trick   15
Their dishabille in rhetoric,[19]
They grin a mock-religious grin
Of scorn at those of naked skin.[20]

The naked, therefore, who compete
Against the nude may know defeat;[21]   20
Yet when they both together tread
The briary pastures of the dead,[22]
By Gorgons[23] with long whips pursued,
How naked go the sometime nude! [24]

　　　　　　　　　　　　　—*Robert Graves* (1895-1985)

---

[18] **the nude are sly / To hold each treasonable eye:** 那些裸體的人善於把每一個靠不住的人的目光吸引住。

[19] **While draping by a showman's trick / Their dishabille in rhetoric:** 運用賣藝人的狡詭手法，用體面的外表把她們衣衫不整的狀態掩蓋了起來。

[20] **They grin a mock-religious grin / Of scorn at those of naked skin:** 她們對那些光赤著身子的人流露出假裝聖潔的、嘲諷的笑容。

[21] **may know defeat:** 也許會（在赤身和裸體兩者間的較量中）處於劣勢。

[22] **tread / The briary pastures of the dead:** 根據希臘神話的說法，人死後的靈魂會踩過陰間那些長滿了荊棘的草坪。briary = briery.

[23] **Gorgons:** 希臘神話中的三個蛇髮女妖之一。

[24] **How naked go the sometime nude:**（在那個持鞭驅趕的女妖脅迫下）那些有時候裝得舉止十分優雅的裸體人，就再也顧不得保持原來的風度，拼命地、狼狽地赤著身子逃竄起來。

赤身和裸體

對我來說，赤身和裸體
（辭典的編輯者把兩者
同樣地解釋為缺乏
遮蔽身體用的衣服或者
遮蔽物）這兩者的距離　　　　　　　　5
猶如愛情和謊話，真理和奸計。

情人會望著赤著的軀體
卻並不責備而慾火熊熊；
而假裝正經的眼睛會在
赤著的身上看到解剖學；　　　　　　　10
還有那女神在男人群裡
騎上獅背時她的赤身在輝耀。

而裸體則大膽，狡猾地
把每隻不忠的眼吸引住。
用賣藝人的手法來裝扮　　　　　　　　15
使她們的猥褻顯得漂亮，
她們笑著假裝虔誠的笑容
對赤身的人們進行嘲諷。

因此，赤身在和裸體的
較量裡也許會遭到敗北；　　　　　　　20
可是當她們倆一起踩著
死亡的佈滿荊棘的草坪，

讓蛇髮女妖舉著長鞭驅趕，

原來裸體的赤著身子走得多快！

——羅伯特・葛瑞夫斯 (1895－1985)

　　意在傳達訊息的語言使用者，大抵對他所採用的詞語的詞音不甚注意，而且他把詞義和涵義的多重性，看作妨礙他確切地表達訊息的一個障礙。他極力採用那些在他寫的文章的上下文裡只可能含有一個意義的詞語，以此來防止讀者對他的文章的意義產生任何誤解。因此我們不妨說，他只使用了詞語的一個部分，捨棄了其餘的部分。詩人則和他恰恰相反。詩人極力設法最最充分地發揮他所使用的詞語的作用，最最充分地調動詞語的詞音、詞義和涵義的功能，以期詩句表達出最為豐富的意義。

　　我們不妨打個比喻：正在創作中的詩人，好像一個彈奏著一把多弦樂器的樂師。在他彈奏中的時時刻刻，他所撥響的絕不止一根琴弦，他所奏響的也絕不止一個音符。

四、敏銳的語感

　　在閱讀詩歌的時候，我們遇到的第一個問題——其實它也是我們閱讀任何一部文學作品時會遇到的第一個問題——就是要努力使自己培養出敏銳的語感來，也就是要學會對讀到和聽到的詞語產生敏銳的感覺。我們要做到這一點，就需要對詞語的形狀、色彩和味道都十分熟悉，就需要對詞語的詞音、詞義和涵義都心中有數。對任何人來說，要做到這一點都非易事，因為首先他一定得對語言具有強烈的感情、濃烈的興趣和純樸的好奇心。而且要持之以恆。他為此一定得經常使用詞典。他並且一定得認真地、廣泛地、多多地閱讀——讀得越多、越廣泛、越認真，就越好。

　　詩人羅賓森在〈理查・考利〉中既不讓主角考利直接向讀者
傾吐衷腸，自己也並不直抒己見，而是用旁觀者的身分，以反諷和
對比的手法進行白描，終於以出人意料的結尾有力地說明，有錢、
有勢、有「教養」、被人們羨慕、敬仰的考利，儘管他物質生活豐
富，表面上富麗堂皇，但是實際上他卻過著空虛的生活。他的自殺
只能說明他的孤獨和痛苦逼迫他走上了這條絕路。詩人不但把考利
這個人物寫得栩栩如生，而且他還把處於旁觀者地位的「我們」的
心情也刻劃得非常細膩。我們在這首詩裡還可以看到詩人如何利用
詞語的涵義，如 crown, cleanfavored, grace, imperially slim 等，來烘
托理查・考利的貴族氣派，以此和他的悲慘結局形成強烈的對比。

Richard Cory

Whenever Richard Cory went down town,

We people on the pavement looked at him:

He was a gentleman from sole to crown,[25]

Clean favored,[26] and imperially slim.[27]

And he was always quietly arrayed,[28]　　　　　　　　5

And he was always human when he talked;[29]

But still he fluttered pulses when he said,

---

[25] **from sole to crown:** 從頭到腳。crown 的原義是「王冠」。

[26] **Clean favored:**（他的）容貌整潔。favored（古代的用法）是「有…的容貌」。這個
詞語的另一意思是「受…的鍾愛或賜與」。

[27] **imperially slim:** 帝王一般的細長個兒；身材修長

[28] **quietly arrayed:** 裝束素雅

[29] **he was always human when he talked:** 他的談吐也總很質樸。human 這裡意為「凡人
皆有的素質」。

"Good-morning," and he glittered when he walked.[30]

And he was rich－yes, richer than a king－
And admirably schooled in every grace:[31]   10
In fine, we thought that he was everything
To make us wish that we were in his place.[32]

So on we worked, and waited for the light,[33]
And went without the meat, and cursed the bread;[34]
And Richard Cory, one calm summer night,   15
Went home and put a bullet through his head.

—Edwin Arlington Robinson (1869-1935)

理查・考利

每當理查・考利走到大街上來，
咱老百姓站在人行道上對他瞧：
他渾身上下都是上等人氣派，

---

[30] **But still he fluttered pulses when he said, / "Good-morning," and he glittered when he walked:**（儘管他衣著樸素，談吐質樸）但是只要他說一聲「早安」，就足以使人感到振奮，他走路時也（使人覺得他）閃閃發光。flutter: 使（人的脈搏）不規則地跳動。

[31] **admirably schooled in every grace:** 各種舉止禮節莫不訓練有素，溫文爾雅。

[32] **In fine, we thought that he was everything / to make us wish that we were in his place:** 總之，我們認為他處處都使我們敬佩，都使我們但願自己能夠處在他的地位。in fine: 總而言之。he was everything to make us ... = he was in every way to make us ...。

[33] **the light:**（上帝的）靈光；啟示

[34] **And went without the meat, and cursed the bread:** 我們因此不吃肉（齋戒），見到了麵包就討厭。按：根據猶太教、基督教的教義，不吃肉或少吃其他食品的齋戒，是表示懺悔和淨化心靈的一種修為。go without 這裡是「不吃」的意思。

長得英俊漂亮，沒人比他更帥。

他的穿著樸素，從不講究打扮，　　　　　　　　　　　　5
他說話總是文雅得體，大方謙讓；
他若說聲「您早」，誰聽了都會心兒亂跳，
他走起路來熠熠生輝，儀態萬千。

而且他還很有錢——富比王侯——
他待人殷勤體貼，修養十分到家：　　　　　　　　　　　10
總而言之，他的每個方方面面
讓咱感到：活著就得像他這麼自在。

咱們只管幹活，盼著時來運轉，
咱們忍著不吃肉，見了麵包也討厭；
而理查・考利，卻在一個靜靜的夏晚，　15
回家去用顆子彈打穿了他的腦袋。

　　　　　　　　　　——愛德溫・阿林登・羅賓森 (1869－1935)

　　下面是詩人亨利・理德寫的〈軍訓課程〉系列詩（共三首）
中的一首。詩中的說話者顯然是軍事教官，而他的聽眾則為剛入
伍的新兵——他在替他們上軍事課，課程的名目是〈槍械零件的名
稱〉。
　　詩人在〈槍械零件的名稱〉這首詩裡，巧妙地使用了對比的
手法，揭示出戰爭之悖離人性和違反自然。他把採自不同層次的語
言並列在一起，以形成對比的效果。每一詩節的最後兩三行，在枯
燥乏味的軍訓講課時（其目的當然是教導受訓的士兵如何更加俐落
地殺人——一個和當時當地氣氛格格不入的課題），忽然再也壓抑

不住地冒出一句嚮往眼前的春光和美景的呼聲。它們之間形成的反差非常強烈，但是每個詩節裡的最後一句又使兩者牢牢地聯繫在一起，這使讀者不由得為之震驚，產生了感動。

Naming of Parts

Today we have naming of parts. Yesterday,
We had daily cleaning. And tomorrow morning,
We shall have what to do after firing. But today,
Today we have naming of parts. Japonica
Glistens like coral in all of the neighbouring gardens,　　　　5
　　　And today we have naming of parts.

This is the lower sling swivel. And this
Is the upper sling swivel, whose use you will see,
When you are given your slings. And this is the piling swivel,
Which in your case you have not got. The branches　　　　10
Hold in the gardens their silent, eloquent gestures,
　　　Which in our case we have not got.

This is the safety-catch, which is always released
With an easy flick of the thumb. And please do not let me
See anyone using his finger. You can do it quite easy　　　　15
If you have any strength in your thumb. The blossoms
Are fragile and motionless, never letting anyone see
　　　Any of them using their finger.

And this you can see is the bolt. The purpose of this
Is to open the breech, as you see. We can slide it   20
Rapidly backwards and forwards: we call this
Easing the spring. And rapidly backwards and forwards
The early bees are assaulting and fumbling the flowers:
　　They call it easing the Spring.

They call it easing the Spring: it is perfectly easy   25
If you have any strength in your thumb: like the bolt,
And the breech, and the cocking-piece, and the point of balance,
Which in our case we have not got; and the almond-blossom
Silent in all of the gardens and the bees going backwards and forwards,
　　For today we have naming of parts.   30

—Henry Reed (1914-1986)

槍械零件的名稱

今天我們要講的是槍械部件的名稱。昨天
我們講了每天得進行的內務打掃清潔衛生。而明天上午，
我們將要講打靶以後該做些什麼。可是今天，
今天我們要講的是零件的名稱。日本山茶花
在這兒附近的花園裡到處閃耀得像一朵朵紅珊瑚，   5
　　而我們今天要講的是槍械零件的名稱。

這個叫作扣背帶的下環，而這個
叫作扣背帶的上環，它們有什麼用處你們就會知道，
等你們領到了你們的那些槍背帶以後。這個叫作架槍環，

但這個玩意你們的槍上面都沒有。那些樹枝　　　　10
在花園裡都各自保持著沉默而富於表情的姿態，
　　　而我們卻都沒有它們的這種姿態。

這個叫作保險栓，要把它打開的時候
你總得用大拇指輕輕地一撥。請注意
別讓我發現有人用的是手指。如果你的大拇指　　15
有一點點力氣，你一定能夠很容易就把它撥開。那些花兒
很脆弱而且靜靜地一動不動，從來不讓任何人看見
　　　它們之中任何一個用的是手指。

現在你們看到的這樣東西叫槍栓。它的用途是——
你們注意看——打開槍上的後膛。你可以把它
很快地往前推又往後拉：我們把這個叫作　　　　20
放鬆槍上的彈簧。而很快地往前又往後，
趕來上早工的蜜蜂在花叢裡撲騰個不休：
　　　牠們管這個叫作讓春天容易來。

牠們管這個叫作讓春天容易來：其實這個很容易　　25
只要你們的大拇指裡有那麼一點點勁：像槍栓，
像後膛，還有那撞針，還有那平衡點——
可那玩意我們都沒有；而扁桃花靜靜地
開放在所有的花園裡而蜜蜂又來來回回地奔忙，
　　　因為我們今天要講的是槍械零件的名稱。　　30

　　　　　　　　　　　　　　——亨利・理德 (1914－1986)

五、意義與思想

　　一首詩的意義，就是作者在這首詩裡傳達給讀者的那部分經驗。有些讀者在讀完了一首詩以後，卻會困惑不解地問道，「詩裡說的究竟是什麼意義？」顯然他對他在詩裡讀到的內容並不感到滿足，還想要從中獲得某種更加具體的東西──某種他能夠完全掌握的東西。為了把這問題說清楚，我們不妨把一首詩的「整體意義」──就是它作為一首詩所傳達的意義（即除了用這首詩裡特有的那個方式以外，就無從傳達的那個意義）和它的「散文意義」（即可以用散文的形式予以說明的那部分意義）這兩者區別開來。可是，我們既然作此區別，就必須嚴格遵守，不可混淆「整體的」和「散文的」這兩種不同的意義。切勿把一首詩的用散文形式表達的意義誤作原詩的全部意義。

　　一首詩的散文意義並不一定是──而且通常都不是──一種思想。它也許是講一件事情，描繪一個情景，敘說一種感情，刻劃一個人物，而且也許是這一切的某種組合。例如〈我那已故的公爵夫人〉（第九章）是刻劃一個人物，〈春之歌〉（第一章）是描繪一個情景，它們都並不直接表達任何思想。一看到詩，就想要在詩裡尋找思想或者啟迪的人遇到了這些詩，不免會感到困惑和失望：怎麼搞的，這首詩裡竟然找不到我想要找的任何思想或教誨之類的東西。更有甚者，他也許對此心有不甘，以至於硬是塞入詩裡原來沒有的思想，說自己在詩的字裡行間發現了那些藏得很深很深的寶貝。這是一種十分有害的讀詩方式，絕對需要避免。思想固然是人類經驗裡的一個重要的部分，而且不少詩裡直接或間接地、或多或少提出或者傳達了某種思想。但是一味在詩裡尋求思想或教導，這卻是一個毛病，而且這毛病要比遇到了思想但未能發現、因此與它失之交臂更加危險，也更加對不起詩人本人。因為強加於人是一種極不道德的行為。其實，尋找並且發現思想絕非讀詩的唯一目的──就像

下面這首搖籃曲裡的小郝諾那樣，他吃聖誕餅兒，就只為了想要從餅兒裡找到一個李子。可是，倘若糕餅師傅在做那個餅的時候根本就沒有用李子作佐料，你說他怎麼能夠找得到它呢？可憐的小郝諾還得意洋洋地說什麼「看我多麼乖巧」，聽這口氣就好像大家就為了想吃到藏在餅裡的那顆李子乾才吃聖誕餅似的。那首搖籃曲是這樣說的：

> Little Jack Horner
> Sat in a corner
> Eating a Christmas pie.
> He stuck in his thumb
> And pulled out a plum
> And said, "What a good boy am I!"　　　　　5
>
> 　　　　　　　　　　　　　　—*Anonymous*

譯成中文，大意如下：

> 小傑克‧郝諾，
> 坐在房裡角落，
> 吃著聖誕餅兒。
> 他伸進一個指頭，
> 挖出李子乾一顆，
> 就說，「瞧我多乖巧！」　　　　　5
>
> 　　　　　　　　　　　——佚名

即使一首詩裡當真含有思想，這思想也只是詩人要在這首詩

裡傳達的那個經驗裡的一部分而已。一首詩的價值之高或低，絕不在於它裡面有沒有傳達什麼思想，也並不在於它所傳達的思想真實或者崇高與否。當然，這話並不等於說一首詩裡的思想的真實性並不重要，也並不等於說它的真實性並不需要予以考察和評價。這話的意思是：一種真實的或者崇高的思想，它本身並不就等於一首好詩，而且它也並不一定就是構成一首好詩的材料。如果讀者對一首詩裡傳達的思想不以為然，他也不該因此就判定它是一首壞詩。

一個真正具有良好修養的讀者，應該胸襟開闊，豁達大度，足以容納各式各樣的經驗——也就是說，他應該對詩裡表達的形形色色的人生經驗，都以敏銳而富於同情的態度，加以審察並予接納。他應該按照柯爾律治（Samuel Taylor Coleridge, 1772-1834）的勸告行事：「自覺自願地收斂起你那輕易不肯置信的習慣」，否則就無從貫徹讀詩所必需的對詩的信念。所謂「對詩的信念」，指的是讀者或觀眾為了更有效地欣賞一部文學作品或者一件藝術作品，他必須停止他在日常生活裡所做的那樣，對什麼都要問一個「為什麼？」或者「真是那樣的嗎？」等等問題。譬如說，你在戲院裡觀看《哈姆雷特》的演出的時候，不必深究歷史上從未有過這個人，也根本沒有發生過戲台上正在表演的那些事情。這一切都不過是詩人莎士比亞他個人的創造或者捏造。否則你就會覺得大殺風景：戲台上的演出儘管精彩紛呈，可是一到你的那對吹毛求疵的眼裡，卻會把一切都看得虛假不實，那麼戲演得再好也是白搭：你那追根究底的眼光使你對這一切都視而不見，更談不到欣賞了。

讀詩也然。讀者應該拋棄一切成見，敞開胸懷，讓自己的想像力無拘無束，隨著詩人的生花妙筆縱橫馳騁；決不可囿於個人的好惡而有所取捨，否則他就無從擴大視野和經驗，最終只落得枉入寶山，空手而回。要知道，一首詩的優劣好壞，並不在於它所表達的內容——感情也罷，思想也罷，人物的塑造也罷，景物的描繪也

罷——對你說來是否真實，而在於它的表達是否具有足夠的力度，使你覺得它可以成為意義重大的經驗裡的一個讓人信服的組成部分。若然，它就是一首好詩。否則你就很難說它是一首值得你一讀再讀的好詩。換言之，一首好詩必然會使一個具有良好的修養和經驗的讀者感到，它所表達的內容，無論他贊同與否，已經被詩人自己深刻而真實地感覺到，化為他自己的經驗的一部分，再用他認為最最適當的方式予以表達出來。總之，他並非僅僅在為了說教而有口無心地敷衍幾句了事。看來我們還得用那個比喻：一個李子一定得先成為糕餅裡的一個組成部分，它才算在這個糕餅裡有了某種價值。如果李子和其他佐料調配得當，烤糕餅的火候也正合適，那麼即使素來並不愛吃李子的人，當他在那個糕餅裡吃到了它，也一定會吃得讚不絕口。

〈雪夜林前駐馬〉是詩人福洛斯特的早期代表作品。他描述了詩人被那幽靜的雪林所吸引和由此引起的矛盾心理。此詩情景交融，既富於想像，又有生活的實際感受。在詩中，動與靜、黑與白、外表與內心、對於美麗風景的嚮往與對於責任和約定的尊重，都構成了明朗和深刻的對比。這首詩的結尾曾引起眾說紛紜的爭論，因為它的含義可能有不同的解釋。那麼你認為它應該作何解釋呢？

Stopping by Woods on a Snowy Evening

Whose woods[35] these are I think I know.

His house is in the village though;

He will not see[36] me stopping here

---

35 **woods:** 樹林（象徵神祕、誘人的自然界）

36 **see:** 看見；理解

To watch his woods fill up with snow.[37]

My little horse must think it queer 5
To stop without a farmhouse near
Between the woods and frozen lake
The darkest evening of the year.[38]

He gives his harness bells a shake
To ask if there is some mistake. 10
The only other sound's the sweep
Of easy wind[39] and downy flake.[40]

The woods are lovely, dark and deep,
But I have promises[41] to keep,
And miles to go before I sleep, 15
And miles to go before I sleep.[42]

—*Robert Frost* (1874-1963)

---

[37] **snow:** 雪（象徵崇高和純潔）

[38] **The darkest evening of the year** = in the darkest evening of the year.

[39] **easy wind:** 微風

[40] **downy flake:** 絨毛般的雪片

[41] **promises:** （對人、對己或對事的）誓約；應做的事情

[42] **And miles to go before I sleep:** sleep 可以解作「睡眠」、「安息」或「長眠」。因此 miles to go 既可解作現實生活裡的「延續好幾里的路程」，也可當作一個比喻來看待。可是有一點需要讀者注意：詩人把最後這一句重複了一遍。他這樣做，絕非偶然。他之所以使它由於重複而顯得特別強調，多半是為了想向讀者顯示：請留意這句話的真正涵義。

雪夜林前駐馬

我想我認得這是誰的樹林，
可是他的屋子卻遠在村子裡，
他不會知道我暫停在此地，
欣賞他這座蓋滿了雪的樹林。

我的小馬一定感到奇怪，　　　　　　　　　　5
在一年裡最暗的這個夜晚，
為什麼停在樹林和冰湖之間，
這附近又沒有一個農舍。

它搖了搖頭頸上的鈴鐺，
好像在問我是不是出了差錯。　　　　　　　10
這兒聽不到別的聲響，
除了習習微風刮著雪片茸茸。

這樹林景色迷人，幽暗深沉，
但我有答應了的事情要完成，
還得走許多路才能去安眠，　　　　　　　　15
還得走許多路才能去安眠。

——羅伯特・福洛斯特 (1874－1963)

　　下面這首詩的標題又叫〈畢巴的歌〉（"Pippa's Song"），因為它採自伯朗寧的詩劇《畢巴過去了》（*Pippa Passes*）中的一首插曲。唱這支歌曲的是一個天真、快樂的姑娘。一個剛謀殺了他的情婦的男人無意中聽到了姑娘的歌聲，歡快的歌詞使他的良心不得安寧，終於自殺身亡。

Song

The year's at the spring,
And day's at the morn;
Morning's at seven;
The hill-side's dew-pearled;
The lark's on the wing;   5
The snail's on the thorn;[43]
God's in His heaven —
All's right with the world!

—*Robert Browning* (1812-1889)

歌

一年適逢春季，
一天正值早晨；
清早七點鐘正；
山坡露珠滾滾；
雲雀正在展翼；   5
蝸牛探出了身；
上帝安居天庭——
世間一片安寧！

——羅伯特・伯朗寧 (1812－1889)

---

43 **on the thorn:** 這裡指蝸牛在春天清晨的大好時光把身體從牠的殼裡伸了出來，觸角償
張。thorn 這裡是指蝸牛的觸角。

第四章

意象

　　我們的經驗大多來自我們的感官。譬如，我在春季裡的某一天得到的經驗，也許包括我感覺到的一些感情，和我想到的一些念頭，可是我的經驗裡的絕大部分內容，卻是我得自感官的許多印象：其中有我所見到的藍天和白雲，正在吐蕊和抽芽的水仙和樹葉；有我所聽到的清晨裡啁啾著的知更鳥和藍雀；有我所聞到的濕潤的泥土的氣息，正在開花的風信子的幽香；還有我所感到的清風拂面的感覺。因此，詩人若想要描繪出他在一個春日裡得到的種種經驗，就得在他的詩裡表現出他從他的感官得到的某些印象。譬如莎士比亞在他的〈春之歌〉（第一章）裡，就為他的讀者用上了 daisies pied、lady smocks all silver-white 和 merry larks；他還在詩裡提到了郭公鳥的鳴叫，姑娘們的忙於洗滌夏衫。他若不用這些和別的一些富於形象和感覺的詞語，他就無法在讀者的心裡喚起春天給予詩人的種種感覺和感情。由此可見，詩人的語言，必須比一般人所用的語言，更加容易使人產生類似得自感官的反應。換言之，它必須更加富於意象（imagery）。

一、意象

　　什麼是意象？我們不妨賦予如下的定義：意象是用語言來表現得自感官的經驗的一種修辭手法。一首詩在朗讀的時候，它的音樂和節奏直接予人以美感。但是它也透過詩裡的意象，間接地把詩人感官方面的經驗傳達給聽者或讀者的想像。

　　詩人龐德在1916年寫了一首很短的小詩。它的原文和譯文如下：

In a Station of the Metro

The apparition of these faces in the crowd;
Petals on a wet, black bough.

—*Ezra Pound* (1885-1972)

在一個地鐵車站裡

這些臉在人群中幻影般顯現；
濕漉漉的黑樹枝上花瓣數點。

——艾茲拉・龐德（1885－1972）

　　這首詩雖然長僅兩行，卻被後人視為意象派的經典之作。據詩人自己說，他有一次在巴黎乘地鐵，就在車站裡黑壓壓的人群中，偶然看見幾個美麗動人的臉孔在他面前一閃而過，卻猶如電光石火，在他心裡留下了永不磨滅的印象。他反覆琢磨了一年多，數易詩稿，最後他從日本的俳句得到啟發，才從中提煉出簡潔的、俳句式的這兩行詩來。據說，他的一個朋友對他講起，有個日本海軍軍官和他兩人在一個下雪天漫步於倫敦街頭，他們忽然發現雪地上有一串小貓跑過後留下的爪子印。日本軍官不由得詩興大發，立即賦詩一首，大意是：

　　　　雪地上那些小貓的腳印
　　　　梅花朵朵。

　　這首即興而作的俳句也許算不得什麼好詩，但是龐德聽了卻

深受啟發，使他對俳句產生了濃厚興趣。他接著又讀了另外幾首俳
句，終於發現俳句的奧妙之一在於詩中的意象相互疊加的關係。於
是他想，這對他表達他在地鐵車站裡的一剎那感受會很有幫助。果
然，他不久就仿照俳句的形式把〈在一個地鐵車站裡〉寫了出來。

　　「意象」這個詞語，也許常會讓人覺得，它指的主要是出現
在心裡的圖象──心靈之眼所見到的東西。其實視覺意象是詩裡最
為常見的一種意象，但是另外還有傳達聲音的意象、傳達氣味的意
象、傳達滋味的意象，或者傳達觸覺經驗的意象，譬如堅硬、潮濕
或寒冷；或者內在的感覺，譬如飢餓、口渴或噁心；或者肌肉或關
節的活動或緊張。如果我們想把話說得更加科學一些，我們不妨把
這個名單再增加一些，因為心理學家已經不再把人的感覺機能只限
於五種或六種。可是就討論詩歌所需要的範圍來說，上述分類已經
足夠了。

二、俳句

　　日本的俳句是由十七個音節（日語的每個假名都由一個音節
構成）組成的三行構成，每行的音節數分別為五、七、五，不押腳
韻。它主要憑藉意象來抒發詩人從外界獲得的感受。這種感受可以
是美的，也可以是不美的，甚至是醜惡的或者彆扭的。

　　下面是日本的著名俳句詩人與謝蕪村的一篇作品的英譯，以及
從英語轉譯的中文大意。

The Piercing Chill I Feel

The piercing chill I feel:
　　my dead wife's comb, in our bedroom,

under my heel...

— Yosa Buson (1716-1783)

(Translated by Harold G. Henderson)

刺骨的寒冷

在我倆的臥室裡，我的腳跟踩著了：

　　已故妻子的髮梳，

　　刺骨的寒冷……

————與謝蕪村（1716－1783）

　　日本的俳句原由十七個假名構成。一旦譯成英語或漢語，縱然在形式上難以完全保持這一特點，但是它那意象重疊的特徵，仍然還可以認得出來。在這首詩裡，如果詩人想這麼寫的話，他可以提到他那已故的妻子，他對她的懷念，以及他對死亡的感想等等。但是他若這樣寫，其結果就會和原詩大異其趣，它就不成其為一首俳句了。現在詩人寫道，他在他和已故的妻子的寢室裡，忽然踩在他妻子生前用的那把梳子上——寂然不動，觸肌冰冷，毫無生氣，就好像他觸及的就是他亡妻的那具屍體，使他不由得……。於是讀者也不禁打了個冷噤。因為在這兒，死亡已經不僅是一個抽象的概念而已，卻成了一個伸手可及、觸之冰冷、毫無生氣、寂然不動的實實在在的東西了。

　　日本的俳句詩人默察外界的動靜，從中發現可供吟誦的素材而將之提煉成詩。俳句詩人很少進行內省而後在詩中討論自己的感情。俳句短小精悍，並無容納抽象思維或者籠統概述的餘地。下面這首用英語寫的仿作，儘管它在形式這個方面符合俳句的規則，即

由十七個音節組成，可是它卻缺乏俳句所必需的意象，因而不能算是一首真正的俳句。

Now that our love is gone	我們的愛情既已消失，
I feel within my soul	我的心裡
a nagging distress.	一陣懊惱。

　　有些人認為俳句只是文人的遊戲之作：運用優美漂亮的文字，對一剎那間的自然景觀（日本著名俳句詩人松尾芭蕉曾說過：「俳句也者，只是發生在當時當地的情景而已。」），進行一番經過主觀衍譯的、速寫式的描繪。其實不然。俳句所刻意表達的是一種宇宙觀：人與自然之間乃是一個密不可分的整體。雖然它很短小，只能表現小小的意象、小小的情景，然而優秀的俳人卻能憑藉其形式的凝鍊，做到意在言外，耐人尋味——猶若鐘聲長鳴，餘音裊裊，既不絕於耳，且復繚繞心頭。

　　不妨再引幾首用英語寫的俳句的仿作，看看它們之間有哪些共同的特徵。

A great freight truck	運貨大卡車
lit like a town	燈火輝煌得像座城
through the dark stony desert	穿越黑暗而石塊遍地的沙漠
— Gary Snyder	——蓋瑞‧史耐德

Sprayed with strong poison	噴灑到了烈毒
my roses are crisp this year	插在水晶瓶裡的我的玫瑰
in the crystal vase	今年很脆弱
— Paul Goodman	——保羅‧古德曼

campfire extinguished,　　　　　營火熄了

the woman washing dishes　　　女人都在一盆星星裡

in a pan of stars　　　　　　　洗著碗碟

　　　　　－Raymond Roseliep　　　　　　　　　　──雷蒙・羅斯利普

The green cockleburs　　　　　綠的蒼耳苞

Caught in the thick wooly hair　讓黑人小孩毛茸茸的

Of the black boy's head.　　　　頭髮勾住

　　　　　－Richard Wright　　　　　　　　　　　　──理查・賴特

三、意象的組合

　　對抽象的、難以捉摸的事物賦之以形、色、聲、味、感等等素質，使之成為一個能夠予人以感性認識的、具體的東西──意象。這是詩人在他的作品裡設法追求的目標之一。有人說，沒有意象就沒有詩。也有人說，詩就是意象的組合。也許這些話都有一定的道理。

　　構成一個意象的單元可以是一個詞語、一個詞組或片語、一個句子，或者甚至一首小小的詩──就像〈刺骨的寒冷〉便是。我們不妨把這首詩分解為五個意象：chill（寒冷）、wife（妻子）、comb（梳子）、bedroom（臥室）和 heel（腳跟），因為代表一件實物或者一個感覺的詞語都是一個意象。可是這樣一來，就會把由整首詩構成的一個完整的意象弄得支離破碎，成了彼此無關的五個獨立的意象，不成其為一個經驗。

　　單一意象無法使讀者體驗到任何感官上的印象，它唯有在和上下文的結合裡，也就是在一個具體的情景裡，才能夠構成使讀者在他的想像裡產生一個特定的形象，才能夠使他體會到作者想要讓它

表達的思想或感情。

下面這首著名的〈紅小車〉，就是由數個意象疊合成詩人想要表達的情趣。它雖非俳句，但是在意象的運用方面，它卻與俳句有著共同點。

The Red Wheelbarrow

so much depends
upon

a red wheel
barrow

glazed with rain   5
water

beside the white
chickens.

— *William Carlos Williams* (1883-1963)

紅小車

這麼許多
全靠

紅色的手推

小車
雨水淋得   5
晶亮

在白色的雞
旁邊。

——威廉·卡洛斯·威廉斯（1883－1963）

　　美國文學評論家布魯克斯（Cleanth Brooks）和華倫（Robert Pan Warren）評論道：「讀這首詩，猶如透過小孔觀看食品櫥裡的普通物品，小孔框進物品的任意性，賦這些物品振奮人心的新鮮感。」詩人把常見的紅小車置於某種特定的環境之中，從新的角度進行觀察，於是，它忽然就變得新鮮光亮。如此看來，詩人只要對日常的事物做精細的觀察和選擇，並且用恰當的意象予以表達，就能表現出他想要表達的情趣。

　　桑德堡雖非意象派詩人，但是他的〈霧〉卻被認為是一首典型的意象派作品。他利用霧的自然形態和質地的特徵，把團團簇簇、變幻流動的狀態，幻化成毛茸茸、機靈、謹慎、甚至狡黠而可愛的貓咪的形象，使人既覺得奇特而新穎，又感到此一擬物的手法造成的形象極為鮮明、生動，因為詩人準確地表現出兩者共有的特點。

Fog

The fog comes
on little cat feet.

It sits looking

over harbor and city
on silent haunches   5
and then moves on.

　　　　　　　　　— *Carl Sandburg* (1878-1967)

霧

霧來了
躡著小貓的細步。

它蹲坐著，
悄悄俯瞰
海港和城市   5
然後向前移去。

　　　　　　　　——卡爾‧桑德堡（1878－1967）

　　再讓我們看看桑德堡的另一首富於意象派風格的詩作。〈窗〉和〈霧〉有異曲同工之妙。〈霧〉似乎是客觀的抒寫，其實它的形象仍是透過詩人的想像力的作用才得以實現。而〈窗〉則分明是詩人對外界直觀的結果，當時他正乘坐在飛馳中的列車裡，凝望著車窗外的黑夜——可是他所看到的黑夜是怎麼樣的呢？

Window

Night from a railroad car window
Is a great, dark, soft thing

Broken across with slashes of light.

$-$*Carl Sandburg*（1878-1967）

窗

從列車的窗口望出去，
夜是一個被光線抽打出鞭痕的
黑乎乎、軟疲疲的大傢伙。

——卡爾・桑德堡（1878－1967）

其實，詩人在敘事或者描繪方面，總是設法利用對感官易於
產生巨大作用的意象，來使他的詩作平添不少感染力，並非自今日
始，歷來就是如此。試以下面兩首詩為例。

Meeting at Night

The grey sea and the long black land;
And the yellow half-moon large and low;
And the startled little waves that leap
In fiery ringlets from their sleep,
As I gain the cove with pushing prow,　　　　　　　5
And quench its speed i' the slushy sand.
Then a mile of warm sea-scented beach;
Three fields to cross till a farm appears;
A tap at the pane, the quick sharp scratch
And blue spurt of a lighted match,　　　　　　　10

And a voice less loud, thro' its joys and fears,

Than the two hearts beating each to each!

—*Robert Browning* (1812-1889)

夜裡相會

灰濛濛的海，黑幽幽的岸；
大大黃黃的半月在天邊垂；
浪花兒朵朵在睡夢裡驚跳，
化作火圈兒顆顆，閃閃又爍爍——
我划小船一頭鑽進了海灣，   5
在黏黏糊糊的灘途上穩穩煞住。

我在風暖海香的海灘上走了一里路；
穿過三塊莊稼，來到了一農戶；
窗上輕輕一叩，「嗤」地一聲擦響
迸發出藍熒熒的火柴花兒一朵，   10
接著傳來的叫喚又驚又喜，
輕似那怦怦對跳著的兩顆心兒。

——羅伯特·伯朗寧（1812－1889）

〈夜裡相會〉是一首關於愛情的詩。我們不妨認為，它對愛情提出了不少看法：墜入情網是一種令人感到既甜蜜又興奮的經驗；當你正在戀愛的時候，你會感到每一件事物都彷彿變得非常美麗，而且連最最瑣碎的事情也似乎都變得意義重大起來；當你愛上了一個人的時候，你就會覺得你的情人是世界上最最可愛的人；等等。

可是詩人沒有直接對我們說這些。他甚至並沒有在詩裡提起「愛情」這個字眼。他作為一個詩人，想要做的只是傳達經驗，而不是傳達訊息。他主要用兩種方法做到了這一點。他首先在詩裡給我們描繪了一個特殊的情景：一個情人在夜裡去和他的心上人幽會。他的第二個手法是運用繪聲繪影的詞語，把那個前去幽會的情人在途中的所見所聞描繪得栩栩如生，讓人讀了覺得自己彷彿身臨其境，不但看見和聽見了那個情人所見到的和所聽到的一切，而且還親身體會到正在和戀人幽會中的那個情人所感覺到的種種令人色授魂與的印象。

這首詩的每一行裡都包含著若干意象。其中有些意象訴諸讀者的感官：如灰濛濛的海，黑幽幽的岸，大大黃黃的半月，受了驚而醒來似的一朵朵小小的浪花，迸發出藍色火光的、點燃了的火柴棒——這一切都訴諸我們的視覺，使我們好像也親眼看到了這些動人的景象。因為它們表達的不但是具體的形象，而且還描繪出色彩、聲響和動作來，所以讀者的印象就越發生動詳實：那小船在灘途上嘎然煞住，那窗上的輕叩，那火柴的急促擦亮，那對情人的竊竊私語，以及他們倆怦怦然心兒對著心兒的跳動——此情此景，無一不使讀者悠然神往，彷彿他自己就是有幸參與這次幽會的一個戀人。

Parting at Morning

Round the cape of a sudden came the sea,
And the sun looked over the mountain's rim:
And straight was a path of gold for him,
And the need of a world of men for me.

—*Robert Browning* (1812-1889)

清晨離別

　　繞過海岬，大海突然迎面湧來，
　　太陽卻在山邊上探出頭來張望：
　　在他面前是一條筆直的黃金路，
　　而我需要的是一個男人的世界。

　　　　　　　　——羅伯特・伯朗寧（1812－1889）

　　最初，詩人曾把〈夜裡相會〉和〈清晨離別〉合為一首發表，題目為〈夜與晨〉，可見這兩首詩裡的內容講的是一回事：一對戀人的幽會和分別。兩首詩裡的獨白者都是這對戀人中的那個男人。它們相輔相成，各自描繪了他生活中的黑夜和白天。

　　任何一個意象之生動和精確與否，一般要看它的詞語是否用得精當、確切，要看詩人是否使用了細緻而有效的細節來加以渲染或描繪。譬如說，hummingbird（蜂鳥）這一詞語要比 bird 所能傳達的形象更為生動翔實，然而 ruby-throated hummingbird（紅脖子的蜂鳥）則變得更加精確和生動了。但是生動的描繪卻並不意味著全面而鉅細靡遺的刻劃。一兩個特別精確而有代表性的細節，足以使一個敏感而富於想像力的讀者體會出其餘的細節。丁尼生在他的〈鷹〉（第一章）裡只提到鷹的一個細節：說他的勾曲的勾爪勾住了峭壁。雖然詩人只用了一個意象，但是由於它十分有力，所以令人難忘。羅賓森在他的〈理查・考利〉裡告訴我們說，理查・考利「長得英俊漂亮，沒人比他更帥」，他「穿著樸素，從不講究打扮」，等等。可是他讓我們讀來如見其人的卻只有一個細節：理查・考利「走起路來熠熠生輝，讓人目眩」。伯朗寧在〈夜裡相會〉裡用了一句「窗上輕輕一叩，『嘶』地一聲擦響／迸發出藍熒熒的火柴花兒一朵」，就把這一動人的情景在讀者的眼前活靈活現地展示出來了。

在為數眾多的修辭手法裡，意象是詩人用得最多也最有效的一種。他不但用它來使讀者心裡產生栩栩如生的感覺和經驗，而且還用它來傳達他的感情和思想。所以，在一般情況下，詩人所尋求的是具體而富於形象的詞語，不是抽象而浮泛的詞語。但是我們不能僅僅依據意象的多寡來判斷一首詩的優劣。從感官獲得的印象，只是經驗的一部分而已。除此以外，詩人還可以用別的方法來達到他的目的。而且我們在評判一首詩裡的某個成分時，一定要把它和詩人創作這首詩的意圖連繫起來加以考慮。

四、意象派詩人

美國詩人艾茲拉・龐德（Ezra Pound, 1885-1972）在 1914 年 3 月出版了收有 H. D.（Hilda Doolittle, 1886-1961）和理查德・阿爾丁頓（Richard Aldington, 1892-1962）等詩人的作品、標題為《意象主義者》（*Des Imagistes*）的詩集，宣告了一個結構鬆散、詩風不盡一致的所謂「意象派詩人」（Imagists）的文藝團體的成立。詩人約翰・古爾德・福萊徹（John Gould Fletcher, 1886-1950）也是它的成員，他和別的意象派詩人的共同點之一乃是：詩人之寫詩，重要的不是尋找「美」的意象，而是照龐德所說的那樣，「按照我所見的事物來描繪」。在他的〈海嘯〉裡，也就難怪充滿了一些不美的、甚至醜惡的東西。他的這種風格確實是對當時寫爛了的俗套有意識的衝擊和否定，因此擴大了詩的領域。

The Groundswell
Marcia Funebre

With heavy doleful clamour, hour on hour, and day on day

The muddy groundswell lifts and breaks and falls and slides away

The cold and naked wind runs shivering over the sands,
Salt are its eyes, open its mouth, its brow wet, blue its hands.

It finds naught but a starving gull whose wings trail at its side,　5
And the dull battered wreckage, grey jetsam of the tide.

The lifeless chilly slaty sky with no blue hope is lit,
A rusty waddling steamer plants a smudge of smoke on it.

Stupidly stand the factory chimneys staring over all,
The grey grows ever denser, and soon the night with fall:　　10

The wind runs sobbing over the beach and touches with its hands
Straw, chaff, old bottles, broken crates, the litter of the sands.

Sometimes the bloated carcase of a dog or fish is found,
Sometimes the rumpled feathers of a sea-gull shot or drowned.

Last year it was an unknown man who came up from the sea,　15
There is his grave hard by the dunes under a stunted tree.

With heavy doleful clamour, hour on hour, and day on day,
The muddy groundswell lifts and breaks and falls and slides away.

—John Gould Fletcher (1886-1950)

海　嘯
葬禮進行曲

以沉沉而淒涼的喧嘩，一個又一個鐘點，一天又一天
海嘯掀起的巨浪在飛騰，在碎裂，在墜落，又在湧退。

寒冷徹骨又猙獰畢露的大風在那沙灘上戰慄著奔騰而來，
它的眼睛辛辣，它的嘴巴巨張，它的額頭潮濕，它的手兒發藍。

它什麼都沒有找到，除了一隻餓壞了的海鷗拖著受了傷的翅膀，　　5
還有那沉悶而破碎的船難殘骸，浪潮捲來灰色的廢棄物在漂蕩。

毫無生氣的冰冷石板似的天空沒有任何藍色的希望已經點燃，
一艘佈滿了鐵鏽的汽輪還在那天空裡插進了一股煙的污染。

工廠裡的一根根煙囪傻乎乎地站在那兒瞪視著這一切，
灰濛濛的天灰得越來越厲害，不久那夜晚就會降下來。　　10

風在沙灘上一聲聲嗚咽著奔馳，用它的手兒撫摸著那些
稻草稈兒，廢物料兒，舊瓶兒，破箱兒，沙灘上的七零八碎兒。

有時候發現了一個漲得鼓鼓的死狗或者死魚的屍體，
有時候一隻被人開槍打死或者被海水淹死的海鷗那亂成一團的毛羽。

去年發現的是一個從海上漂過來的陌生男人的軀體，　　15
他的墳墓就在靠近海灘的那些沙丘邊的一棵長僵了的樹下面。

以沉沉而淒涼的喧嘩，一個又一個鐘點，一天又一天
海嘯掀起的巨浪在飛騰，在碎裂，在墜落，又在湧退。

──約翰・古爾德・福萊徹（1886－1950）

　　意象派詩人艾米・羅厄爾（Amy Lowell, 1874-1925）等能獨具
慧眼地發現並捕捉生活中予人以美感的一瞬間，用文字把它們再現
於讀者面前，分享它們的情趣。她的〈風和銀〉雖然在所含的意蘊
上顯得單薄一些，但她運用鮮明的意象構成一幅生動多姿的畫面，
讓讀者從中得到美的啟迪。〈風和銀〉從秋風（「風」）寫到秋月
（「銀」），描繪了秋夜的美景，用意象疊加的手法，巧妙地摹狀出靜
夜裡活躍的動態，把月光籠罩下的秋夜之美表現得淋漓盡致。

Wind and Silver

Greatly shining,

The Autumn moon floats in the thin sky;

And the fish-ponds shake their backs and flash their dragon scales

As she passes over them.

─ *Amy Lowell* (1874-1925)

風和銀

光華輝耀，

秋月在薄薄的夜空裡浮動；

魚塘顫動著脊背，閃亮了片片龍鱗，

秋月在上面移過。

──艾米・羅厄爾（1874－1925）

第五章

比喻性語言之一
——明喻、暗喻、擬人、轉喻

我們在寫詩的時候可以這麼做：寫的和我們意指的是兩回事。

──羅伯特・福洛斯特

　　顧名思義，所謂「比喻性的語言」，就是不用一般人常用的那種就事論事的語言，卻為了把某種事物說得或寫得生動、具體、形象鮮明，使聽的人或者讀的人好像親眼看見或親身體驗到似的，就往往使用一種「打比方」也叫「比喻」的手法。例如，如果說「西北風刮得我的臉很痛」，人家只知道你的臉很痛，卻不知道究竟痛到什麼程度。如果你打比方說，「西北風刮得我的臉痛如刀割」，別人聽了可就體會得到，你的臉究竟是怎麼個痛法了。因為「刀割」是一種具體、特殊的疼痛，而且一般人對此都可能有過親身體驗。這個比喻用得好，好就好在它使人產生一個非常具體和深刻的印象。

　　一個比喻通常由三個部分組成。一個被比喻的事物，叫做「本體」（the literal term）。另一個是用作比喻的事物，叫做「喻體」（the figurative term）。再一個是把這兩者連繫起來、顯示其間的比喻關係的詞語，叫作「比喻詞」（the comparative term）。可是，有時你並不一定把這三個部分都說出來，而且，即使都說出來了，採用的方式也可能不同。這樣，比喻可分為「明喻」（simile）和「暗喻」（metaphor，也稱「隱喻」）等不同的類型。

一、明喻

　　「明喻」就是把話挑明了的比喻。打這種比喻，上面說過的三個組成部分通常都要挑明，而且比喻詞也都是一些能夠明顯地表示出彼此間的比喻關係的詞語，如英語裡的 like, as, than, similar to 或者 resemble 等，它們相當於漢語裡的「正像」、「好像」、「有如」、「像…一般」、「彷彿」、「跟…一樣」、「…似的」等等。丁尼生的

〈鵰〉（第一章）裡的最後一句 "And like a thunderbolt he falls"（迅如電閃雷鳴，他俯衝）就是一個明喻。

把兩個性質不同的東西進行比較，而且點明它們之間相似，這才是明喻。如果把本質上原來就相同的兩件東西說成彼此相似，那就不是明喻。譬如我們不能說 "Your hands are like mine."（「你的手像我的手」）是個明喻。它只是一個就事論事的判斷而已，因為你的手和我的手在本質上相同——它們都是手；它們之間的關係是比較的關係，不是比喻的關係。但是，如果你說 "The eagle's claws are like crooked hands."（「鵰的爪子像勾曲的手」），這就是一個明喻，因為「爪子」和「手」不是一回事，而是兩樣不同的東西。

二、暗喻

「暗喻」是並不明顯的比喻。它和「明喻」的唯一區別是：它的比喻詞並不明顯。換言之，說話的人或者文章的作者直接把本體和喻體等同起來，即把兩種本質上不同的東西看作同一回事。因此，儘管他也在打著比方，用著比喻，可是他的比喻裡並不出現 like, as, than, similar 或者 resemble 之類的用作比喻的詞語。莎士比亞在〈春之歌〉（第一章）裡寫道："merry larks are ploughmen's clocks"（「歡樂的雲雀在為莊稼人報曉」，或者直譯作「歡樂的雲雀是莊稼人的報時鐘」）。他在這裡用的就是一個暗喻。同樣，丁尼生在〈鵰〉裡說 "He clasps the crag with crooked hands"（「他那勾曲的勾爪勾住峭壁」），詩人用 crooked hands（勾曲的手）取代了 claws（爪子），把兩者當作一回事。可是這首詩的譯者卻為了想讓「勾」這一詞語一再出現，以此來表現原文裡一再出現的子音〔k〕（clasp、crag 和 crooked），而把（crooked hands）譯作「勾爪」，並不把它譯作「勾曲的手」。譯文顧此失彼，無疑較諸原文遜色不少。

　　暗喻可以分為四種。在第一種暗喻裡，比喻裡的本體和喻體都由作者挑明了。如在下面這首詩裡，本體和喻體分別為 life 和 hound。

The Hound

Life the hound
Equivocal
Comes at a bound
Either to rend me
Or to befriend me.　　　　　　　　　　　　　　　　5
I cannot tell
The hound's intent
Till he has sprung
At my bare hand
With teeth or tongue.　　　　　　　　　　　　　　10
Meanwhile I stand
And wait the event.

— *Robert Francis* (1901-1987)

獵犬

生活這條獵犬
用意莫測
蹦跳而來
要麼想要咬我

要麼和我交個朋友。   5
我可猜不透
獵犬想幹什麼
直到它縱身一躍
對準我的空手
用它的牙齒還是舌頭。   15
在這以前，我等待著
它的分曉。

——羅伯特‧法蘭西斯（1901－1987）

在第二類暗喻裡，作者提到了本體，但是喻體只在上下文裡予
以暗示而已。請讀下面這首小詩。

To Dianeme

Give me one kiss,
  And no more:
If so be, this
  Makes you poor,
To enrich you   5
  I'll restore
For that one, two
  Thousand score.

—*Robert Herrick* (1591-1674)

致狄安妮蜜

給我一個吻，
　　不要更多。
如果它會使你
　　變得窮苦，
為了讓你富有，　　　　　　　　　　　　　　5
　　為你這一吻
我要還給你
　　四萬個吻。

──羅伯特・赫立克（1591－1674）

在上面這首詩裡，詩人把「吻」比作金錢。可是他沒有把它挑明。讀者只有靠自己從上下文裡參悟出來。

第三類暗喻則和第二類正好相反──詩人點明的是喻體，本體則需讓讀者費神去猜度。

Why Do the Graces[1]

Why do the Graces now desert the Muse?
　　They hate bright ribbons tying wooden shoes.

— *Walter Savage Landor* (1775-1864)

---

[1] **the Graces** 指希臘神話裡司美麗、溫雅、歡樂的三女神：Aglaia、Euphrosyne 和 Thalia。

為什麼優美女神

為什麼優美女神拋棄了繆斯？
她們討厭用華麗的彩帶繫著木製的鞋。

——沃爾特・薩維基・蘭多（1775－1864）

　　上面這首詩裡的喻體很明確，它是「用華麗的彩帶繫著木製的鞋」，從上一句裡的優美女神和專司文藝的繆斯女神來看，本體應該是詩和其他文學作品。從這首短得只有兩行的詩看來，身為文學評論家的蘭多，對當時崇尚文辭華美而忽視內容實質的文風非常不以為然。

　　第四種類型的暗喻裡的本體和喻體都被略去不提，全靠讀者自行設法猜度。下面這首詩就是如此。它讀來如同一個謎語，讓人頗費猜測。其實，它所描寫的是當時（此詩寫於1891年）全世界的三大工程之一——北美大鐵路，美國物質文明發展的標誌。全篇沒有提及「火車」這個詞，但火車頭長嘯、車輪飛馳的情景躍然紙上。

I Like to See It Lap the Miles

I like to see it lap the miles,
And lick the valleys up,
And stop to feed itself at tanks;
And then, prodigious, step

Around a pile of mountains,
And, supercilious, peer
In shanties by the sides of roads;

5

and then a quarry pare[2]

To fit its ribs, and crawl between,
Complaining all the while　　　　　　　　　　　　10
In horrid, hooting stanza;
Then chase itself down hill

And neigh like Boanerges;[3]
Then, punctual as a star,
Stop ─ docile and omnipotent ─　　　　　　　　15
At its own stable door.[4]

　　　　　　　　　　　　─*Emily Dickinson* (1830-1888)

我愛看它舔食一里又一里

我愛看它舔食一里又一里
舔去一條條山谷，
停在水塔下把自己灌足；
然後邁開驚人的大步

---

2 **And then a quarry pare** = And then pare a quarry.

3 **Boanerges:** 原為耶穌給使徒雅各和約翰兄弟起的名字，意為「雷神之子」（Sons of Thunder），見《聖經》中的〈馬可福音〉三章十七節。引申為「聲音洪亮的演說家」，或者「大嗓門的人」。此外，詩人還用了 prodigious, supercilious, omnipotent 等大字眼，意在烘托火車雄偉的聲勢。

4 全詩其實只由一個句子構成，lap, lick, stop, step, peer, pare, crawl, chase, neigh, stop 等動詞都是第一行裡的 it 此一受詞的補語。

繞過成堆的山巒，　　　　　　　　　　　　5
趾高氣揚，睥睨著
道路兩側，簡陋的房舍；
然後，爬過

依照它的身材
開鑿的石槽，　　　　　　　　　　　　　10
以可怕的，汽笛聲
不住地抱怨，
然後，衝下山嶺

像嗓音洪亮的傳教士一樣嘶吼；
然後，像星辰一樣準時，　　　　　　　　15
停下——馴順而又威武——
停在自己的廄棚門口。

　　　　　　　　　——艾蜜莉‧狄瑾蓀（1830－1886）

　　　　　　　　　（江楓譯）

　　這四種暗喻中的後面三種常被稱作「含而不露的暗喻」
（implied metaphor）。我們不妨舉例如下，以此來說明明喻和暗喻
之間的區別。

　　　　My love is like a red, red rose.
　　　　我的戀人（或「愛情」，下同）像一朵紅紅的玫瑰。

　　　　　　　　　　　　　　　　　　　　　　　明喻

　　　　My love resembles a red, red rose.
　　　　我的戀人和一朵紅紅的玫瑰一個樣。

　　　　　　　　　　　　　　　　　　　　　　　明喻

My love is redder than a rose.

我的戀人比玫瑰更加紅。　　　　　　　　　　　　　　　明喻

My love is a red, red rose.

我的戀人是朵紅紅的玫瑰。　　　　　　　　　　　　　　暗喻

My love has red petals and sharp thorns.

我的戀人長著紅色的花瓣和尖刺。　　　　　　　含而不露的暗喻

I placed my love into a long-stem vase
And I bandaged my bleeding thumb.

我把我的戀人放在一只長頸花瓶裡

然後包紮好我那流著血的大拇指。　　　　　　　含而不露的暗喻

三、擬人與頓呼法

　　「擬人」（personification）指的是把一個動物、一樣東西或者一個想法看作一個人——即把它當作具備的一切特徵來看待。其實它也是暗喻的一種附屬形式——和其他暗喻不同的是：它的喻體不外是人。如濟慈的〈秋頌〉（"To Autumn"）裡，他把秋比作一個正在收割的莊稼漢："sitting careless on a granary floor"（「無憂無慮坐在打麥場的地上」），或者"on a half-reaped furrow sound asleep"（「躺倒在收割了一半的田壟裡鼾睡」）。在〈兩隻烏鴉〉（第一章）裡，作者把那兩隻鳥寫成和人一樣會說話，有思想，有感情。伯朗寧在〈夜裡相會〉（第四章）裡寫道："the startled waves"（「浪花兒朵朵在睡夢裡驚跳」），可不能算是一個擬人的例子，因為詩人儘管提到浪花的「驚跳」，但僅此仍還不足以使浪花具備人的素質。

　　讓我們看蘭多在他的另一首作於晚年的詩裡如何把死亡當作一

個具有人性的對象來看待。

Death Stands Above Me

Death stands above me, whispering low
I know not what into my ear:
Of his strange language all I know
Is, there is not a word of fear.[5]

— *Walter Savage Landor* (1775-1884)

死亡站在我背後

死亡站在我背後，對著我的耳朵
輕輕地不知道在說些什麼；
他那古怪的話語我只懂得：
一點也沒有提到害怕。

——沃爾特・薩維基・蘭多（1775－1864）

　　另外，「頓呼法」（apostrophe）是一種和擬人關係密切的比喻方式。它是詩人在詩裡忽然對不在場的第三者或者無生命的事物發出呼喚的一種修辭手段。譬如："Frailty, thy name is woman."（「脆弱啊，你的名字就是女人。」）這句裡的 Frailty 這一詞語就是頓呼法。
　　雖然擬人和頓呼法的使用目的也在於使文辭顯得生動，讓讀者讀來頗有親切之感，但這兩者都不需要詩人有多大的想像力——

---

5 在有些版本裡，這首詩的最後一行為："Is, there is not a world of fear" 意為：我只聽懂了一點：死後並沒有令人懼怕的世界（即地獄）。

尤其是頓呼法，所以它們很容易成為一種成規俗套而遭到濫用。因此，它們既出現在好詩裡，但也會出現在壞詩裡。我們要學會去判斷有效和庸俗的用法，以便區別。

　　下面這首〈致水仙〉是詩人赫立克的名作之一，透過形象的比喻，表達了詩人對榮衰無常、人生短暫的感嘆。全詩分兩個詩節，每節開頭的四行都採用民謠中常用的四音步和三音步抑揚格更替出現的詩行。第五行則用單音步揚揚格，具有延緩的作用，表達詩人的苦心挽留（第一詩節）或者無可奈何（第二詩節）的心情，在第六行的三音步抑揚格以後，緊接著出現單音步抑揚格，表示時光匆匆，人生短促。下面一行又是三音步抑揚格，而結尾的最後兩行，又回到開頭的民謠體，不但詩節結束圓滿，而且有餘音繚繞、不絕於耳之妙。詩中採用的呼告形式（Fair daffodils, ... / You haste away so soon），讀來情真意切，十分感人。

To Daffodils

　　　Fair Daffodils, we weep to see
　　　　　You haste away so soon;
　　　As yet the early-rising sun
　　　　　Has not attain'd his noon.
　　　　　　Stay, stay　　　　　　　　　　5
　　　　　Until the hasting day
　　　　　　Has run
　　　　　But to the evensong;[6]

---

[6] **Stay, stay, / Until the hasting day / Has run / But to the evensong:** 這四行為一句，意為：（美麗的水仙）請別忙著走，等那白晝過去，夜晚來臨，你方可離去。hasting day: 短暫易逝的白天；but = just; evensong: 晚禱，這裡指夜晚。

And, having pray'd together, we
    Will go with you along.   10

We have short time to stay, as you;
    We have as short a spring;
As quick a growth to meet decay,[7]
    As you, or anything.
        We die   15
As your hours[8] do, and dry
        Away,
    Like to the summer's rain;
Or as the pearls of morning's dew,
    Ne'er to be found again.   20

—Robert Herrick (1591-1674)

致水仙

美麗的水仙，我們悲痛地看見
你如此匆匆地離去；
如今那一早就起來了的太陽
還沒有升到他的頂點。
留下吧，   5
留到匆匆而去的白晝
已去到

---

7 **As quick a growth to meet decay:** 和你（水仙）一樣，剛來到塵世就面臨死亡。
8 **your hours:** 指水仙花盛開的時期。

舉行晚禱的時刻；

那時候，一起做罷禱告，我們

將會和你一起去。　　　　　　　　　　　　　　10

我們在世間停留得和你一樣短；

我們的春天也不長；

我們匆匆地成長了就要凋謝，

像你或像萬物一樣。

每時每刻　　　　　　　　　　　　　　　　　15

我們像你一樣死去，

像夏雨

時時刻刻在乾涸；

又像那一顆顆珍珠似的朝露，

永遠不再有覓處。　　　　　　　　　　　　　20

　　　　　　　　　──羅伯特・赫立克（1591－1674）

四、代喻與轉喻

　　代喻（synecdoche，以部分代替整體）和轉喻（metonymy，以密切相關的事物代替原來的某個事物）在這一點上是相同的：它們都以某一個經驗的一個重要細節或者方面代替整個經驗本身。例如：

a married ear　　代替 a married man（莎士比亞：〈春之歌〉，第一章）

with delight　　代替 with bright color（同上）

a grave　　代替 death（哈代：〈下屬〉，第二章）

the leather　　代替 a football（霍斯曼：〈我的馬兒可還在耕地〉，第二章）

由此可見，代喻或轉喻，如果運用得當，能使詩人對事物或概念的描繪或者敘述富於感情和深度，從而使讀者得到更深的印象。

五、比喻的優點

比喻性的語言之所以優於平鋪直敘的一般性語言，其原因大致如下：

(1)比喻給予讀者發揮想像力的餘地和樂趣。我們不妨把想像力設想為心智的一種功能：它能像孫悟空翻跟斗似的，從某個概念直接跳到另外一個概念，不必像蝸牛那樣一步步爬行。而一般人都愛在心裡翻這種跟斗，都喜歡在不同的事物裡發現相同的東西。因此我們都隨著各自的想像力的馳騁，而各自在月亮裡看到了兔子、人、樹等等，把山峰和雲朵看作形形色色的人、動物和其他任何匪夷所思的東西。總之，比喻性的語言本身就有意思，就富於內涵，能夠讓人在運用和閱讀的時候透過想像來得到快感。

(2) 使用比喻性的語言就意味著在詩裡增加意象，使詩作變得更加形象鮮明，更加生動翔實。它使抽象變成具體，從而增加詩的整體的美感。蘭多在他的詩裡把死亡當作一個人來對待，讓他具有形象，並且說了話。福洛斯特讓他詩裡〈愛情和一個問題〉（"Love and a Question"）的那個新郎，在想到他那新婚妻子的時候許了個願，「但願她的心兒藏在一只金盒子裡／上面還扣著一根銀別針」，這樣詩人就把一個人心裡的感情轉化為一種確切而具體的實物和狀態。伯朗寧則把起著皺褶的細浪比喻為「火圈兒顆顆，閃閃又爍爍」（第四章），就使一個意象變成三個。總之，比喻性的語言能使一首詩對讀者的感官的吸引力大為增強，同時也就豐富了它的美感和真切感。

(3)運用比喻是化腐朽為神奇的一個妙方。它能使一篇奄奄一息的、以傳遞訊息為務的文章脫胎換骨，一下子有了感情和血肉，變得虎虎有生氣起來。我們為了說話生動起見，在日常生活裡也經

常使用許多讓人用爛了的比喻,譬如說一個女人長得漂亮,就說她「像朵鮮花」,她若嫁個男人既窩囊沒有出息,又長得像武大郎,有人就會說她是「一朵鮮花插在牛糞上」。諸如此類,不勝枚舉。這種說法當然要比單單說一個女人「長得美」,或者說她「嫁個老公不相配」要生動一些。可是,話也得說回來:比喻使用不當,還不如不用。所以詩人往往避免使用任何陳腔爛調,也就是讓人用得過多而早已失去新鮮感的東西,其中就包括把女人比作「鮮花」之類的比喻——除非他另有所圖:譬如讓它出自一個庸人凡夫之口,以示其呆愚。

(4)比喻性的語言是使詩人能夠用最少的語句表達最豐富的內容的一種修辭手法。它和詞語一樣,也能成為多維的表現方式。譬如莎士比亞在《馬克白》裡把人的生命比作一根蠟燭:因為它像蠟燭一樣,在黑暗裡開始,又在黑暗裡結束;它像蠟燭一樣,當它在燃燒的時候,它會發出光、熱和能量,它有活力和色彩;它和蠟燭一樣朝不保夕,隨時都可能熄滅;它和蠟燭一樣短暫,須臾而來,瞬息即逝。當然,也許你還能想出一些別的相同之處來。反正從馬克白的嘴裡說出來的這個比喻,使他能夠用簡練而精確的語言,表達出要用許多一般話語才能夠說得清楚的真實情況。同時,它也使他能夠把它表達得更加具體,使讀者得以發揮自己的想像力,從中得到樂趣,並且感覺到感情的激盪或宣洩。

由此看來,對比喻性的語言具備理解和欣賞的能力,顯然是閱讀詩歌的必備條件之一。不幸的是,這條路上佈滿了荊棘,因為比喻性的語言可能會令人產生種種誤解。可是詩人卻往往認為他冒此危險頗為值得。一是由於人人都多多少少有點想像力。二是想像力的發揮予人樂趣。三是想像力——正確理解比喻性語言的能力——是一種可以讓人透過實踐而得到培養和提升的能力。

六、更多比喻的應用

英國十七世紀的詩人約翰‧唐恩（John Donne）是「玄學派」（The Metaphysical School）的鼻祖。這派詩人的特點是：喜歡在他們的詩裡使用 wit（聰明機智）或 conceit（奇思妙想）──在他們的詩裡，說理、辯論多於抒情，把不同的思想、意象、典故揉合在一起，所用的意象涉及各種知識領域，比喻奇特，有時甚至匪夷所思。這種敏捷活潑的思維活動又與強烈的激情──愛的激情和宗教的激情──融為一體。他寫的愛情詩裡寫的不是花容月貌、萬種柔情，也不尚詞藻的修飾，而是剛健、硬朗，富於口語化和戲劇化的特徵。但是這派詩歌時常失之於晦澀，甚至令人望而生畏。總之，這派詩風在英詩中是一支異軍，可以說前無古人，而且模仿者也難以超越他們的成就。

唐恩的〈別離辭：節哀〉是詩人於1611年出使法國以前，寫給他的妻子的。詩裡也流露出憂慮的情緒：這似乎是一個不幸的預兆──他在國外時，他的妻子產下一死胎。

A Valediction: Forbidding Mourning

As virtuous men pass mildly away,[9]
　　And whisper to their souls to go,
Whilst some of their sad friends do say,
　　The breath goes now, and some say, no;

So let us melt, and make no noise,　　　　　　5

9　**pass away:**「死去」的一種比較文雅的說法。這詞語和第5行的 melt（融化，融為一體）相呼應。

No tear-floods, nor sigh-tempests move,[10]

'Twere profanation of our joys

To tell the laity our love.[11]

Moving of th' earth[12] brings harms and fears,

Men reckon what it did and meant,　　　　　　　　10

But trepidation of the spheres,[13]

Though greater far, is innocent.

Dull sublunary lovers' love

(Whose soul[14] is sense[15]) cannot admit[16]

Absence, because it doth remove　　　　　　　　15

Those things[17] which elemented[18] it.[19]

But we by'a love so much refined,[20]

---

[10] **tear-floods, sigh-tempests:** 詩人把眼淚比作洪水，把嘆息比作風暴。唐恩擅長把簡單的詞語拼湊在一起，使文辭變得簡練，內容濃縮而豐富。

[11] **'Twere profanation of our joys / To tell the laity our love:** profanation 意為「褻瀆，不敬」；laity 教會聖職人員以外的普通人。詩人顯然在此把愛情暗比為神聖的宗教。

[12] **Moving of th' earth:** 指的是地震。當時的人認為地震是由於上帝震怒而引起的，必然會帶來巨大的災難。

[13] **trepidation of the spheres:** 詩人把他和妻子的離別比喻為龐大天體的偏移，是一件神祕而重大的事情，而且它是不能對凡人說的。

[14] **soul:** （＝essence）本質

[15] **sense:** 感官，與「精神」相對而言。詩人在此似乎歌頌伯拉圖式的精神戀愛。而且，他認為這是凡夫俗子所無法理解的。

[16] **admit:** （＝suffer, stand）忍受；理解

[17] **Those things:** 指感官、肉體方面的享受

[18] **elemented:** （＝compose）構成

[19] **it:** 指第13行所說的凡夫俗子間的愛情。

[20] **refined:** 精鍊，像經過鍊金術士的提煉一樣。

That our selves know not what it is,[21]

Inter-assurèd[22] of the mind,

    Care less,[23] eyes, lips, and hands[24] to miss.   20

Our two souls therefore, which are one,[25]

    Though I must go, endure not yet[26]

A breach,[27] but an expansion,[28]

    Like gold to airy thinness[29] beat.

If they be two, they[30] are two so   25

    As stiff twin compasses are two;

Thy soul, the fixed foot,[31] makes no show

    To move, but doth, if th' other do.[32]

---

21 **That our selves know not what it is:** 我們連自己也說不上來。似有「不可言傳」之意。

22 **Inter-assurèd:** 我們心心相印，互相盟誓（有著法律莊嚴保證的含義）。

23 **Care less:** （＝careless），意為「不以為意」。

24 **eyes, lips, and hands:** 指感官方面的享受。

25 **which are one** = which are one soul.

26 **endure not yet** = yet endure not.（endure = suffer）

27 **breach:** 分裂；分別

28 **expansion:** 延展。詩人把他和他妻子之間的愛情比作黃金，可以被打成一片極薄的金箔。

29 **airy thinness:** 指薄如空氣。詩人以此來和凡俗的、沉濁而污穢的肉體之愛做對比。

30 **they:** 指他和他妻子的靈魂。**so:** （＝in such a way）。詩人在以下三個詩節裡展開了另外一個比喻——它被看作英國文學裡最為著名的比喻之一。這三個詩節依次表達了三個層次的意思：(1)他和他妻子好比圓規上兩隻互相依靠和牽動的腳：一隻是圓心腳，另一隻是圓周腳。(2)兩者分後必合。(3)由於圓心腳堅定不移，另一隻腳才能畫出一個完美無缺的圓周來。

31 **fixed foot:** 圓心腳

32 **th' other do:** 指圓周腳。圓周腳動，圓心腳也動。因為這是一個條件句，所以用 do，不用 doth (does)。

And though it in the center sit,[33]

    Yet when the other far doth roam,   30

It leans and hearkens after it,[34]

    And grows erect, as that comes home.[35]

Such wilt thou be to me, who must

    Like th' other foot, obliquely run.

Thy firmness makes my circle just,   35

    And makes me end where I begun.[36]

         —John Donne (1572-1631)

別離辭：節哀

正如德高之人逝世很泰然，

    對靈魂輕輕地說一聲走，

悲慟的朋友們緊在他旁邊，

    有的說他斷氣了，有的說沒有。

讓我們融化，一聲也不作，   5

    淚浪也不翻，嘆風也不興；

那是褻瀆我們的歡樂——

    要是對俗人講我們的愛情。

---

33 **sit:** 這是一個讓步子句，所以不用 sits。

34 **it:** 第一個 it 指圓心腳，第二個 it 指圓周腳。

35 **that comes home:** that 指圓周腳——即指出使在外國的詩人自己返回家園。

36 **...end, where I begun (= began):** 意為「畫一個整圓」，或解作「回到圓心腳（即詩人的妻子）的旁邊」。

地動會帶來災害和驚恐，

　　人們估計它幹什麼，要怎樣，　　　　　　10

可是那些天體的震動，

　　雖然大得多，什麼也不傷。

世俗男女的彼此相好

　　（它的本質是官能）就最忌

別離，因為那就會取消　　　　　　　　　　15

　　組成愛戀的那一套東西。

我們被愛情提煉得純淨，

　　自己都不知道存在什麼念頭

互相在心靈上得到了保證，

　　毫不在乎感官方面的享受。　　　　　　　20

兩個靈魂打成一片，

　　雖說我得走，卻並不變成

破裂，而只是向外伸延，

　　像金子打到薄薄的一層。

就還算兩個吧，兩個卻這樣　　　　　　　　25

　　和一副兩腳規情況相同，

你的靈魂是定腳，並不像是要

　　移動，但另一腳一移，它也動。

雖然它一直是坐在中心，

　　可是另一個去天涯海角，　　　　　　　　30

它就側了身，傾聽八垠；

　那一個一回家，它馬上就挺腰。

你對我就會這個樣子，我一生

　像另外那隻腳，得側身打轉；

你堅定，我畫的圓才會準，　　　　　　　　　35

　我才會終結在開始的起點。

——約翰‧唐恩（1572－1631）

（卞之琳譯　朱乃長校）

　　詩人華茲華斯有感於當時英國民風崇尚浮華和虛榮，並因當時的英國未能幫助西班牙抵禦法國進犯以維護其自由而深感失望，就寫下了下面這首著名的十四行詩。他在詩裡熱烈地歌頌了大詩人彌爾頓，希望英國人民重振當年的雄風，發揚彌爾頓為自由而奮鬥的豪邁精神。我們能從這首詩裡發現，這位行吟湖畔、陶醉於自然風光的詩人，原來還有一顆憂國憂民的赤子之心。詩人在這首詩裡運用了代喻和轉喻等修辭手法，使全詩讀來言簡意賅，回味無窮。

London, 1802

Milton![37] thou shouldst be living at this hour:

England hath need of thee: she is a fen

Of stagnant waters:[38] altar, sword, and pen,[39]

---

37 **Milton:** 約翰‧彌爾頓（1608-1676），十七世紀英國的大詩人，曾在共和政府裡擔任拉丁文祕書。

38 **a fen of stagnant waters:** 一潭死水

39 **altar:** 指教會；**sword**：指軍隊；**pen**：指文職官吏。

Fireside,[40] the heroic wealth of hall and bower,[41]

Have forfeited their ancient English dower[42]   5

Of inward happiness. We are selfish men;

Oh! raise us up, return to us again;

And give us manners,[43] virtue, freedom, power.

Thy soul was like a Star, and dwelt apart:[44]

Thou hadst a voice whose sound was like the sea: 10

Pure as the naked heavens,[45] majestic, free,

So didst thou travel on life's common way,

In cheeful godliness; and yet thy heart

The lowliest duties[46] on herself did lay.

— William Wordsworth (1770-1850)

倫敦，一八〇二年

彌爾頓，你該活在這個時候，

英國需要你！她成了死水一潭；

---

40 **Fireside:** 指家庭。

41 **the heroic wealth of hall and bower** = the wealthy upper classes of noble lineage. ；其中的 hall and bower 分別指貴族中的男子和婦女。

42 **their ancient English dower:** 指英國人民自古以來代代相傳的民族精神。

43 **manners:** （= morals）指導行為的崇高準則

44 **dwelt apart:** 在王政復辟以後，彌爾頓仍保持他對共和政府的堅定信念，不願與王黨同流合污，因此像一顆獨立的孤星。

45 **the naked heavens** = the clear unclouded sky.

46 **The lowliest duties:** 彌爾頓曾在另一首著名的十四行詩〈關於他的失明〉裡，表示他願意為公眾事業做一些最平凡的工作。他說：
They also serve who only stand and wait.
那些站著不動，停在一邊等待的人也在侍奉。

教會、朝廷、武將、文官，

廟堂上的英雄，第宅裡的公侯，

都把英國的古風拋丟，　　　　　　　　　　　5

失了內心的樂。我們何等貪婪！

啊，回來吧，快把我們扶挽，

給我們良風、美德、自由、力量！

你的靈魂是獨立的明星，

你的聲音如大海的波濤，　　　　　　　　　　10

你純潔如天空、奔放、崇高，

你走在人生大道上，面對上帝

虔誠而愉快。還有一顆赤心

願將最卑微的職責擔起。

——威廉·華茲華斯（1770－1850）

（王佐良譯）

第六章

比喻性語言之二
——象徵、寓言

一、象徵

　　所謂「象徵」（symbol），是一個另有所指的東西。它在詩裡一般仍然保持它所原有的意義，並且它還具有它原來的作用。但是，除此以外，它還能夠根據上下文，代表一個或者更多的意義，使人讀了以後會產生遐想而從中獲得樂趣。為了說明象徵的作用，我們不妨先來讀讀福洛斯特寫的一首小詩〈火與冰〉，看他如何憑藉象徵手法，運用最少的詞句，表達出非常豐富的意義。

　　詩中的前兩行似乎像是科學家在對地球的末日進行一番推測，有的說它將毀滅於熊熊烈火，有的則認為它將沉淪於寒冰。從第三行起，詩人的筆鋒突然一轉，把「火」和「冰」分別當作兩個象徵：前者指的似乎是人類的欲望引起的戰火，後者似乎代表著由於仇恨而產生的冷漠。詩人彷彿想以此來說明，他認為人與人之間的冷漠關係，也同樣會毀滅人類社會。

Fire and Ice

Some say the world will end in fire,
Some say in ice.
From what I've tasted of desire
I hold with those who favor fire.
But if it had to perish twice,　　　　　　5
I think I know enough of hate
To say that for destruction ice
Is also great
And would suffice.

— Robert Frost (1874-1963)

火與冰

有人說世界將會毀於火，
有人則說毀於冰。
據我對欲望的體驗，
我贊成毀於火的說法。
但若它非得毀掉兩次，　　　　　　　　　　5
那麼我對恨的了解
使我會說，談到毀壞的力量，
冰可一點也不含糊，
它足以辦到。

——羅伯特・福洛斯特（1874－1963）

在〈火與冰〉裡，詩人運用象徵來組成他的意義構架。這完全符合他關於詩的主張。福洛斯特說過，「詩歌的最主要特點乃在於：它使詩人得以說的是一件事，但指的卻是另外一件事情；或者，他可以借用一件事情來敘述另外一件事情。」至於他在這首詩裡提到的「火」與「冰」，究竟所指為何？愛與恨？欲望和冷漠？詩人固然語焉不詳，也就令人頗費猜測了。也許我們不妨認為：因為世上時時處處充滿了各式各樣的矛盾，有誰能夠說得清楚？見仁見智，均無不可。只要你言之成理，盡力設法防範，又何必對世界末日之將會如何來臨爭論不休呢？

福洛斯特的另一首詩裡的象徵含義，也許會比〈火與冰〉裡說的要稍稍明顯一些。那就是膾炙人口的〈未曾走的路〉。

The Road Not Taken

Two roads diverged in a yellow wood,
And sorry I could not travel both
And be one traveler,[1] long I stood
And looked down one as far as I could
To where it bent in the undergrowth;　　　　　　　　5

Then took the other, as just as fair,[2]
And having perhaps the better claim,[3]
Because it was grassy and wanted wear;[4]
Though as for that, the passing there
Had worn them really about the same,[5]　　　　　　10

And both that morning equally lay
In leaves no step had trodden black.[6]
Oh, I kept the first for another day!

---

[1] **And sorry I could not travel both / And be one traveler:** 很遺憾，一個行路人不可能（同時）走兩條路。

[2] **as just as fair:** 跟那條路（我剛才眺望的那條）一樣合適。

[3] **having ... the better claim:** 有著（讓我去走）更加充分的理由。

[4] **wanted wear:** 需要人去那條路上走走。 want：缺少；wear：磨損。

[5] **Though as for that, the passing there / Had worn them really about the same:** 不過，要說到雜草叢生、人跡罕至的話，這兩條路之間其實也沒多少差別。that 指上一行中的 grassy and wanted wear，there指 the other road，them 即那兩條路。

[6] **And both that monring equally lay / In leaves no step had trodden black:** 那天清晨，那兩條道路同樣覆蓋著尚未被人踩踏過的落葉。to tread (leaves) black：把（落葉）踩得發黑。

Yet knowing how way leads on to way,
I doubted if I should ever come back.[7]   15

I shall be telling this with a sigh
Somewhere ages and ages hence:[8]
Two roads diverged in a wood, and I—
I took the one less traveled by,
And that has made all the difference.[9]   20

—*Robert Frost* (1874-1963)

未曾走的路

黃黃的樹林裡分岔出兩條路,
可惜我只是一個過客,
分不開身來都去走。我久久停留,
盡力遠望著一條路的去處,
只見它在灌木叢中拐了彎。   5

然後我走上同樣漂亮的另一條路,
而且它說不定更加值得我去走,
因為這條路草密而需要人去踩,
不過,說到這個,那兒的情況看來
其實也讓人踩了個差不多。   10

---

7 **Yet knowing how way leads on to way, / I doubted if I should ever come back:** 但我知道
   (人生的)道路是一程緊接著另一程的,很難重新再回到這個岔路上來。

8 **Somewhere ages and ages hence:** 很久很久以後的某一天。

9 **And that has made all the difference:** 這就改變了我一生的際遇。

那天早晨那兩條路都一樣
蓋滿了還沒讓人踩黑的落葉。
啊，我把第一條路留待來日去走！
儘管我心裡明白：路的盡頭又是路，
我懷疑自己能否再回到原處來。　　　　　　　　15

過去了許許多多年以後，
我會嘆著氣兒對人來訴說，
樹林裡分岔出兩條路，而我──
我挑的是人比較少的那一條，
我的一生從此變得完全不同。　　　　　　　　20

　　　　　　　　　　　──羅伯特·福洛斯特（1874－1963）

　　詩人把這首詩裡的那條他沒有走的路描寫得生動而具體。我們讀了以後不難想像詩人當年在樹林裡久久停留的情景：一座黃黃的樹林，裡邊有兩條岔開去小路，上面長滿了草，而且那裡的落葉「還沒讓人踩黑」。我們也想像得出，當時詩人駐足停留、猶豫莫決的神情。這一切我們都彷彿有過親身的經歷和體會，也許我們也有過類似的處境：在三岔路口彷徨徘徊，無所適從，不知道自己究竟該走哪一條才好。可是這畢竟是小事一樁。在一般情況下，如果我們走錯了路，大不了再走回去，重新走另外那一條就是。可是，福洛斯特在詩裡寫的那條他沒有去走的路，卻並不僅僅關係到他一時一事的取捨而已，否則他又何必在詩裡說「過去了許許多多年以後，／我會嘆著氣兒對人來訴說」呢？他說得如此鄭重其事，當然是有感而發的。而且他又為什麼一再提到，「樹林裡分岔出兩條路，／而我挑的是人比較少的那一條」？最後他還特地向讀者指出：雖然剛開始也許只是一步之差，然而，許多年以後，他的際遇，和他如若走

上另一條路後本該會遇到的一切，兩者相差，豈只千里。難怪他會嘆息：「我的一生從此變得完全不同」。

顯然，詩裡的那條他沒有去走的小路，被詩人賦予了比一般的岔路遠為重要得多的含義，它成了人每個人都曾有過的一樁憾事：他所憧憬的那個一度與之相遇卻又失之交臂的機會。不過，詩人在這兒提到的那條他未曾走去的路，究竟意味著在他一生中哪個錯過的機會呢？兩個職業之間的選擇？兩個配偶？兩門學科？兩所學校？兩種信仰？……讀者無從知道——其實他也不必知道。因為這樣的話，讀者就有了一個任憑他的想像力馳騁的餘地，可以各取所需，按照他自己的實際狀況來隨意設想一番。唯其如此，這首詩能夠對不同層次的和有過不同經歷的讀者產生作用，贏得他們一致的讚賞。

意象、隱喻、象徵——這三者是比喻性語言裡的三個重要的部分。它們彼此間相互滲透，有時甚至難以辨別。可是就一般情況來說，一個意象的含義止於其本身，一個隱喻的含義另有所指，一個象徵則除了它的本義以外，還另有其他的含義。如果我說，「有隻亂毛叢生的棕色狗在一個白色的木柵欄上面磨蹭著它的背脊。」我說的只是關於一隻狗而已，所以我用的只是一個意象。如果我說，「哪個狗東西在舞會上偷了我的皮夾子！」我說的雖然是「狗」，但是我指的卻根本不是一隻狗，所以我用的是個隱喻。如果我說，「老狗教不會新把戲。」這話指的不僅是狗，而且是包括人在內的所有的動物，因此我用的是個象徵。當然，當一個意象被用作一個隱喻或者象徵的時候，它同時也還是一個意象。我們在討論〈未曾走的路〉裡的意象對讀者的感官所產生的作用時，詩人未曾去走的那條路仍然被當作一個意象看待。可是當我們討論它的含義時，那條路卻就成了個象徵。

象徵的含義，因作者本人賦予它的重要性和意義，而在程度上有所不同。福洛斯特在詩裡的最後一節裡，特別強調了他所做的抉

擇對他的一生產生了重大的影響，所以顯然詩人要他的讀者明瞭，他在這裡用的是象徵的手法。詩人固然往往會給予象徵以特別的地位，以此來向讀者挑明，並且引起他的注意。但有時候詩人也會不給讀者任何暗示，領會與否，就看讀者自己的修養了。

　　下面兩首詩裡的情況就是如此。

A White Rose

The red rose whispers of passion,
　　And the white rose breathes of love;
Oh, the red rose is a falcon,
　　And the white rose is a dove.

But I send you a cream-white rosebud, 5
　　With a flush on its petal tips;
For the love that is purest and sweetest
　　Has a kiss of desire on the lips.

　　　　　　　　　　　─*John Boyle O'Reilly* (1844-1890)

白玫瑰

紅玫瑰低語著情欲，
　　白玫瑰透露出情愛；
啊，紅玫瑰像隻獵隼，
　　白玫瑰卻是頭馴鴿。

但我送你乳白的玫瑰花蕾， 5

花瓣的頂端有個紅暈；

因為最最純潔甜蜜的愛情，

嘴唇上帶著情欲的吻。

——約翰·博伊爾·奧萊里（1844－1890）

My Star

All that I know

    Of a certain star

Is, it can throw

    (Like the angled spar)

Now a dart of red,   5

    Now a dart of blue;

Till my friends have said

    They would fain see, too,

My star that dartles the red and the blue!

Then it stops like a bird; like a flower, hangs furled: 10

    They must solace themselves with the Saturn above it.

What matter to me if their star is a world?

    Mine has opened its soul to me; therefore I love it.

—*Robert Browning* (1812-1889)

我的星

關於某一顆星

    我只知道

它能夠

　　（像晶瑩的晶石）

有時放紅光，　　　　　　　　　　　　　　　　　　　5

　　有時則放藍光；

直到我的朋友說

　　他們也想要看看

我的那顆忽紅忽藍的星兒！

它就像鳥兒似的停下來；像花兒，垂下頭兒收攏來：　　10

　　他們就只好欣賞它上面的土星，以此聊以自慰，

　　他們的那顆星即使是一整個世界，它又與我有何干？

　　　我的星兒已為我敞開了它的靈魂；所以我愛它。

──羅伯特·伯朗寧（1812－1889）

在奧萊里寫的那首詩裡，最先的兩行就明確指出，紅玫瑰是肉體欲望的象徵，而白玫瑰則是精神依戀的象徵。所以當我們讀到第三行的時候，我們就不假思索地用肉欲代替了紅玫瑰，知道奧萊里是在把肉欲比作獵隼，而不是把紅玫瑰比作獵隼。第二個詩節裡的白玫瑰苞蕾和花瓣上的紅暈也是這樣，最後兩行點明它們各自象徵的是愛情和情欲──即使他並未特地說明，讀者從第一個詩節裡的內容也會推測得到。相比之下，伯朗寧寫的〈我的星〉裡就沒有任何明確的表示，使我們可以斷定詩人所寫的並不僅僅是一顆星而已。他只提到那顆星對他的重要性。在最後一行，他說它已為他「敞開了它的靈魂」，而且他「愛」它，我們才開始懷疑，他在詩裡寫的內容，其含義恐怕已經超出了一顆真正的星的範圍。

在詩人常用的那些為數眾多的修辭手法裡面，要算象徵最為多姿多彩，但也數它最難伺候。它之所以多姿多彩，和它之所以難伺候，都是由於它不易捉摸的緣故。有時候，就像奧萊里在〈白玫

瑰〉裡寫的那樣，詩人會把詩裡的象徵的含義為你點明。可是在一般情況下，詩裡的象徵往往含義模糊，所指欠明。你讀了以後，簡直會搔首躊躇，無所適從。我們可以說：象徵好比一顆蛋白石，在不同角度射來的光的映照下，反射出不同的色彩。

再回過頭去看看本章開頭的第二首〈未曾走的路〉。前面說過，我們無從知道，詩人在詩裡一再提到的那條他未曾走的路，它究竟意味著他一生中哪個錯過的機會？它可能指上面所說的任何一個方面，它也可能指的是上面所說的所有方面，但也可能它並不指其中的任何一個方面。我們無法確定詩人心裡想到的究竟是哪個方面，而且我們之能否確定也並不重要，因為這首詩裡的那個象徵的含義還是清楚的。它表現出一種深切的遺憾：人生在世，他所能夠領略到的經驗受到了極大的限制。人只能娶一個妻子或者嫁一個丈夫，只能從事一種行業，信仰一種宗教，成為一個國家的子民。詩中的那個說話的人很想走在不同的兩條道路上，但是不行，他只能選擇其中的一條。對生活有所要求的人儘管滿意自己選定的生活，但是他卻又身不由己地憧憬著他不得不放棄的另外一條道路，也就是另外的許多經驗。由於那條未曾走過的人生之路的象徵意義非常豐富，這首詩還可以有別的解釋。它說明了在人生旅途中做選擇的可能性，以及這種選擇一旦做了以後，就會限制將來的選擇範圍。「路的盡頭又是路，／我懷疑自己能否再回到原處。」我們既可以做自由的選擇，但又為過去的選擇所限制。這首詩雖然不是一首哲理詩，但由於它運用了一個含義豐富的象徵，間接評論了自由意志和宿命論的矛盾問題。

如果我們也探討一下〈我的星〉裡含蘊的象徵意義，也會發現它可以有許多不同的解釋。許多人曾把它解釋為：詩人是在這首詩裡向他的夫人伊麗莎白‧伯朗寧致意。有一位批評家說：「她（伊麗莎白‧伯朗寧）像一顆色彩繽紛的星星那樣照耀著他（羅伯特‧

伯朗寧）的生活；但是當世人想要探究她的才華的時候，她卻把她的所有的光華全都隱藏起來。」也有人認為，伯朗寧在這首詩裡提到的「我的星」，指的是他自己的與眾不同的才情——「他對事物獨具慧眼，能夠洞察別人未能見到的關係重大的問題」。還有人認為，詩人說的是他獨特的寫作風格。他寫詩愛用唸起來詰屈聱牙、生硬拗口的詞語和節奏，以及怪誕荒唐的意象。但當時人們喜愛的卻是和他同時代的詩人丁尼生的那種風格：流暢優美的節奏、比較合乎規範和傳統的意象，正如〈我的星〉裡提到的土星（Saturn）所能象徵的一切。我們不能判斷，在這些解釋裡面，究竟哪一種是正確的。我們無從確定，伯朗寧在寫這首詩的時候，他心裡想的究竟是什麼。從字面看來，這首詩只說天上有一顆特別的星——對他具有特殊意義的星。如果我們試著想要解釋它的意義，它可以成為生活裡的任何一種事物的象徵——對詩人或者讀者來說具有別人看不到的特殊意義和價值的事物。而且，除非詩人對它有所交代，象徵的含義可以是無限的。讀者因此也完全可以按照他自己的生活經驗來解釋。

伯朗寧詩中的這顆星，完全可以使讀者想到她小時候特別喜歡和珍惜的一個碎布做的娃娃——儘管它的玻璃眼珠子已經掉了，原來塞在它的身體裡的乾草什麼的，如今也都已經露出了破綻，而且它又遠遠不如隔壁的小女孩懷裡抱著的那個披著逼真頭髮、穿得漂漂亮亮、睜著一雙滴溜溜轉的大眼珠子的洋娃娃好看。

我們可以把〈白玫瑰〉和〈我的星〉這兩首詩看作象徵含義明確與否的兩個極端。許多詩裡的象徵含義則介乎兩者之間，它們各自在不同的程度上受到詩裡的其他成分的制約。

You, Andrew Marvell

And here face down beneath the sun
And here upon earth's noonward height
To feel the always coming on
The always rising of the night:

To feel creep up the curving east 5
The earthly chill of dusk and slow
Upon those under lands the vast
And ever climbing shadow grow

And strange at Ecbatan the trees
Take leaf by leaf the evening strange 10
The flooding dark about their knees
The mountains over Persia change

And now at Kermanshah the gate
Dark empty and the withered grass
And through the twilight now the late 15
Few travelers in the westward pass

And Baghdad darken and the bridge
Across the silent river gone
And through Arabia the edge
Of evening widen and steal on 20

And deepen on Palmyra's street
The wheel rut in the ruined stone
And Lebanon fade out and Crete
High through the clouds and overblown

And over Sicily the air   25
Still flashing with the landward gulls
And loom and slowly disappear
The sails above the shadowy hulls

And Spain go under and the shore
Of Africa the gilded sand   30
And evening vanish and no more
The low pale light across that land

Nor now the long light on the sea:

And here face downward in the sun
To feel how swift how secretly   35
The shadow of the night comes on...

—Archibald MacLeish (1892-1982)

你啊，安德魯·馬韋爾

在這兒，臉朝下躺在陽光下
在這兒，在地球接近中午之頂

你感到夜在不斷升起
永遠在逼近，步步來臨：

你感到沿著弧形的東方　　　　　　　　　　　　　5
黃昏的寒氣慢慢地爬
爬過這些廣袤的國土
陰影攀緣著，越來越大

奇怪，在埃克巴坦，樹木
一葉一葉地吸取黑夜，奇怪　　　　　　　　　　10
波斯上空的群山變了色
黑暗如潮水淹沒膝蓋

此時，在克曼夏的城門
只有幽暗、空寂、一片衰草
穿過暮色，那遲歸的　　　　　　　　　　　　　15
幾個行人匆匆朝西跑

巴格達變暗，橫跨
靜靜河水的橋也已不見
夜的邊緣，穿越阿拉伯
擴展著，悄悄向前　　　　　　　　　　　　　　20

帕爾米拉街上的石板
車轍磨得越來越深
黎巴嫩消逝，克里特
被高高的雲層蓋沒

　　而在西西里，空氣中　　　　　　　　　　　25
　　歸岸的海鷗翅翼閃爍
　　船身已隱沒，只有船帆
　　遠遠可見，慢慢地消失

　　然後西班牙下沉沒頂
　　非洲海岸的金色沙灘　　　　　　　　　　30
　　連晚景也消失，再沒有
　　陸上暗淡的燈光點點

　　而海面長長的餘輝也暗了：

　　在這兒，臉朝下躺在陽光下
　　感到多麼快速，多麼神祕　　　　　　　　35
　　夜的陰影正在臨近……

　　　　　　——阿契博德・麥克里希（1892－1982）

　　　　　　（趙毅衡譯　朱乃長校）

　　從字面上來看，詩人在〈你啊，安德魯・馬韋爾〉裡講的是夜晚逐漸來臨。日正當中，詩人直挺挺地躺在某地（麥克里希自己曾說明，當時他是躺在美國伊利諾州的密西根湖畔），心裡卻在牽掛著遠在地球對面緩緩向西移過來的那個陰影：逐一籠罩在波斯、敘利亞、克里特島、西西里島、西班牙、非洲，終於抵達大西洋——正在飛快朝著詩人自己躺著的地方移過來。可是這首詩的標題卻告訴我們，雖然它說的是一天匆匆易過，夜晚迅即到來，其實它指的是時光之飛逝。因為這個題目有一個典故，它來自安德魯・馬韋爾一首著名的詩題為〈致他的嬌羞女友〉（"To His Coy Mistress"）。

它尤其影射那首詩的下面這兩行：

> 但是我總聽到時間的戰車
> 在我的背後插翅飛駛，逼近了；

　　我們如能意識到詩人想在這首詩裡表達的那個規模更為宏大的意圖，就會發現它有兩個層次的象徵意義。詩人首先想要提到的是生命之無常，人生的短暫。而且「夜晚」這個詞語在文學作品裡往往被用來象徵或者比喻死亡。所以詩人想到的並不僅僅是一天之易過，而且還想到了他的生命之消逝。現在他固然處於「地球接近中午之頂」——年富力強的生命之巔峰——但是他強烈地感覺到，遲暮之年近在眼前，而且，「多麼快速，多麼神祕，夜的陰影正在臨近」——這「夜的陰影」，當然意味著死亡。

　　如果我們進一步領會詩裡提供的素材，就會發現「夜」這一象徵的第三個層次上的含義。詩人之所以在這首詩裡提到這些地方絕非偶然，它們固然都是自東而西排列的，可是除此以外，它們之間還有什麼別的關聯？埃克巴坦、克曼夏、巴格達、帕爾米拉——它們都是古代文明遺留下來的廢墟和古城，都是過去的帝國和業已沒落的文化遺址。黎巴嫩、克里特島、西西里島、西班牙和北非都一度有過比現在遠為輝煌得多的文明。所以詩人在這象徵的第三個層次上所表現的，不再是一天之匆匆易過，不再是生命的迅速流逝，而是一個個曾經有過輝煌歷史的時期的沒落和衰亡。詩裡提到的這些有過偉大事蹟的古都或古城，如今都沉淪了，消失了。那麼，物換星移，隨著時間的流逝，詩人自己的國家——美國——如今雖然如日中天，繁榮昌盛，可是它那顯赫的地位，它那不可一世的物質文明，又能維持多久呢？恐怕它也難逃「興衰存亡」這一無情的規律吧。

　　從象徵裡釋放出來的含義往往十分豐富。它色彩紛呈，就好像太陽周圍的日冕，也好像一個含義豐富的詞語一樣。唯其含義豐富，我們遇到象徵時更應該慎重對待，切不可等閒視之。儘管伯朗寧的〈我的星〉裡所說的那顆星，使我們想到了我們在小時候玩過的那個寶貝——一個碎布做的娃娃——我們也不可逢人便講它只是一個碎布娃娃而已，不是任何別的東西。因為這一解釋僅僅是我們個人的體會和看法，與別人無涉。你固然不妨對你在一首詩裡讀到的象徵做你自己的判斷，換句話說，只要說得有理，讀者對於一個象徵的含義，不妨各取所需，皆大歡喜。關鍵是你的解釋是否說得通。只要詩人沒有在他的詩裡把話挑明，說這樣那樣的解釋是不對的，沒有在他的詩裡表現出和你的解釋相悖的任何內容，那你就儘管放心，照你設想的去理解它吧。

　　也許你會認為，象徵的含義既然如此難以捉摸，何不乾脆各憑所好，隨意聯想。如果我們把〈未曾走的路〉裡的象徵理解為善與惡之間的選擇，那就離譜了。因為詩人在詩裡講得很清楚：「那天早晨那兩條路都一樣／蓋滿了還沒讓人踩黑的落葉」。由此可見，這個象徵指的固然是選擇，但是它是指兩善之間的選擇。所以，無論你怎樣解釋一個象徵，絕對不可離開詩的文本而任意發揮，不可不負責任地瞎想開去，更不可異想天開地胡編亂造。總之，象徵固然可以成為詩人得心應手的工具，使他寫的詩篇增加維度、密度、力度，但是它若遇到了一個讀書不求甚解、只圖自己方便而不顧其他的讀者，就會由於他捕風捉影、亂湊亂猜的毛病，而慘遭被人曲解的厄運。

　　要正確理解一個象徵，讀者就需要具備細膩、機敏、健全、良好的判斷力和識別力。你好像在走鋼索：遇到了一個象徵時，要做到不偏不倚，審度它的確切含義時，既不可失之過火，又不可失之不及。

你尤其不可墮落成為一個「象徵迷」，甚至「象徵狂」。要不然，無論讓你讀什麼，你都會硬給它讀出一個「莫須有」的象徵來。一旦有了這毛病，你可千萬得當心——只差一步，你就會成了個不可救藥的幻想狂。所以請你務必記住：與其在任何一首詩裡到處看見象徵的幢幢魅影，還不如連一個象徵也發現不了為好——即使它正瞪大了眼睛望著你。

二、寓言

寓言（allegory）是一篇敘事或者描寫，但它除了故事表面上的意義以外，還有另外的含義。它表面上的故事或者描繪也許具有其自身的趣味，但作者的主要目的，卻在於傳達他隱藏在表面背後的意義。雖然它的含義不如象徵那麼豐富多彩，可是它有時也被詩人用來化抽象為具體、化腐朽為神奇。

尤里西斯（Ulysses）是伊撒卡（Ithaca）的國王，他是古希臘傳說裡的英雄人物。在荷馬的史詩《伊里亞德》裡，他是重要角色之一；在《奧德賽》裡，他是主角。尤里西斯和別的希臘英雄一起圍攻特洛伊城（Troy）十年之久，獲勝以後揚帆回國。由於他得罪了海神，尤里西斯又在海上遇到了十年之久的磨難，經歷了無數驚心動魄的危險和困苦，終於回到了故國和他的妻子潘妮洛普（Penelope）與他的兒子忒勒瑪科斯（Telemachus）相聚。據但丁的《神曲》（〈地獄篇〉第26節）所說，他回家後不甘寂寞，又想出海遠航，探尋據說是亡魂所居的西方幸福之島（the Happy Isles）。丁尼生在〈尤里西斯〉裡寫的就是以尤里西斯本人的口吻，描繪他想做此次遠遊的動機、他的心理狀態，以及他為此所做的各種準備工作。

Ulysses

It little profits that an idle king,
By this still hearth, among these barren crags,
Matched with an aged wife, I mete and dole
Unequal laws[10] unto a savage race,
That hoard, and sleep, and feed, and know not me.   5

I cannot rest from travel; I will drink
Life to the lees.[11] All times I have enjoyed
Greatly, have suffered greatly, both with those
That loved me, and alone; on shore, and when
Through scudding drifts[12] the rainy Hyades[13]   10
Vext the dim sea. I am become a name;[14]
For always roaming with a hungry heart
Much have I seen and known; cities of men
And manners, climates, coucils, governments,
Myself not least, but honoured of them all;[15]   15
And drunk[16] delight of battle with my peers,
Far on the ringing plains of windy Troy.

---

[10] **mete and dole unequal laws:** 指身為國王的尤里西斯對他的臣民有賞有罰。

[11] **drink life to the lees:** 把生命之酒喝得一乾二淨。

[12] **through scudding drifts:** 經歷了急風暴雨。

[13] **the rainy Hyades:** 有五顆亮星的畢宿星團（靠近昴宿團）。當畢宿星團在日出前出現於東方時，就表示雨季的來臨。

[14] **I am become a name:** 我成了個徒有虛名的人了。

[15] **Myself not least, but honored...:** 我也不算是個毫不足道的人，而是個頗受尊敬的人。

[16] **And drunk:** 和前面的 have I相接。

I am a part of all[17] that I have met;

Yet all experience is an arch wherethrough

Gleams that untravelled world, whose margin fades[18]　　20

For ever and for ever when I move.

How dull it is to pause, to make an end,

To rust unburnished, not to shine in use!

As though to breathe were life![19] Life piled on life

Were all too little,[20] and of one to me　　　　　　25

Little remains;[21] but every hour is saved

From that eternal silence, something more,[22]

A bringer of new things; and vile it were[23]

For some three suns[24] to store and hoard myself,

And this gray spirit yearning[25] in desire　　　　30

To follow knowledge like a sinking star,

Beyond the utmost bound of human thought.

This is my son, mine own Telemachus,

---

17 **I am a part of all:** 我和大家甘苦與共。

18 **Yet all experience ... whose margin fades:** 然而經驗好像一扇大門，有經驗的人便可以從大門向外看，看到那些在遠處閃爍的、他未曾見到過的世界。wherethrough = through which。

19 **As though to breathe were life!:** 好像人活著就是為了呼吸似的！

20 **life piled on life were all too little:** 充滿活力的生命也不算太長。life piled on life：生活上面再加上生活。

21 **and of one to me little remains** = and little of the life of mine remains。

22 **something more:** 前面應加 if it (every hour) is something more, ...。

23 **vile it were** = it would be vile。it 指下面的 to store...。

24 **suns** = days.

25 **and this gray spirit yearning** = with this grayhead yearning.

To whom I leave the sceptre and the isle ─
Well-loved of me,[26] discerning to fulfil   35
This labour, by slow prudence to make mild
A rugged people, and through soft degrees
Subdue them to the useful and the good.[27]
Most blameless is he, centred in the sphere
Of common duties, decent not to fail   40
In offices of tenderness, and pay
Meet adoration to my household gods,[28]
When I am gone. He works his work, I mine.

There lies the port; the vessel[29] puffs her sail:
There gloom the dark, broad seas. My mariners,   45
Souls that have toiled, and wrought, and thought with me ─
That ever with a frolic welcome took
The thunder and the sunshine, and opposed[30]
Free hearts, free foreheads[31] ─ you and I are old;
Old age hath yet his honour and his toil.   50
Death closes all; but something ere the end,
Some work of noble note, may yet be done,

---

26 **well-loved of me:** 為我所愛的。

27 **to the useful and the good:** 成為有用的好人。

28 **my household gods:** 古希臘人每家供奉自己家的守護神。

29 **the vessel:** 可見尤里西斯對此遠航早已有所準備。

30 **opposed** = resisted; competed with。在句法上opposed與took 並列，以the thunder and the sunshine 為受詞。

31 **Free hearts, free foreheads:** 尤里西斯以此比喻往日和他共患難的水手。free hearts 指勇氣，free foreheads 則指經得起日曬雨淋、海浪風暴的筋骨。

Not unbecoming men that strove with Gods.[32]

The lights begin to twinkle from the rocks;

The long day wanes; the slow moon climbs; the deep   55

Moans round with many vioces. Come, my friends,

'Tis not too late to seek a newer world.

Push off, and sitting well in order smite

The sounding furrows;[33] for my purpose holds

To sail beyond the sunset, and the baths   60

Of all the western stars,[34] until I die.

It may be that the gulfs will wash us down;

It may be we shall touch the Happy Isles,

And see the great Achilles, whom we knew.

Though much is taken, much abides; and though   65

We are not now that strength which in old days

Moved earth and heaven, that which we are, we are:[35]

One equal temper of heroic hearts,[36]

Made weak by time and fate, but strong in will

To strive, to seek, to find, and not to yield.   70

—*Alfred Tennyson* (1809-1892)

---

[32] **Not unbecoming men that strove with Gods:** 與那些敢和神一爭高低的凡人相稱。

[33] **smite the sounding furrows:** 在驚濤駭浪裡揚帆直進。

[34] **holds to sail beyond the sunset and the baths of all the western stars:** 堅持著向那落日和西方的星宿沐浴的地方駛去。

[35] **that which we are, we are:** 我們一直是英雄好漢,現在還是英雄好漢。

[36] **One equal temper of heroic hearts:** 我們都是同樣的英雄肝膽。temper:鑄造。

尤里西斯

有什麼好,當個閒散的國王,
對著這清冷的爐火,荒瘠的岩巒,
守著個年邁的老婆,我罰呀賞呀,
施律布政於這吃吃睡睡藏藏、
從不認識我的一幫蠻族。　　　　　　　　　　　　　5

我不能安於家居,我要喝乾
那生命的酒缸。我曾盡情享樂,
也曾百般受苦──既和愛我者分擔,
也曾獨自承當;在岸上,在海中,
當橫越風暴,那風辰雨宿激怒了　　　　　　　　　10
陰沉沉的大洋。而今我僅存虛名;
我曾滿懷飢渴,浪跡天涯,
多少見識──有芸芸眾生,風情萬端,
鄉俗政制,天時物候,議院城邦,
我本非末流,行處也禮遇有加──　　　　　　　15
也曾偕同胞痛飲戰鬥之歡欣,
在那金戈鏗鏘狂風呼嘯的特洛伊曠野上。
而今都只留存於我畢生之遭際中;
可一切經歷都只是像座拱門,穿過門洞,
那從沒到過的世界在閃爍;它茫茫的邊界,　　20
隨著我向前,始終始終隱沒在遠方。
多悶人呀,就此停止,就此了結,
不磨擦就鏽爛,未因使用而發亮!
就好像有口氣就算活著!成堆的生命

都嫌太渺小，而我的生命留給我的　　　　　　　25
又是這麼少；但其中，每一個時辰
都還能從永恆的沉寂中得救，只要
它能帶來些新事物，能增加點兒什麼；
多可惡，要是三年之久把自己包著藏著，
而這斑白的頭顱卻正在渴望呼喚，　　　　　　30
像顆正在沉沒的星星追趕真知，
直追到人類思維的極限之外。

這是我的兒子，我的忒勒瑪科斯，
給他，我留下這王杖，留下這島國──
我鍾愛的人，他明察秋毫，足以完成　　　　　35
這項勞作，用和緩的謹慎來馴服
那粗魯的百姓，借助溫良的手段
誘導他們成為有用的好人。
他白璧無瑕，眾星拱月般居於
常事俗務之中心，他體面正派　　　　　　　　40
將無失乎禮儀的柔順，我走後
他會恰如其分，享祀我的家神。
他會做好他的工作，我，做好我的。

這兒就躺著海港，船兒正撲打著帆，
寬廣的大海黑沉沉，若隱若現。我的水手們，　45
那和我一塊兒苦，一塊兒幹活，一塊兒想的靈魂──
總是用嬉鬧和歡笑來迎接雷霆，
迎接陽光；頂之以自由的心，
自由的前額──你們和我都已老啦！

但老年有老年的榮耀、老年的辛勤。　　　　　　　50

死亡將結束一切，但在末日之先，

做點高貴的事業，還來得及，

那事業要配得上與眾神相搏的人。

礁石上燈火點點，已開始閃爍明滅，

長晝耗盡，緩月徐升，大海嗚咽，　　　　　　　55

濤擁百音千聲；來吧，我的朋友們，

要尋找新世界，現在還不遲。

推槳開船吧，讓我們坐穩，

來拍出那砰砰作響的航跡；

因為我的目標就是要駛過那西天　　　　　　　　60

日落大洋眾星浴海的地方，至死方休。

也許，洶湧的海浪將把我們吞沒；

也許，踏上極樂之島的也就是我們，

還會遇見阿克琉斯，我們的老相識。

雖然被取走的多，留下的也多，　　　　　　　　65

儘管我們的精力不再像往昔，

足以驚天動地；我們素來是、現在還是——

一樣的脾性，一樣雄赳赳的心，

時光和命運雖使之衰弱，但仍有堅強意志

去奮鬥、去探尋、去發現，永不退卻。　　　　　70

　　　　　　　　——艾福瑞德・丁尼生（1809－1892）

　　　　　　　　　　（陳維杭譯）

　　喬治・赫伯特（George Herbert）被人稱為「玄學派詩聖」。他是個虔誠的英國國教徒，作品帶有強烈的宗教色彩。他喜歡用《聖經》裡的典故，構思巧妙，結構嚴謹，意象新奇，語言平易自然。

〈和平〉是他的代表作之一。詩裡的「王子」（Prince，第22行）
典出《聖經》中的〈以賽亞書〉第九章第六節，即所謂「和平的王
子」（Prince of Peace），也就是耶穌。第28行裡的「十二株麥莖」指
的當然就是耶穌的十二個門徒。第37行裡的「麥粒」（grain）指的
自是基督教的教義。

Peace

Sweet Peace, where dost thou dwell? I humbly crave,
    Let me once know.
  I sought thee in a secret cave,
    And ask'd, if Peace were there.
A hollow wind did seem to answer, No: 5
    Go seek elsewhere.

I did; and going did a rainbow note:
    Surely, thought I,
This is the lace of Peace's coat:
    I will search out the matter.   10
But while I lookt the clouds immediately
    Did break and scatter.

Then went I to a garden and did spy
    A gallant flower,
The crown imperial. Sure, said I,   15
    Peace at the root must dwell.
But when I digg'd, I saw a worm devour

What show'd so well.

At length I met a rev'rend good old man;
　　Whom when for Peace　　　　　　　　　　20

　I did demand, he thus began:
　　There was a Prince of old
At Salem dwelt, who live'd with good increase
　　Of flock and fold.

He sweetly live'd; yet sweetness did not save　　　25
　　　His life from foes.
　But after death out of his grave
　　There sprang twelve stalks of wheat;
Which many wond'ring at, got some of those
　　　To plant and set.　　　　　　　　　　30

It prosper'd strangely, and did soon disperse
　　　Through all the earth:
　For they that taste it do rehearse,
　　That virtue lies therein;
A secret virtue, bringing peace and mirth　　　35
　　　By flight of sin.

Take of this grain, which in my garden grows,
　　And grows for you;
　Make bread of it: and that repose
　　And peace which ev'rywhere　　　　　　40

With so much earnestness you do pursue,
　　　Is only there.

　　　　　　　　　　　　　　　— *George Herbert* (1593-1633)

和平

美妙的和平，你住在哪裡？我謙卑地求你，
　　　請告訴我。
　我在一個祕密的山洞尋找你，
　　問道，和平是不是住在這裡。
一陣怪風似乎在回答，不，　　　　　　　　　　5
　　　你到別處去找吧。

我在尋找的途中看見天邊有一條虹。
　　　我想，一定
　這就是和平的彩衣上的飄帶：
　　我要到那兒去弄個明白。　　　　　　　　　10
可是就在我望著的時候，雲朵
　　　散開而無處尋覓。
然後我去到了一個花園裡面，看見
　　　一朵華美的花兒，
　莊麗如同皇冠。我說，和平　　　　　　　　15
　　一定就住在花兒的根裡。
可當我挖掘的時候，只見蛆虫在把
　　　貌似美麗的花兒啃食。

最後我遇見了一位可敬的好心老人，

我把和平的事兒　　　　　　　　　　20
向他來叩訊，他聽後就開了言：
古時候有過這麼一位王子，
他就住在耶路撒冷，他牧放的羊群
一年比一年多。

他的為人很和美，可是他的和美仍然　　25
　　　　為他招惹了仇敵。
可是在他死後，他的墳墓上面
　　　長出了十二根麥子的莖；
許多人見了都嘖嘖稱奇，拿走了一些
　　　回去自個兒試著種。　　　　30

它長得茂盛長得快，不久就長遍了
　　　地球的每個角落：
因為嘗過它的人們都反覆地說：
　　　這麥子裡有著難覓的寶，
它是一種祕密的寶，使人遠離罪惡，　35
　　　得到和平和歡樂。

你就把我的園子裡種的這粒麥子拿去，
　　　替自己把它種下；
拿它來做成麵包：你這麼般切地
　　　東奔西走，到處尋找著的　　40
和平和安寧，你會發現它原來就
　　　在這麵包裡面。

　　　　　　　——喬治・赫伯特（1593－1633）

　　葉慈在〈第二次來臨〉這首詩裡，結合《聖經》裡關於耶穌死後數天復活、並將在世界末日到來時重臨人間主持末日審判，以及在《聖經》的〈約翰一書〉裡，預言有個「偽基督」將在末日前來到人間作惡這兩種說法，形象鮮明地描繪了他所設想的歷史圖景，從而流露出他對當時歐洲政治局勢的擔憂。在葉慈看來，歷史的發展有如螺旋的旋轉，從頂點向外圍發展，直到最大的那個圈子，就是一個世代的終結，而新的世代又將從另一個螺旋形的頂點開始，由小向大發展。詩中的第一行指的就是螺旋的旋轉。葉慈認為，人類的歷史在這樣的螺旋形發展中，以兩千年為一個循環，而每一個循環都由一個姑娘和一隻鳥兒的結合開始。我們這兩千年是由瑪麗和白鴿的結合──即聖靈懷孕開始的，而紀元前的那一輪循環是由麗達和那隻天鵝開始的（參閱〈麗達與天鵝〉，第八章）。耶穌降生後的兩千年為基督教的文明時代。詩人認為，他寫這首詩的時候，歷史的螺旋已經擴展到接近最大的那個圈子，正如越飛越遠的獵鷹（隼），聽不到馴鷹者的呼喚，一切都處於分崩離析的狀態，世界面臨末日，於是，他在詩中寫道，「最優秀的人失去了一切信念，／而最卑鄙的人狂熱滿心間。」

The Second Coming

Turning and turning in the widening gyre

The falcon cannot hear the falconer;

Things fall apart; the centre cannot hold;

Mere anarchy is loosed upon the world,

The blood-dimmed tide is loosed, and everywhere　　　5

The ceremony of innocence is drowned;

The best lack all conviction, while the worst

Are full of passionate intensity.

Surely some revelation is at hand;
Surely the Second Coming is at hand.　　　　　　　10
The Second Coming! Hardly are those words out
When a vast image out of *Spiritus Mundi*[37]
Troubles my sight: somewhere in sands of the desert
A shape with lion body and the head of a man,
A gaze blank and pitiless as the sun,　　　　　　　15
Is moving its slow thighs, while all about it
Reel shadows of the indignant desert birds.
The darkness drops again; but now I know
That twenty centuries of stony sleep
Were vexed to nightmare by a rocking cradle,　　　20
And what rough beast, its hour come round at last,
Slouches towards Bethlehem to be born?

—William Butler Yeats (1865-1939)

第二次來臨

轉啊，在越來越寬的迴旋中轉，
獵鷹再也聽不到馴鷹者的呼喚；
一切都瓦解了，中心再也不能保持，
只是一片混亂來到這個世界，

---

37 *Spiritus Mundi:* 拉丁語，可直譯為「世界精神」，指全人類的集體意識或者集體潛意識的心靈。

鮮血染紅的潮水到處迸發，　　　　　　　　　5
淹沒了那崇拜天真的禮法；
最優秀的人失去了一切信念，
而最卑鄙的人狂熱滿心間。

顯然是某種啟示就要來臨，
顯然第二次來臨已經很近；　　　　　　　　10
第二次來臨！這幾個字還在口上，
出自世界之靈的一個巨大形象，
攪亂了我的視線：沙漠中的某個地點
一具形體，獅子的身，人的面，
像太陽光一般，它那無情的凝視　　　　　　15
正慢慢地挪動它的腿，到處是
沙漠中鳥兒的影子，翅膀怒拍，
黑暗又降臨了，但我現在已明白
二十個世紀的死氣沉沉的睡眠
給晃動的搖籃搖入惱人的夢魘。　　　　　　20
什麼樣的野獸，終於等到它的時辰，
懶洋洋地來到伯利恆，來投生？

　　　　　　　——威廉·巴特勒·葉慈（1865－1939）

　　　　　　　　（裴小龍譯）

第七章

比喻性語言之三
——弔詭、誇飾、輕描淡寫、反諷

一、弔詭

　　伊索講過一個故事，說一個寒冷的夜晚，有個人來到森林之神那兒求宿。他一進門就朝著手指頭哈氣，以此來取暖。森林之神問他這是做什麼，他回答說他是在哈氣取暖。後來森林之神給他端來了一碗熱粥，他嫌粥燙，就對著它吹氣，想用這個辦法使它快涼。森林之神又問他，「你這又是在幹什麼？」他回答說，「我要使它快點涼。」森林之神聽了大為惱火，就把這個說他自己既能哈氣取暖，又能吹氣求涼的荒唐傢伙轟出了家門。因為對這位神仙來說，哈氣和吹氣是一回事，一個人怎麼可能同時用它來取暖和求冷呢？一定是個專門靠招搖撞騙來過日子的騙子。

　　所謂「弔詭」（paradox），就是從表面上看來似乎矛盾，其實它在骨子裡卻是十分合理的一種狀態。一個弔詭可以是一個情景，也可以是一個陳述。伊索講的這個故事就是一個弔詭情節。弔詭用作一種比喻性的語言就是一個陳述。譬如英國詩人波普說，有個批評家會「用一個含義模糊的讚美之詞來貶斥別人」（damn with faint praise）。這話本身就是一個弔詭，因為乍聽之下，令人感到不解：你怎麼能夠用同一句話來既讚美別人，又貶斥人家呢？

　　其實，說怪也不怪。如果森林之神懂得這個道理：當你把一股氣流吹向某件東西的時候，你會逐漸使它的溫度接近你的呼吸的溫度，他也就不會把那個求宿者轟出門外了。而波普說的「貶斥」，其實是個比喻。他的意思只是說，含義模糊的讚美，由於其用意不夠明確，會讓人聽了以為那是一種措辭婉轉的貶斥。

　　在一個構成弔詭的陳述裡，矛盾往往來自其中用作比喻或者另有別解的某個詞語。弔詭的修辭作用來自它那表面上的矛盾。它使讀者或聽者突然一驚，吸引了他的注意力，因為他一時被它搞糊塗了，所以很想知道這裡邊說的究竟是怎麼回事。這就使表面上的荒唐之論變得更加突出，再耐人尋味，他對它所包含的真理或者陳

述，也就更加印象深刻了。

在下面這首詩裡，你可以發現幾個弔詭？你憑什麼說它們各自是弔詭呢？

據說，狄瑾蓀的一生中曾經歷過兩次沉重的打擊，一次是她的良師益友班傑明・牛頓（Benjamin Newton）在1853年去世，另一次是她和查爾斯・瓦茲沃斯（Charles Wadsworth）在1862年分手。有些評論家認為，這首詩裡提到的兩次「結束」，所指大概就是這兩件事情。此外，在詩人生前居住的阿默斯特（Amherst）鎮上，經常有人去世，她的幾個好友也在她前面離世。而且，她家的果園離鎮上的公墓很近，常有送葬的行列在那兒經過。這些都使詩人對「死亡」的主題產生某種「迷戀」，並且時刻在心理上作好準備，以防再次受到巨大的打擊。這是一種意見。

另外一種說法是：這是一首充滿激情的愛情詩。詩人在創作這首著名的詩以前，曾經在她的心中點燃過兩次愛情的火焰，可是兩次都旋即熄滅了。這些評論家認為，從這首詩的內容看來，每次都曾使她痛不欲生，覺得她從愛情的打擊下恢復過來，不啻經歷了一次死亡的折磨。但是，如同她的詩篇所示，她仍然期待著另一次愛情的到來──儘管它還會是一次巨大的打擊，也未可知。

My Life Closed Twice

My life closed twice before it's close;
　　It yet remains to see
If Immortality unveil
　　A third event to me.

So huge, so hopeless to conceive,

5

As these that twice befell.
Parting is all we know of heaven,
And all we need of hell.[1]

─ *Emily Dickenson* (1830-1886)

我的生命結束過兩次

我的生命在結束前已經結束過兩次；
　　但它還等待著要看看
永生是否還會向我展示出
　　第三次重大的事件。

如此巨大，如此無奈，難以設想，　　　　　　　5
　　和前兩次我遇到的一樣。
離別是我們對天堂體驗的一切，
　　也是地獄所欠缺的一切。

──艾蜜莉‧狄瑾蓀（1830－1886）

二、誇飾與輕描淡寫

誇飾（overstatement）、輕描淡寫（understatement）和反諷

1　**Parting is all we know of heaven, / And all we need of hell:** 這最後兩行強烈地反映
　出，詩人對過去愛情的體驗和對未來愛情的期待和憧憬，彷彿全都濃縮在「離別」
　（parting）這一詞語之中。詩句中的「天堂」是人們心目中充滿幸福的地方。詩人也
　曾憧憬過，追求過，但詩人獲得的卻是令她絕望的離別，留下的是不盡的愁緒。此刻
　詩人目光轉向了「地獄」，它在人們的心目中是痛苦和恐懼的深淵，但是那裡沒有離
　別，因此能使詩人忘卻離別給她的精神折磨。這些簡短的詩行之中就含蘊著愛情給予
　詩人的幸福與痛苦。

（irony）這三者可以被人看作屬於同一系列的修辭手法，因為它們分別意味著對某一事實的陳述有所誇大、有所不足、和有所悖離。

　　誇飾之辭儘管聽起來有點離譜，但它卻是為真實服務的，因為它並未完全脫離真實的範疇。它和純粹的胡說八道有所不同。如果你說，「可把我餓死了！」或者說，「你用一根雞毛就能把我擊倒！」或者說，「如果這門功課考不及格，我就徹底完蛋了！」別人聽了你的這些話，當然不會真的以為你會餓死，會給一根雞毛擊倒，或者會徹底完蛋。他們知道，你之所以這麼說，只是想以此來表示，你所說的這些情況已經嚴重到了何等地步而已。同樣，假如你對人說，「那次舞會有幾百萬人前來參加。」你的這一說法，也無非想要聳人聽聞，用上了超倍的誇飾罷了。你只是想讓人知道，你覺得參加那次舞會的人多極了，簡直人山人海，難以計數。

　　就像別的比喻性語言一樣，誇飾可因作者的意圖而產生不同的效果。它可以用來表示幽默的情趣或者嚴肅的語氣；它可以表現出匪夷所思的內容，也可以表現出較有克制的想像；它可以把一件事情說得令人信服，但也可以把它說得教人難以置信──只要詩人處理和掌握得當，讀者就能從中領略到他的意圖。當福洛斯特在〈未曾走的路〉（第六章）的結尾處說：

I shall be telling this with a sigh
Somewhere ages and ages hence,

譯成中文，它的大意為：

過去了許許多多年以後，
我會嘆著氣兒對人來訴說，

　　我們幾乎並不覺得他在這裡使用了誇飾的文筆，因為他的語氣極為平淡自然，所說的內容也並未誇飾到令人難以相信的地步。丁尼生在〈鷹〉（第一章）這首詩裡說，鷹兀立在「孤獨的曠野裡緊靠著太陽」，乍聽之下，這話似乎與事實完全相符，但你若再仔細一想，就會發現這裡面有誇飾的成分。可是當彭斯對他的意中人信誓旦旦，說「我永遠永遠愛你，我的親親，直到大海全都乾涸。……直到岩石都被太陽消融；……只要生命之流不絕」等等，無論聽者真是他的意中人，或者只是一個普通的讀者，莫不為他那情真意切的言詞所感動──儘管他或她明知大海不會乾涸，岩石也不會消融，詩人無非是在這裡慷慨陳辭，表示他的決心而已。這首詩以其鮮明的比喻、生動的意象、強烈的節奏和真摯的情感永遠吸引著讀者。可見你只要使用得當，誇飾的效果非同一般。現在讓我們先讀讀彭斯的那首詩吧。

A Red, Red Rose

O, my luve[2] is like a red, red rose,
　　That's newly sprung[3] in June.
O my luve is like the melodie
　　That's sweetly play'd in tune.[4]

As fair art thou, my bonnie lass,　　　　　　5
　　So deep in luve am I,[5]

2　**luve** = love，意為「愛人」或者「愛情」。
3　**sprung:** 動詞 spring 的過去分詞，意為「出現；開花」。
4　**play'd in tune** = played in tune，唱得合拍。
5　**As fair art thou, my bonnie lass, / So deep in luve am I** = As you are fair, my bonnie lass, I am so deep in love。bonnie: 美麗的；lass: 姑娘。

And I will luve thee still, my dear,
    Till a'[6] the seas gang[7] dry.
Till a' the seas gang dry, my dear,
    And the rocks melt wi'[8] the sun!   10
O I will luve thee still, my dear,
    While the sands o' life shall run.[9]

And fare thee weel,[10] my only luve,
    And fare thee weel awhile!
And I will come again, my luve,   15
    Tho' it were ten thousand mile!

—Robert Burns (1759-1796)

一朵紅紅的玫瑰

啊，我的愛人像朵紅紅的玫瑰，
    它剛在六月裡邊綻放；
啊，我的愛人像一支歡快的樂曲
    它演奏得美妙、悠揚。

你是那麼美麗，我可愛的姑娘，   5

---

6 **a'** = all.

7 **gang** = go.

8 **wi'** = with.

9 **while the sands o' life shall run:** 只要我的生命不息。sands of life:「沙漏」。古代的人在發明時鐘以前，用玻璃器皿盛沙，使沙從器皿的小孔中漏過，以此計時，因此詩人常用沙漏中的沙之流失，喻指人生之消逝。

10 **fare thee weel** = farewell.

我愛你愛得那麼深切；
　我永遠永遠愛你，我的親親，
　　直到大海全都乾涸。

直到大海全都乾涸，我的親親，
　直到岩石都被太陽消融；　　　　　　　　　　　　10
我永遠永遠愛你，我的親親，
　只要生命之流不絕。

然後我和你小別，我唯一的愛人，
　再見吧，咱倆小別片刻；
我還會重新回來，我的愛人，　　　　　　　　　　15
　縱然相隔千里萬里。

——羅伯特·彭斯（1759－1796）

　　這些話聽起來也許會讓你覺得難以相信，卻達到了令你印象深刻的效果。作者或詩人為了要使他想表達的某一個內容格外引起讀者或聽者的注意，他既可採用誇飾的手法，也可故意採用低調，這就是修辭學中所謂的「輕描淡寫」（understatement）。顧名思義，它和誇飾正好相反，輕描淡寫是存心留有餘地的一種說話方式。它表現於說話的內容，也可以表現於說話的方式。假如你發現你面前的盤子裡堆著足夠讓兩三個人果腹的菜肴，而你卻輕描淡寫地只說了句「得，我這回能夠吃飽了。」你這麼說，顯然是在自我解嘲，婉轉地責怪主人把你當作飯桶看待。因為你明知自己不可能把那些菜全吃下去，可是你還假惺惺地說什麼這一次你可以吃得飽等屁話，所以你的話是一句留有餘地的輕描淡寫，以免說話過於直露，使主人聽了不快。再讓我們設想另外一種情況。如果有人對你說，他看

見一個人，不知為了什麼緣故，竟然把他的一隻手放進沸騰的油鍋裡去。你聽了似乎不以為意，只是為了表示懷疑而說道：「我看他大概會被燙得受不了。」你說是說得不錯，可是你的話未免說得太乏力了，於是它也成了輕描淡寫。

　　彭斯的〈一朵紅紅的玫瑰〉裡所用的誇飾已如上述。如果拿它和下面這首由福洛斯特寫的〈薔薇科〉來對照一下，就不難發現誇飾和輕描淡寫之間的距離——儘管這兩首詩裡用的是同一個暗喻：詩人在前八行裡假借植物學的分類理論（玫瑰、蘋果和梨同屬薔薇科植物）發表感慨，但是到了最後的兩行，詩人運用移花接木的手法，悄悄地把玫瑰從植物學的領域引進到了詩歌的比喻王國，把他的妻子比作一朵惹人喜愛的玫瑰花。

The Rose Family

The rose is a rose,

And was always a rose.

But the theory now goes

That the apple's a rose,[11]

And the pear is, and so's   5

The plum, I suppose.

The dear only knows[12]

What will next prove a rose.

You, of course, are a rose—

---

11 **a rose:** 一種薔薇科植物。

12 **The dear only knows:** 只有上天知道。

But were always a rose.[13]   10

— Robert Frost (1874-1963)

薔薇科

玫瑰是玫瑰，
一向是玫瑰。
但現在卻有個理論
說蘋果是玫瑰，
梨子也是玫瑰，而且   5
我猜李子也是玫瑰。
下回誰會成為玫瑰
只有天知道。
但你當然是朵玫瑰——
而且一直是朵玫瑰。   10

——羅伯特·福洛斯特（1874－1963）

　　從植物的分類來說，蘋果、梨子、李子和玫瑰都屬於薔薇科
（Rosaceae）。詩人先不動聲色，以科學的態度把它們和玫瑰歸在一
起，然後他用偷天換日的手法，借一個隱喻也把他的意中人比作一
朵玫瑰。這樣他就輕描淡寫地使「輕描淡寫」這一修辭手法發揮了
作用。

---

[13] **You, of course, are a rose－ / But were always a rose:** you 指詩人獻詩的對象，即福洛
斯特夫人。最後一行裡使用 But were，是為了要與前面歸屬於薔薇科的蘋果和梨相對
而言，意思是：你不但現在可愛，而且過去也一直可愛。

三、反諷

現在讓我們說說反諷（irony）。像弔詭一樣，反諷具有超出它作為一種比喻性語言所產生的意義。

反諷可以按照其性質分為三類：口頭反諷（verbal irony）、戲劇性反諷（dramatic irony）和情境反諷（situation irony）。口頭反諷即所謂說「反話」，說的話讓人乍聽之下覺得挺受用的，可是等你再一琢磨，不對了，這裡面好像有根骨頭，說不定還有刺。口頭反諷和譏笑（sarcasm）及諷刺（satire）往往容易被人相混。譏笑和諷刺都有嘲笑的意思，前者一般用於口語，後者則常用於書面語言。譏笑純粹是挖苦，說刻薄話，意在刺痛別人，使他心裡受傷，破壞他的情緒（它源自一個希臘字，意為「撕皮裂肉」）。諷刺是個比較正式的詞語，通常都用在文學作品裡，口頭上不常說，而且一般意味著使用它的人有著一個比較重大的目的：它對別人的愚蠢言行或者惡行劣跡進行譏諷嘲笑（也許出言辛辣，但也許措辭溫和），其目的卻是想促使對方改惡從善，或者借此機會諷勸世人切勿重蹈覆轍。此外，作為文學上的一個門類，或者作為修辭上的一種手段，反諷可以被人用作譏笑或諷刺。反諷之所以常被人把它和譏笑與諷刺混同起來，就因為它時常被人用作表現這兩者的工具。其實反諷並不含有譏笑或者諷刺的意思，而且譏笑和諷刺並不非得依靠反諷的幫助不可。它完全可以獨立存在。儘管如此，在一般情況下，譏笑和諷刺都是在反諷的配合下進行的。

打個比方。如果某一班級裡的一個學生回答不出老師的提問，卻對老師說：「你講的東西我聽不懂。」而那個老師則回答說，「我料想你聽不懂。」他說這話，意在譏笑，用的不是反諷，因為他那不滿之情溢於言表，已把他不屑一顧的意思直截了當地說了出來。可是，如果他不是這麼說，卻似乎意味深長地說道：「喔，原來如此。我還以為你早就懂了，所以聽得不耐煩了呢！」他在這裡

用的是諷刺，意在讓那個心不在焉的學生趕快振奮起精神，專心聽講。但是如果那個老師說的是：「你回答得很好，謝謝。」你就不妨認為他用的是反諷，因為他說的顯然是反話。

綜上所述，我們不妨認為，譏笑用來傷人。它像個暴徒，心狠手辣，不肯饒人。諷刺則面惡心善，它是苦口良藥——既為了病人，也為了社會的利益，予人以一時的痛苦。反諷則既不凶狠，也不和善。它只是使用者想要更加有效地表達一個觀點或者想法而採用的一種修辭手法。

口頭反諷，像其他比喻性語言一樣，容易被人誤解。使用它的人也許需要承擔比使用別的比喻性語言更大的風險。一個隱喻如若被人誤解，至多他由於未能看懂或者領會它的意思而感到困惑。如果反諷被人誤解的話，麻煩可就大了。因為讀者或聽者對它的理解，就會和作者想要傳遞給他的那個意思適得其反，這豈不糟糕。譬如你為了想要表示親暱而戲稱某人是你的「冤家」，可是如果碰巧言者無心，而聽者有意，對方也許就會認為，你說這話並非玩笑之辭而當起真來，這個冤仇結得豈不冤枉。因此，使用反諷的時候，你應該特別小心謹慎，在語氣上或者文筆上設法讓讀者或者任何與此有關的人知道，你這是在利用反諷來和他調侃，在和他打趣，或者想要引他發笑，千萬別讓他聽了以後會當真。而文學作品的讀者也應該予以配合，隨時留心，仔細品味，看看字裡行間有無任何反諷的跡象，以免產生誤會。

可是事實證明，這類事情也真叫人防不勝防。儘管它白紙黑字，一目了然的一個偌大的反諷明擺在那兒，可信不信由你，硬是有那麼幾個讀者會視而不見。任你在每個反諷後面，都用黑體字特地把它挑明了，說這只是一個反諷，務請讀者諸公不要產生任何誤會。可是，白搭。要誤會的，照樣會誤會。而且，對於絕大多數讀者來說，作者的這番手腳純屬多餘。過於明顯的反諷反而會使讀者

產生反感。一般說來，越是含蓄、微妙的反語就越會使讀者覺得它
富於美妙的情趣。如若使用得當，反諷簡直可以在作者和讀者之間
構成一種特殊的諒解，從而增加作品的魅力，使讀者從中獲得更大
的美感。

在下面這首小詩的最後一句裡，詩人的意圖十分明顯——可
是，你能看出來嗎？

Of Alphus

No eggs on Friday Alph will eat,
But drunken he will be
On Friday still. Oh, what a pure
Religious man is he!

— Anonymous (16th century)

阿爾夫斯道長贊

禮拜五齋戒，阿爾夫斯道長絕對不吃蛋。
　　但就在齋戒日的禮拜五，
　他卻一定會喝個爛醉。噢，他可是一個
　　教心多麼純潔的道長噢！

——佚名（十六世紀）

顧名思義，既然是反諷，這兒就一定有什麼地方不對勁或者
不協調。在口頭反諷裡，你會在文字或者語言的表面上的意義，以
及在作者或說話者的真正想傳達的意思之間發現差異，從而找到端

倪。別種形式的反諷所包含的歧異，可能存在於外表和實質之間，期望和實際結果之間等方面。總的說來，這些形式的反諷要比口頭反諷更為重要——下面這兩種反諷尤其重要：一是戲劇性反諷，二是情境反諷。

　　所謂戲劇性反諷指的是：作品裡的說話者所說的，和此一作品的作者想以此來表達的意思之間，有著某種差異。說話者說的話聽起來也許是直截了當的，但作者在藉發言者之口來發表這些話語的時候，可能向讀者揭示一些和說話者完全相反的意見和態度。此一形式的反諷比口頭反諷更為複雜，而讀者則應該給予它更加複雜的反應。這種反諷不但讓人用來傳達態度，而且表現說話者的性格，因為運用此一形式的反諷的作者，不但在間接批評說話者所說的意見的價值，而且在間接評論說話者的性格。這種評論可能是嚴峻的，或者是略帶嘲笑的，甚至是富於同情心的。

　　下面是十八世紀英國詩人威廉‧布雷克就同一個題目寫的兩首詩：〈掃煙囪的孩子〉(1)和(2)。原來，在他的那個時代和以前，許多小男孩，有的甚至只有四、五歲大，被人僱去清掃煙囪。其中的不少孩子還由他們的父母或親戚賣給這個行業裡的惡霸，任憑他們使喚和虐待。他們被迫從下面爬進煙囪裡去，沿著它的管道往上面邊爬邊把積灰掃進隨身帶著的袋子裡去，直到他們爬到頂上的出口，大叫一聲「'weep!」（＝sweep，「掃煙！」），才算完事。這些小孩所做的工作不但非常辛苦，而且極為危險。他們在打掃時，冒著跌傷和窒息的危險，硬把自己的身子擠在狹窄的煙囪管道裡，弄得一頭一臉盡是煤煙，而且有時煙囪剛熄火，更有燙傷的痛苦。此一殘酷的景象使詩人大為震驚。他為此先後（相隔大約四、五年）寫了內容幾乎相反的兩首詩。在第一首裡，他把希望寄託給上帝，認為上帝將會拯救這些可憐的孩子。他在第二首裡，卻指控上帝和教士、國王一起，把天堂建築在孩子們的痛苦上面。

現在讓我們看看詩人是如何運用戲劇性反諷來達成他寫這首詩的目的的。

The Chimney Sweeper (l)

When my mother died I was very young,
And my father sold me while yet my tongue
Could scarcely cry " 'weep! 'weep! 'weep! 'weep!"[14]
So your chimneys I sweep, and in soot I sleep.

There's little Tom Dacre, who cried when his head   5
That curl'd like a lamb's back, was shav'd;[15] so I said,
"Hush, Tom! never mind it, for, when your head's bare,
You know that the soot cannot spoil your white hair."

And so he was quiet, and that very night,
As Tom was a-sleeping, he had such a sight!   10
That thousands of sweepers, Dick, Joe, Ned, and Jack,
Were all of them lock'd up in coffins of black.[16]

And by came an Angel who had a bright key,

---

14 **'weep:** 是sweep的簡寫。掃煙囪的孩子在街上為了招攬活計而吆喝時,喊的就是這個詞。因為 [s]音不易發,加上小孩的口齒不清楚,所以聽起來他喊的好像是 weep(哭泣)。小孩掃完一個煙囪,從它的頂上爬了出來,也要大叫一聲「'weep!」,以此向主人表示他已經幹完了這個又髒、又累、又危險的活。

15 **shav'd:** 剃去小孩的頭髮,以免他在煙囪裡打掃的時候碰到火而燒著。

16 **coffins of black:** 指那個個黑洞洞的煙囪——掃煙囪的小孩待在裡面幹活,就好像被關在一個棺材裡。

And he open'd the coffins and set them all free;
Then down a green plain leaping, laughing, they run,　15
And wash in a river, and shine in the sun.

Then naked and white, all their bags left behind,
They rise upon clouds and sport in the wind;
And the Angel told Tom, if he'd be a good boy,
He'd have God for his father, and never want joy.　20

And so Tom awoke; and we rose in the dark
And got with our bags and our brushes to work.
Tho' the morning was cold, Tom was happy and warm;
So if all do their duty they need not fear harm.

— *William Blake* (1757-1827)

掃煙囱的孩子（一）

我媽死的時候，我年紀還小，
可憐我還不會叫「掃啊，掃！」
我爸那時候就狠心把我給賣掉，
我就給大夥掃煙囱，在煤屑裡睡覺。

小湯姆的頭髮它捲得像頭羊，　　　　　　　　　　5
剃光他頭髮時他傷心得直掉眼淚，
我說「湯姆，你別哭，剃光了腦瓜
就不怕煤屑弄壞你那漂亮的白頭髮。」

湯姆聽了不再哭，就在那天夜裡，
他睡著了夢見一個景象真希奇！　　　　　　　　10
只見打掃煙囪的小孩有千千萬，
個個全都給鎖進了一口口黑棺材。

接著來了個天使帶來把鑰匙亮閃閃，
他打開了棺材把孩子們全都放出來；
他們跳啊，笑啊，跑過了一片綠草坪，　　　　15
去到河裡洗個澡，陽光下面亮晶晶。

光著身子白又淨，把各自的袋子都丟棄，
他們竄上了雲端，在風裡邊嬉戲；
天使還對湯姆說，他若做個好孩子，
上帝就會做他爹，他從此不愁沒歡喜。　　　　20

湯姆歡喜得醒了過來，我們摸黑起了床，
都拿起了袋子和掃帚去幹我們的活。
儘管清早很寒冷，湯姆覺得溫暖又歡喜；
只要大家把活兒幹好，甭怕什麼災和難。

——威廉・布雷克（1757－1827）

The Chimney Sweeper (2)

A little black thing among the snow,
Crying ' 'weep! 'weep!' in notes of woe!
"Where are thy father and mother? say?"

"They are both gone up to the church to pray.

"Because I was happy upon the heath,[17]   5
"And smil'd among the winter's snow,
"They clothed me in the clothes of death,[18]
"And taught me to sing the notes of woe.[19]

"And because I am happy and dance and sing,[20]
"They think they have done me no injury,   10
"And are gone to praise God and his Priest and King,
"Who make up a heaven of our misery." [21]

— *William Blake* (1757-1827)

掃煙囪的孩子（二）

風雪裡一個滿身烏黑的小東西
「掃呀，掃呀」的在那裡哭哭啼啼！
「你的爹娘上哪兒去了，你講呀？」

---

17 **the heath:** 石南叢生的荒野之地。小孩貪玩，自應無拘無束，嬉戲在自由而廣大的天地之間，而今這些可憐的掃煙囪的小孩，卻為了生計而被迫鑽進氣悶、黑暗的煙囪，猶如進了一個人間地獄。

18 **clothes of death:** 指黑色的衣服。黑色乃是死亡之色。

19 **to sing the notes of woe** = to cry "'weep!"

20 **because I am happy and dance and sing:** 這一行有兩種解釋。一是喜愛歡樂、唱歌、跳舞是兒童的天性，即使在苦難之中也是抑制不住的。二是詩人此處指的是當時五月節這一節日裡的情況，那一天，為了得到富人的一點施捨，掃煙囪的小孩和擠牛奶的姑娘、婦女都在街上跳舞。

21 **who make up a heaven of our misery** = Who make a heaven out of our misery.

「他們呀都去禱告了，上了教堂。」

「因為我原先在野地裡歡歡喜喜，　　　　　　　　　5
我在冬天的雪地裡也總是笑嘻嘻，
他們就拿晦氣的黑衣裳把我一罩，
他們還教我唱起了悲傷的曲調。」

「因為我顯得快活，還唱歌，還跳舞，
他們就以為並沒有把我已經害苦，　　　　　　　　10
就跑去讚美了上帝、教士和國王，
誇他們拿我們的苦難造成了天堂。」

　　　　　　　　　　　——威廉·布雷克（1757－1827）

　　　　　　　　　　　　　　（卞之琳譯）

　　第三種是情境反諷。當實際的情況並不良好或相宜的時候，
或者真正出現的情況和為人所預期的情況之間，兩者發生悖離的
時候，就出現情境反諷。這類尷尬的情況在我們的生活裡也並不少
見。凡是使你覺得啼笑皆非、進退兩難的處境多半和它相關。文學
作品裡更是比比皆是。美國短篇小說家歐·亨利（O. Henry）寫的
〈東方賢人的禮物〉（"The Gift of Magi"）裡，一個貧窮的年輕丈
夫，為了籌錢給他長著一頭漂亮金髮的愛妻買一把梳子作為聖誕禮
物，他忍痛把他最寶貴的金錶送進了當鋪。而他的妻子卻為了相同
的原因，賣掉了自己的披肩秀髮，替她丈夫的那只金錶買了一根金
鏈條。當小兩口把各自的禮物捧將出來，想要以此來向自己的愛人
表達愛情的時候，他們倆的驚訝和喜悅難以言表——儘管彼此也不
免為了這一讓人感到尷尬的情景各自把對方埋怨一番。他們之所
以如此，就因為出現了情境反諷。在著名的童話故事〈點金術〉

（"The Golden Touch"）裡，貪婪無饜的國王麥達斯固然得償宿願，從神仙那兒弄到了點金術——他手之所觸，萬物莫不在須臾之間變成金子。可是，就在他因此而欣喜若狂的時候，卻發現此一「特異功能」也害苦了他，因為他現在連吃飯喝水都辦不到了：只要他一碰到碗碟瓢匙，甚至飯菜湯肴，它們立刻全都成了黃澄澄的金子。這個國王求福得禍的處境也成了情境反諷。

對詩人來說，戲劇性反諷和情境反諷都是十分有用的修辭手法，因為它們和象徵一樣，能夠使詩人不必真正表達他想要說出來的東西，而用這些手法來予以暗示。這就使他的詩更加精鍊，更加耐讀。我們在〈理查・考利〉（第三章）一詩中已經領略過詩人在詩裡運用情境反諷時的效果。在下面這首詩裡，雪萊也把它用得非常巧妙。

反諷和弔詭所發揮的作用之大小，全看詩人把它們運用得是否得法。弄得不好，它們甚至會淪為讓人望而生厭的陳腔爛調。如果用得巧妙而適當，它們就會使一篇文學作品的涵義增加，把它的品味提高。因為反諷和弔詭要求讀者具備高度的鑑別力，否則就無從欣賞；所以，這兩者在抵制無病呻吟的故作多情方面，尤為有效。

雪萊在他的名作〈奧茲曼迪亞斯〉裡用戲劇性反諷，諷喻武功彪炳者生前固然顯赫一時，自以為他的英名將會永垂後世，為千秋萬代敬仰和膜拜。殊不知，他死後旋即和草木同朽，只留下他的狂妄自大供人揶揄調侃，徒然成為笑柄而已。「奧茲曼迪亞斯」是古埃及王拉默西斯第二（Rameses II）的陵墓的名稱。他作了六十七年國王（公元前1292-1225），和埃及周圍的許多國家進行過戰爭，以「武功」著稱，曾受世人歌頌。為了名揚後世，他大興土木，建造了這座被列為著名古建築的陵墓，現在它只剩下一座傾倒了的黑色花崗石的坐像，昔日的榮耀已經不復存在。

Ozymandias

I met a traveller from an antique land[22]
Who said: Two vast and trunkless legs of stone
Stand in the desert. Near them, on the sand,
Half sunk, a shattered visage lies, whose frown,
And wrinkled lip, and sneer of cold command,　　　　　　5
Tell that its sculptor well those passions read[23]
Which yet survive, stamped on these lifeless things,
The hand that mocked them and the heart that fed;[24]
And on the pedestal these words appear:
"My name is Ozymandias, king of kings;[25]　　　　　　10

---

[22] **antique land:** 指埃及。

[23] **Tell that its sculptor well those passions read:** those passions 指上文提到的 sneer of cold command（帶有冷酷、權威的嘲笑，指發號施令時的那種不動聲色的高傲神態）、wrinkled lip（雙唇緊閉）的那些激情；read 在此可解為「揣摩」。

[24] **Which yet survive (stamped on these lifeless things), / The hand that mocked them and the heart that fed:** which 指上文的 those passions；stamped on these lifeless things 是說這些激情表現在（stamped）無生命的東西上面（shattered visage:破裂的頭像）。survive 的受詞為 the hand 和 the heart，前者指那位雕刻家的靈巧的手，後者則指那個皇帝的凶殘的心。這裡的 mock 應作「模仿」解──模仿這些激情的那位雕刻家，孕育（fed）它們的那個埃及皇帝拉默西斯二世，都已不復存在，而這些激情卻仍然遺留在人間，暗指人間至今仍有暴虐、專制和壓迫存在。

[25] **My name is Ozymandias, king of kings:** 據公元前一世紀的希臘歷史學家戴阿多勒‧西克勒斯（Diodoru Siculus）記載，奧茲曼迪亞斯是埃及最為宏偉的雕像，上有銘文，英譯曰："I am Ozymandias, king of kings: if any one wishes to know what I am and where I lie, let him surpass me in some of my exploits."（中文大意為：「朕，奧茲曼迪亞斯，係萬王之王。如若有人欲知朕係誰何，欲知朕躺在何處，彼需超越朕之若干功業，方克臻此。」）詩人在這兒略有改動。第11行的意思是：不服氣，要和我比一下的人們（ye mighty），你們看看我的功績（無論銘文裡的 exploits 和詩裡的 works 都是此意），也只好望洋興嘆了吧（despair）。ye mighty 當然也可以解作 the gods。如此，這位國王顯然認為自己要比天上的諸神還要更為偉大了。

Look on my works, ye Mighty, and despair!"
Nothing beside remains. Round the decay
Of that colossal wreck,[26] boundless and bare
The lone and level sands stretch far away.

－ *Percy Bysshe Shelley* (1792-1822)

奧茲曼迪亞斯

客自海外歸，曾見沙漠古國
有石像半毀，唯余巨腿
蹲立沙礫間。像頭旁落，
半遭沙埋，但人面依然可畏，
那冷笑，那發號施令的高傲，　　　　　　　　　　5
足見雕匠看透了主人的心
才把那石頭刻得神情畢肖，
而刻像的手和像主的心
早成灰燼。像座上大字在目：
「吾乃萬王之王是也，　　　　　　　　　　　　10
蓋世功業，敢叫天公折服！」
此外無一物，但見廢墟周圍，
　　寂寞平沙空茫茫，
　　伸向荒涼的四方。

——波西‧畢希‧雪萊（1792－1822）

（王佐良譯）

---

[26] **colossal wreck:** 指業已傾塌破碎的那尊雕像。

第八章

典故

　　英國作家切斯特菲爾德（Philip Chesterfield, 1694-1773）以寫給他兒子的書信聞名於世。他也是一個才華卓越、機智過人的外交家。有一天，西班牙的駐英大使設宴款待他和別的幾位賓客。宴席將終，主人西班牙大使站起來為他的國王舉杯祝酒，在祝辭中，他把西班牙國王比作光照萬物的太陽。接著，法國大使站起身來為法國國王祝酒，把他比作夜空裡的月亮。然後輪到切斯特菲爾德為英國的國王祝酒。他說，「閣下，你們兩位已經搶在我的前面把天上最明亮的天體比作各自的君王。可是剩下的那些星辰都太渺小，無法和鄙國的君主相比；所以請你們允許我把英國的國王比作約書亞。」兩位大使聽了他的這番話不禁相顧失色。

　　原來，切斯特菲爾德說的話裡面有一個典故。根據《聖經·約書亞記》（The Book of Joshua）第十章所載，古代以色列人的領袖約書亞，為了要在日落以前徹底擊潰並且消滅敵人，他發出求助的呼聲而得到了上帝的幫助，竟然使太陽和月亮都暫時停止運行。現在切斯特菲爾德把英國國王比作能夠獲得天助而對日月發號施令的約書亞，他豈不就等於在說，西班牙和法國這兩個和英國互相爭霸的敵人的國王，都得聽命於得到神助的英國國王了嗎？而切斯特菲爾德的祝酒辭之所以可貴，就在於他能在倉促之間萌生機智，利用一個為西方人所耳熟能詳的典故，出語巧妙而又精鍊，在處境不利的情況下，後發制人，佔了上風。由此可見，典故的作用就是：它言簡意賅，深入淺出，可以讓人從中引出許多聯想，並附帶產生與之相關的情感方面的效果。

　　在一個高明的詩人或作者的筆下，引經據典是一種可貴的修辭手段。他假借別人的作品裡含蘊著的思想和情感，藉以增強他打算在自己的作品裡抒發的情感或者表達的思想。由於典故能以寥寥數語表達出許多內容，所以尤為詩人所樂用。

　　在下面這首詩的標題裡，就含有一個典故。

"Out, Out—"

The buzz saw snarled and rattled in the yard
And made dust and dropped stove-length sticks of wood,
Sweet-scented stuff when the breeze drew across it.
And from there those that lifted eyes could count
Five mountain ranges one behind the other   5
Under the sunset far into Vermont.
And the saw snarled and rattled, snarled and rattled,
As it ran light, or had to bear a load.
And nothing happened: day was all but done.
Call it a day, I wish they might have said   10
To please the boy by giving him the half hour
That a boy counts so much when saved from work.
His sister stood beside them in her apron
To tell them "Supper." At the word, the saw,
As if to prove saws knew what supper meant,   15
Leaped out at the boy's hand, or seemed to leap—
He must have given the hand. However it was,
Neither refused the meeting. But the hand!
The boy's first outcry was a rueful laugh,
As he swung toward them holding up the hand   20
Half in appeal, but half as if to keep
The life from spilling. Then the boy saw all—
Since he was old enough to know, big boy
Doing a man's work, though a child at heart—
He saw all spoiled. "Don't let him cut my hand off—   25

The doctor, when he comes. Don't let him, sister!"
So. But the hand was gone already.
The doctor put him in the dark of ether.
He lay and puffed his lips out with his breath.
And then—the watcher at his pulse took fright.　　　　30
No one believed. They listened at his heart.
Little—less—nothing!—and that ended it.
No more to build on there. And they, since they
Were not the one dead, turned to their affairs.

—*Robert Frost* (1874-1963)

「熄滅吧，熄滅吧——」

圓鋸在院子裡洶洶地叫，呱呱地鬧，
吐出木屑，推出爐子般長的木條，
微風吹過，飄來了一股木香味。
站在那兒，抬眼遠眺，數得出
夕陽下，有五重山嶺，一重套一重，　　　　5
蜿蜒伸向那遙遠的佛蒙特。
圓鋸洶洶地，呱呱地，又是叫，又是鬧，
不管是空轉，還是早已把它塞飽。
沒出什麼事，一天的活眼看就結束。
今天到此為止吧，這麼說，該多好，　　　　10
也讓孩子高興一下：放半小時假；
孩子把提前的半小時看得多麼重。
她姐姐束著圍裙，站在一邊兒，
對大家說：「晚飯好啦。」正說著，那鋼鋸，

似乎要證明鋼鋸也懂得什麼叫「晚飯」，　　　　　15
跳出來──莫非跳出來，撲向孩子的手
想必是他的手伸了過去。不管怎樣，
雙方誰都沒拒絕見面。可是那手！
男孩的第一聲慘叫是一聲慘笑，
他一轉身，向大家舉起了手，　　　　　　　　　20
半是求救，半是想阻擋生命的
漿液噴射。接著那孩子全看清了，
因為他已經懂事，是個大孩子了，
幹著大人的活，心底裡卻是個小孩子──
他知道不好了。「別讓他割掉我的手──　　　25
大夫，他一來，別讓他動刀呀，姐姐！」
說得好。可是手早已不在腕上了。
大夫用麻藥讓他陷入了昏沉。
他躺著，鼓起嘴，一口一口喘著氣。
接著，按脈搏的人嚇了一跳，　　　　　　　　30
誰也不相信。他們聽他的心跳：
細極了──更細了──聽不見了──就此完啦！
再也無能為力。那些人呢，因為死去的
並非他們自己，於是各人去幹各人的事情了。

──羅伯特・福洛斯特（1874－1963）

（方平譯　朱乃長校）

　　任何一種靈丹妙藥都不是萬無一失的，更何況典故等比喻性
的語言。典故之是否有效，要看讀者或者聽眾對它是否熟悉，還要
看它用得是否得當。因此，你必須對你想用的那個典故十分了解：
它的出處在哪裡，它的含義究竟如何，它為人所熟悉的程度又如

何——你心目中的讀者對它是否都能了解——你使用它的場合是否適當，等等。切斯特菲爾德把他想說的一切全部都用《聖經》裡的一個關於約書亞的典故代他說了出來。這是因為他知道，這個典故出自當時西方人士所熟悉的一部經典，所以他不怕那兩個大使不知道。而且他估計，他們當時正感到躊躇滿志，以為他一定一籌莫展——因為，毫無疑問，宇宙雖大，但是在對於人類的作用方面，沒有任何一個星體能與太陽和月亮相比擬。他之急中生智，運用這個典故來予以反擊，其效果不啻給了對方當頭一棒。

至於福洛斯特在他的〈熄滅吧，熄滅吧——〉一詩裡用的那個典故，情況有所不同。即使它的讀者一點都不知道它的出處，甚至也不知道它是一個典故，他們也都能夠懂得詩人在詩裡說了些什麼。他寫的主題是人生境遇的難於預知，和生命的脆弱與朝不保夕，不幸的早殤扼殺了蓬勃的生機，使無限潛在的能量和創造力夭折在一次突發的事故之中。對詩人來說，這是人生的莫大悲哀之一。對此，誰都沒法作出任何令人滿意的解釋。而詩人的唯一評論也只能是「再也無能為力」。

然而福洛斯特的這個標題卻是一個典故：它出自英國文學中最著名的詩篇之一。而且它也足以證明，只要運用得法，詩人不但可以用一個典故來深化詩中的情感，而且他還可以用它來闡明他的主題。這段詩取自莎士比亞的《馬克白》。劇中的男主角聽人對他說，他的夫人死了，他在悲傷和震驚之餘，對生命之無常和短促說出一番話來，其中最富於代表性的警句就是「熄滅吧，熄滅吧，短暫的燭火！」它著重指出，生命和燭火一樣地短促和脆弱，隨時都可能會被掐滅。不少讀者甚至會因此想起這段詩裡，馬克白說的全部內容。它的原文如下：

She should have died hereafter;

There would have been a time for such a word.

To-morrow, and to-morrow, and to-morrow

Creeps in this petty pace from day to day

To the last syllable of recorded time;   5

And all our yesterdays have lighted fools

The way to dusty death. Out, out, brief candle!

Life's but a walking shadow, a poor player,

That struts and frets his hour upon the stage

And then is heard no more. It is a tale   10

Told by an idiot, full of sound and fury,

Signifying nothing.

— *Macbeth*, Act V, Scene 5

譯成中文，大意是：

　　她應該死得更加晚一些；

本來將來會有聽到這個消息的一天。

明天，再一個明天，一天接著一天地

緩慢地悄悄前進，直到注定的最後一刻；

我們所有的昨天，也不過替傻子們   5

照亮通往復歸於塵土的死亡之路。

熄滅吧，熄滅吧，短暫的燭火！

人生不過是一個會走路的影子，

一個在舞台上比手劃腳的蹩腳戲子，

在台上蹦跳折騰一陣，就再不見他的蹤影。   10

它是一個白痴講述的故事，充滿了
喧嘩和憤怒，卻絲毫沒有意義。

——《馬克白》第五幕，第五場

　　馬克白在這段話的開頭所說的，就是關於「過早死去」這一主題。而福洛斯特的〈熄滅吧，熄滅吧——〉這首詩裡的那個孩子也一樣，他本來也「應該死得更加晚一些」。莎士比亞在這段詩裡的其餘部分用了意象和隱喻等修辭手法，讓馬克白對人生的意義和歸宿——生活的空虛和無聊——發一陣議論和感慨。可是詩裡所說的一切，都不是莎士比亞本人對人生的看法。它只是劇中人馬克白處在劇中所描繪的處境時，發出的一些感慨而已。他的這番感慨會在處境和他相似的人的心裡引起共鳴。當一個人的生命和尚未得到發揮的潛力突然夭折和中斷的時候，我們都會有此同感：人生確實顯得無謂而且殘酷——它似乎像一個白痴的囈語，「充滿了喧嘩和憤怒，卻絲毫沒有意義」。

　　有各式各樣的典故：有的比較常見，比較為人們所熟悉；有的並不常見，並不為人們所熟悉。因此，詩人在使用一個典故的時候，他就不免冒一點風險：它可能並不為某些讀者熟悉和懂得。他也許會顧此失彼，難以考慮得面面俱到。但是他必須對他心目中的那些讀者有一個基本的評估：哪些可能是、或者應該是他們所共同享有的經驗。譬如說，如果他不能斷定他的讀者是否親眼看到過海洋或者大江大湖，那麼他就最好別在他的詩裡多提到它們。可是，他不妨假定他的讀者在文學作品方面大多具有某些基本的閱讀和欣賞經驗，因此他們熟悉某些重要的典故。尤其因為喜歡閱讀詩歌的人，一般都有一定程度的文學知識和生活經驗。當然，初次涉獵此一文學領域的人，在這方面的知識或經驗不免較為狹隘。補救之道就在於多讀，多查，多向人請教。他們將會發現，這不但有助於了

解並欣賞文學作品，並且有助於理解和體驗生活。

　　古希臘時期，特洛伊王子帕里斯（Paris）到希臘一城邦作客，受到熱情款待，他卻引誘王后海倫與之私奔，於是引起歷時十年之久的特洛伊戰爭。海倫是歷史上有名的美女。詩人葉慈在〈沒有第二個特洛伊〉裡用的就是這個典故。

No Second Troy

Why should I blame her that she[1] filled my days

With misery, or that she would of late

Have taught to ignorant men most violent ways,

Or hurled the little streets upon the great,[2]

Had they but courage equal to desire?　　　　　5

What could have made her peaceful with a mind

That nobleness made simple as a fire,

With beauty like a tightened bow, a kind

That is not natural in an age like this,[3]

Being high and solitary and most stern?　　　　　10

---

[1] **she:** 1889年，已經頗有名望的詩人葉慈與女演員茉德‧岡（Maud Gonne, 1865-1953）相遇。她美麗動人，聰穎過人，又是二十世紀初愛爾蘭民族自治運動的領導人之一。她在詩人的心目中因此顯得完美無缺。雖然她一再拒絕他的求婚，他卻對她抱有終生不渝的愛情。他們始終保持著友誼，而且她一直是詩人葉慈創作靈感的一個主要源泉，為她寫下了許多感情真摯的詩篇。而且，多少是在她的影響下，葉慈參與了愛爾蘭當時的政治抗爭，他的作品也因此進入更加偉大、壯麗的表現領域。

[2] **hurled the little streets upon the great:** 指茉德‧岡同情貧民，號召他們起來反對上層社會。

[3] **in an age like this:** 詩人認為，茉德‧岡參加愛爾蘭獨立運動，是出於她那高貴的天性，但是她所處的是一個庸俗的時代，過去攻陷特洛伊城那樣的英雄業績不可能在世上重現。

Why, what could she have done, being what she is?
Was there another Troy for her to burn?[4]

－William Butler Yeats (1865-1939)

沒有第二個特洛伊

為什麼我要怪她使我的日子
過得這麼痛苦，為什麼她想把
最暴烈的行動教給那些無知的傢伙，
或者鼓動小巷衝上去和大街鬥，
如果它們的勇氣和欲望一樣多？　　　　　　　　　　5
什麼能使她平靜下來，而她的心靈
由於品質高貴而變得純淨如火，
而她的美又如拉緊了弦的一把弓，
以致在這個年代裡被人看作很古怪，
只為了它崇高，孤傲，和倔強不屈，　　　　　　　　10
啊，她幹過一些什麼，成了今天的她？
難道還有一個特洛伊城可供她焚燒？

──威廉・巴特勒・葉慈（1865－1939）

　　象徵派詩人葉慈在他寫的一些成熟的象徵詩中，體現出他有一整套獨特而完整的象徵主義體系。這體系又和他的歷史循環神祕主義理論緊密地連繫在一起。下面的這首〈麗達與天鵝〉就是取材於希臘神話、表現詩人的歷史循環理論的象徵主義名詩。眾神之父宙

4　**Was there another Troy for her to burn:** 特洛伊城最後被希臘聯軍攻陷，全城被大火焚毀。

斯曾變形為天鵝，使人間的女子麗達懷孕而生下兩個蛋來，自其中
之一孵育的海倫導致了特洛伊戰爭，而另外一個蛋則孵育了後來謀
殺了自己的丈夫、希臘聯軍統帥亞格曼儂（Agamemnon）的克萊婷
奈絲卓（Clytemnestra）。

Leda and the Swan

A sudden blow: the great wings beating still
Above the staggering girl, her thighs caressed
By the dark webs, her nape caught in his bill,
He holds her helpless breast upon his breast.

How can those terrified vague fingers push   5
The feathered glory from her loosening thighs?
And how can body, laid in that white rush,
But feel the strange heart beating where it lies?

A shudder in the loins engenders there
The broken wall, the burning roof and tower   10
And Agamemnon dead.[5]
               Being so caught up,
So mastered by the brute blood of the air,
Did she put on his knowledge with his power

---

[5] **A shudder in the loins engenders there / The broken wall, the burning roof and tower / And Agamemnon dead:** 指麗達因此懷孕，生下蛋裡孵育出來的女兒海倫和克萊婷奈絲卓，前者因為跟帕里斯私奔而挑起歷時十年之久的特洛伊戰爭，終於使這古代名城毀於戰火，後者和她的情夫一起謀殺了她的丈夫亞格曼儂。

Before the indifferent beak could let her drop?[6]　　　　15

—*William Butler Yeats* (1865-1939)

麗達與天鵝

突然襲擊，在踉蹌的少女身上，
一雙巨翅還在亂撲，一對黑蹼
撫弄她的大腿，鵝喙銜著她的頸項，
他的胸脯緊壓住她那無計脫身的胸脯。

手指啊，被驚呆了，哪兒還有氣力　　　　5
從鬆開的腿間推開那白羽的榮耀？
身體呀，翻倒在雪白的燈心草裡，
感到的唯有其中那奇異的心跳！

腰股內一陣顫慄，竟從中生出
斷垣殘壁、城樓上的濃煙烈焰　　　　10
和亞格曼儂之死。
　　　　　　當她被佔有之時，
當她被來自天空的禽獸的熱血制服
直到那冷漠的喙把她放開之前，

6　按照葉慈的神祕主義歷史循環理論和象徵主義體系，歷史的每一循環都是由一個淑女和一隻鳥兒的結合開始的。詩中所描寫的故事暗指人類歷史的開端。化作天鵝的宙斯在希臘神話中是創造力和創造意志的化身，他對麗達的「欺凌」所孕育出來的是──美女海倫，還有她的孿生姐妹、謀殺親夫的克萊婷奈絲卓。這象徵宇宙把創造力、意志和情欲賦予了人類，因此人類從一開始就有了難以協調的雙重性：創造與破壞，愛情與欲念──一切崇高的素質和與之對立的卑劣品質。

她是否獲取了他的威力，他的知識？　　　　　　　15

　　　　　　　——威廉·巴特勒·葉慈（1865－1939）

　　　　　　　（飛白譯　朱乃長校）

　　有時候，一首詩的主題和詩裡包含的某一典故關係十分密切。如果你不知道這典故所指為何，你就無法理解詩人寫這首詩的意圖——即使你能夠猜到幾分，但是仍然會覺得它索然無味。如果你不知道牛頓究係何等人也，那麼，下面這首小詩當然對你就毫無意義可言。

Epitaph on Newton

Nature and Nature's laws lay hid in night:
God said, "Let Newton be!" and all was light.

　　　　　　　—Alexander Pope (1688-1744)

牛頓的墓誌銘

自然和自然的法則都埋沒在黑夜裡：
上帝說，「讓牛頓誕生吧！」於是光照天地。

　　　　　　　——亞歷山大·波普（1688－1744）

第九章
語調

　　文學作品裡的所謂「語調」，指的是作者或者作品裡的那個敘述者，在他的作品裡對他所講到的題目、他的聽眾或者對他自己的態度。這態度也就是作者存心安排在他的這部作品裡的情感方面的潤色，或者說情感方面的意義。因此，它是該作品的整體意義中的一個極為重要的部分。人在說話時採用的語調，就是他的聲音抑揚、頓挫、高低、緩急等等的曲折變化。同樣的一句話，從字面上看來它的意義似乎毫無變化，但由於說這句話的人所用的語調不同，它所真正表達的含義也就大相逕庭。譬如，有個朋友對你說：「今天我要結婚了。」他這話裡的意思固然非常清楚：今天他即將完成他的終身大事。可是你且慢向他道喜或者祝賀。你先得弄清楚，他說這話的時候，用的究竟是怎麼樣的一種口氣──也就是說，他究竟用的是哪種語調──你聽起來，他究竟是喜是悲，是欣喜若狂，還是嗒然若喪──再作道理。因為他在說這話時的情感，可以從他的語調作出判斷。它也許表現出說話者喜氣洋洋的心情（等於在歡呼：「嗨！我今天要結婚啦！」）；也可能流露出難以掩飾的絕望（似乎憂心忡忡地在嘀咕：「糟糕！我今天要結婚啦！」）；也還可能表示出說話的人正感到無可奈何（彷彿在嘆氣：「沒辦法，我今天要結婚啦！」）；當然，聽他的口氣，也許甚至連說話者自己對此也感到難以置信似的（「真沒想到，我今天要結婚啦！」）。因此，正確理解說話者的語調或口氣，是正確理解一句話的整體意義的關鍵之一。

　　同樣的道理，正確判斷詩人在一首詩裡採用的語調，對於正確理解這首詩的意義也極為重要。如果我們不能正確領會一首詩裡的語調所表現出來的作者的態度──它究竟是開玩笑的，還是嚴肅的語調；是嘲笑的，還是尊敬的語調；是平靜的，還是激動的語調等等──我們就無法真正懂得一首詩裡所含蘊的確切的含義。可是，要確切地判斷一篇文學作品裡的語調，要比正確判斷說話的人所用

的語調困難得多。因為你聽不到說話的人的聲音，所以你無從把它的抑揚頓挫或者曲折變化作為判斷的依據。我們只好藉助詩裡的某些因素來加以辨認：詞語的涵義、意象、隱喻；反諷和輕描淡寫；節奏，句子的結構，和這首詩的結構模式等等。總之，沒有一個簡單的公式可供我們遵循。因為它是由一首詩裡的全部組成部分綜合而成，難以做出如同化學分析般精確的結果。為了便於說明起見，我們最好舉兩個例子。

羅伯特·福洛斯特的〈雪夜林前駐馬〉（第三章）看起來似乎是一首含義很清楚的小詩，但是它也會使初學者感到困惑。有個愛動腦筋的學生在回答關於這首詩裡的確切含義時這麼說：「詩人在這首詩裡講的是：我們老是把有些事情看作自己的所謂『責任』，甘願為了它們而放棄許多享受人生的機會。其實，這是完全錯誤的。詩人說，譬如我們本來很想欣賞一會那個平靜的樹林裡的雪景，但是我們卻老是對某些事情放心不下，非得馬上趕回去——去吃晚飯，去做家務，去辦一些已經答應人家的事情。福洛斯特先生認為，人的一生太短促，沒法把時間花在享受真正的樂趣上面。」看來這位學生算是抓住了這首詩裡的中心矛盾。可是他卻沒能夠吃準它的語調，所以他仍然未能正確地領會詩人的創作目的。

他怎麼會弄錯的呢？詩人在這首詩裡採用的究竟是怎麼樣的一種語調呢？讓我們先看看詩人在詩裡說了些什麼，以及他是怎麼說的。

不錯，這首詩裡的那個說話的人確實在樹林邊停了下來，想要觀賞一下樹林裡下雪的美景。這就使他立刻在讀者的心目中為自己樹立起一個使人肅然起敬的形象：對於美麗的事物，他有著一種特別的敏感和愛好。他不是華茲華斯在他的十四行詩〈我們的市儈氣太厲害〉（第三章）裡面說的那種人——他們由於追名逐利、身陷紅塵，失去了和自然界之間的連繫，以至無法領略自然景物之美。

詩中的敘事者和他的那匹小馬適成對照：他嚮往的是樹林的雪景所代表的自然，及其安謐、閒適的氣氛，而小馬則習慣於過那種只以勞作、休息、飲食等生理需要為主的世俗生活。所以那匹小馬牠不能理解，主人何以在樹林邊停留駐足，遲遲不願離開。詩人還暗示了詩裡的敘事者和樹林主人之間的不同，因為他說，如果樹林主人要是看見他在林邊佇立良久的話，也許會感到困惑不解。敘事者之所以終於離去，是因為他知道自己「有答應了的事情要完成」。可是，「答應了的事情」這個詞語雖然含有一種俏皮的遺憾之意，但是卻也有一種出於無奈的聯想：答應了人家的事情，總得設法去把它完成。如果詩人在這裡用的是外一個詞語，譬如，「有件事情要做」，或者「有樁業務猶待辦理」，或者「有筆帳要去核算」，或者「有些錢要賺」，那麼，不言而喻，它們各自的含義就會大不相同，而這首詩也就不會像它現在這樣感人了。就當前的情況而論，詩裡的語調告訴我們，詩人對敘事者是同情的，對他的行動表示讚賞和理解，決非嘲弄或者指責。這足以表明，敘事者的觀點也就是詩人本人的觀點。也許我們甚至可以進一步認為，詩的最後兩行，因為它們處於高潮的位置，又是兩個重複的句子，而且 sleep（睡眠）常在詩裡象徵死亡，所以這首詩裡似乎還有一個象徵的含義：「我還得繼續勞碌一些年，才可以完成我在人世間的任務，然後才能離開人世去長眠和休息。」所以敘事者認為，縱然他已經倦於人間的辛勞和事務，嚮往身後的安眠和休息，可是他帶著遺憾的心情，覺得自己俗務未了，責任未盡，不能不繼續去做那些猶待他去完成的事務。

把兩首內容相仿的詩篇進行比較和對照，就容易看出它們之間在語調上的差別，並且看出語調的重要作用。試看下面這兩首裡的語調有何差別？這些差別產生出什麼結果？

The Villain

While joy gave clouds the light of stars,
  That beamed where'er they looked;[1]
And calves and lambs had tottering knees,
  Excited, while they sucked;[2]
While every bird enjoyed his song,   5
Without one thought of harm or wrong —
I turned my head and saw the wind,
  Not far from where I stood,
Dragging the corn by her golden hair,
  Into a dark and lonely wood.   10

         — *W. H. Davies* (1871-1940)

惡棍

正當星星的光給了雲朵歡樂，
  他們從哪兒瞧都閃閃發亮；
那些牛犢和羔羊的膝頭直搖晃，
  他們興興頭頭，吮吸著母乳；
每隻鳥兒都在欣賞自己唱的歌，   5

---

1 **While joy gave clouds the light of stars, / That beamed where'er they looked** = While the light of stars that beamed where'er they looked gave clouds joy. 意為：星光使雲朵露出了笑容（= gave clouds joy），因為無論星星照在哪裡，它們都在閃光、發亮。stars 在這裡指 包括太陽在內的所有星球。beamed：微笑，露出笑容。

2 **And calves and lambs had tottering knees, / Excited, while they sucked:** 小牛和羔羊在吮吸乳汁時，由於興奮而膝蓋不停地晃動。

毫未想到會有傷害或暴行來到──
我一回頭，卻就看見那陣風兒，
　　就在離我不遠的那個地方，
揪住了麥穗兒的金髮把她拉進
　　一個幽暗而寂寞的樹林裡。　　　　　　　　　10

　　　　　　　　──W・H・戴維斯（1871－1940）

Apparently with No Surprise

Apparently with no surprise
To any happy flower,
The frost beheads it at its play
In accidental power.
The blond assassin passes on,　　　　　　　　　5
The sun proceeds unmoved
To measure off another day
For an approving God.

　　　　　　　　— Emily Dickinson (1830-1886)

表面上並不驚詫

對每一朵歡樂的花兒，
表面上並不因此驚詫，
寒霜在它玩兒時碰巧
打殘了每朵花的頭顱。
蒼白的殺手繼續前行，　　　　　　　　　5

太陽也照樣毫不在意，

為了給予認可的上帝

又打發掉了一個白天。

——艾蜜莉·狄瑾蓀（1830－1886）

這兩首詩有相同之點，也有些不同的地方。它們講的內容都和自然有關；它們都用對照作為全詩結構的基本原則——天真和邪惡之間的對照，歡樂和悲劇之間的對照。可是兩者的語調卻截然不同。前者行文輕鬆活潑，富於幻想，它的語調歡快愉悅，或者可以說又驚又喜。第二首落筆似乎也有點異想天開，但它在本質上畢竟是嚴峻的，甚至幾乎是粗暴而冷漠的，它的語調裡含有恐怖的情緒。讓我們看看兩者之間的區別。

〈惡棍〉裡的前六行都予人以歡樂和天真無邪的感覺。最後四行引入了凶險的氣氛：詩人一掉頭，卻看見一個惡棍正在把一個美麗的姑娘拉進黑樹林裡去——這情景會讓人聯想起一樁見不得人的強暴勾當——詩人在詩裡用的那個比喻是這麼說的。可是我們的反應卻並非義憤填膺，而是發出一陣會心的微笑。因為我們感到，詩人並不希望我們認真對待他的這個比喻。事實上，他看到的只是一陣吹過麥田的風兒，使金黃色的麥穗不由得一齊朝著樹林那兒躬身彎腰，如此而已。這一美麗的景色引起詩人的靈感和遐想，使他想出一個使他自己也為之陶醉的比喻來，並且故作驚人之筆，以此來強調美麗的田園風光在他的心裡激起的那陣欣喜的心情，從而使讀者也從這首詩裡分享到了他所感到的那分情趣。

第二首詩的作者也把歡樂的天真無邪（「歡樂的花兒……在它玩兒時」）和凶險的氣氛（「蒼白的殺手」）之間做了對比。它和第一首詩裡的那個比喻之間的差異並不在於扮演惡棍的角色不同（第一首詩裡是風，第二首詩裡是霜），而是在於：儘管詩人的比喻也

同樣富於幻想，但是她說這件事情時的態度卻是認真的，因為寒霜
確實把花兒給摧殘了。不但如此，使這一恐怖的事情格外叫人害怕
的乃是，自然界裡竟然沒有任何一樣東西因此而感到不安──甚至
在這件事情發生的時候，根本沒有一樣東西注意到它。「太陽照樣
毫不在意」，依然按部就班地運行，為一個表示認可的上帝又打發
掉一天。自然界裡似乎沒有一樣東西因此而停止它正在做的事情。
連花兒本身也並不驚慌失措。甚至上帝──誰都說上帝是仁慈而寬
容的，他對一隻小小的麻雀的墜落都會耿耿於懷──似乎也對此予
以默許，因為他老人家身為寒霜和花卉的製造者，顯然並不因此大
發雷霆之怒。另外，「殺手」（這個詞語的含義是恐怖和殘暴）在詩
裡的長相不是膚色黧黑、相貌凶狠，卻是「金髮白膚的」（原文為
blond，其含義是天真無邪、美麗動人）。換言之，這一摧殘花卉的
暴徒竟然還是上帝的傑作之一。因此詩人對於眼前發生的這一切深
感震驚。然而，尤其使她為之震驚不已的，還是自然界之對之漠然
無動於衷。這似乎和天道慈悲之說背道而馳，格格不入。因此，就
在她用反諷的口吻提到「給予認可的上帝」的時候，其實她是在提
出一個可怕的問題：冥冥之中的那個創造並管理宇宙的勢力，真是
一般人所想像的那樣仁慈的嗎？如果我們認為，詩人為了花的萎謝
而感到如此悲痛是小題大作，那麼我們就應記住，她這是在借題發
揮，因為花開花落是自然界萬物的共同的規律和命運。死亡──即
使過早的和偶然的死亡──莫非是一切美好生靈和事物與生俱來的
命運。因此花的遭遇也就是人類共同的遭遇，也就是我們自己命裡
注定的遭遇。

　　如此看來，在表面上似乎相似的這兩首詩，卻在本質上判然有
別，迥然相異。而兩者之間的差異，卻主要表現在語調上的不同。對
一首詩裡的語調做正確的判斷，需要熟悉詞語的詞義和含義，需要對
詩裡的反諷或其他比喻性語言具有敏感的警覺性。而且，尤其需要你

仔細閱讀詩裡的一字一語，切勿把它當作一張報紙或者一篇偵探小說來對待——即不可只求了解或者弄清事實的真相，卻不問事實背後究竟有何含義，否則就不能算是已經懂得了一首詩的真正意義。

綜上所述，令人想起一句老話：「鑼鼓聽聲，說話聽音。」它的意思就是說：聽人說話，不但要聽他說些什麼，而且要聽他說的時候用的是什麼語音語調。讀一首詩也是如此，儘管你在讀的時候既看不到說話的人的臉，也聽不到他的聲音，可是你有時候也能從字裡行間揣摩出詩人寫這首詩的用意和態度。

就像說話的音調一樣，詩人在一首詩裡所用的語調或者語氣，也表達了他對這首詩的內容或主題持有何種態度。他究竟對它感到喜歡、反感、不屑、蔑視、寵愛，還是什麼？不錯，我們也許永遠不會知道詩人自己對它的態度和情感究竟如何。但是我們只要知道我們自己在讀這首詩的時候應該會有什麼感覺，這就夠了，因為這正是詩人要我們產生的感覺。

嚴格地說來，一首詩裡的語調或者語氣本身並不是態度，可是它就是詩裡面所有使讀者能夠明瞭它的作者採取何種態度的那些東西：他用的詞語、意象、比喻；他交代或者描繪的細節；他使用的格律和韻律等等。在霍斯曼的〈最可愛的樹〉（"Loveliest of Trees"）裡，詩人熱情讚美了櫻桃樹上正在怒放的雪白花朵，表現出他對美好事物的喜愛、嚮往和追求。如果他並不懷有這種情感的話，他就也許會描繪櫻桃樹上的殘枝敗葉、鳥糞蟲跡等令人望而卻步的景象了。因此，為了要正確掌握一首詩裡的語氣，我們閱讀的時候就得聚精會神，仔細探求，切不可輕易放過任何線索。

試問，下面這首詩裡，那個正在述說的小孩想要告訴你的究竟是什麼？他所採用的語氣，能讓你知道他在敘說的時候有著什麼樣的心情嗎？

My Papa's Waltz

The whiskey on your breath
Could make a small boy dizzy;
But I hung on like death:
Such waltzing was not easy.
We romped until the pans   5
Slid from the kitchen shelf;
My mother's countenance
Could not unfrown itself.

The hand that held my wrist
Was battered on one knuckle;   10
At every step you missed
My right ear scraped a buckle.

You beat time on my head
With a palm caked hard by dirt,
Then waltzed me off to bed   15
Still clinging to your shirt.

—Theodore Roethke (1908-1963)

我爹跳的華爾茲舞

我爹你嘴裡的酒味兒
能把一個小男孩醺醉；
但我死勁兒摟住了你：

這樣轉圈兒跳舞可真不易。

我們倆在廚房裡跳得樂，　　　　　　　　　　　　　5
把杯子碟兒都撞了下來；
咱娘的臉蛋兒卻繃得緊，
皺著的眉頭怎麼也鬆不開。
攬著我手腕的我爹的手，
一個指環節早已不齊全；　　　　　　　　　　　　10
我爹你每跳錯一個舞步
我的右耳在你的皮帶扣上刮得生痛。

我爹你在我頭上打起了拍子，
可你巴掌上的老繭結得真厚，
然後咱爺兒倆跳著舞步去上床，　　　　　　　　　15
可我還死死攬著我爹你的襯衫不肯放。

　　　　　　　　　　　——西奧多·瑞特基（1908－1963）

　　誰讀了大概都會被這首詩裡的爺兒倆天真純樸的歡樂勁兒所感動吧。詩人為了達到他的目的，用歡快的節奏表現出華爾茲舞似的輕快活潑的旋律，又採用了俏皮淘氣的腳韻，如 dizzy 和 easy，以及 knuckle 和 buckle。還有，在最後一句裡，儘管已經到了他上床睡覺的時候，小男孩玩得正來勁，又眷戀著他爹的那股酒氣，那隻受過傷的手，還有那個長著厚厚的老繭的巴掌，兀自纏著他爹想要繼續和他一直跳下去。

　　下面兩首詩篇都是伯朗寧的代表作。可是由於詩人在這兩首詩裡表達的內容相異，他採用的語氣也就迥然不同。

Home-Thoughts, from Abroad

Oh, to be in England
Now that April's there,[3]
And whoever wakes in England
Sees, some morning, unaware,[4]
That the lowest boughs and the brushwood sheaf   5
Round the elm-tree bole are in tiny leaf[5]
While the chaffinch sings on the orchard bough
In England－now!

And after April, when May follows,
And the whitethroat builds, and all the swallows!   10
Hark, where my blossom'd pear-tree in the hedge
Leans to the field and scatters on the clover
Blossoms and dewdrops－at the bent spray's edge[6]－
That's the wise thrush; he sings each song twice over,
Lest you should think he never could recapture   15
The first fine careless rapture![7]
And though the fields look rough with hoary dew,

---

3 **Oh, to be in England / Now that April's there:** 這是一個驚嘆句，全句相當於 Oh, what a wonderful thing it would be to be in England now that April is there!。

4 **Sees, some morning, unaware:** 不知不覺地在某一個早晨看見花開了──意謂：在英國，經過了一個漫長的冬天以後，春天又悄悄地來臨了。

5 **bole:** 樹幹。**in tiny leaf:** 剛長出了嫩葉。

6 **at the bent spray's edge:** 在彎曲的小枝幹的一端。

7 **The first fine careless rapture:** 第一次唱時所感到的無憂無慮的莫大歡欣。

All will be gay when noontide wakes anew
The buttercups, the little children's dower[8]
— Far brighter than this gaudy melon-flower![9]   20

— *Robert Browning* (1812-1889)

海外鄉思

啊，但願此刻身在英格蘭，趁這四月天，
一個早晨醒來，誰都會突然發現：
榆樹四周低矮的枝條和灌木叢中，
小小的嫩葉已顯出一片蔥蘢，
聽那蒼頭燕雀正在果園裡唱歌，   5
在英格蘭，在此刻！

四月過去，五月接踵來到，
燕子都在銜泥，白喉鳥在築巢！
我園中倚向籬笆外的梨樹
把如雨的花瓣和露珠   10
灑滿了樹枝之下的苜蓿田；
聰明的鶇鳥在那兒唱，把每支歌都唱兩遍，
為了免得你猜想：牠不可能重新捕捉
第一遍即興唱出的美妙歡樂！
儘管露水籠罩得田野灰白暗淡，   15

---

8 **The buttercups, the little children's dower:** 金鳳花是小孩子們的寶貝。
9 **Far brighter than this gaudy melow-flower:** 比這種大紅大綠的義大利花要好看得多。

到中午一切又將喜氣盎然，

甦醒的金鳳花是孩子們的「嫁妝」，

這華麗而庸俗的甜瓜花哪兒比得上它燦爛明亮！

——羅伯特‧伯朗寧（1812－1889）

（飛白譯）

My Last Duchess
Ferrara

That's my last Duchess painted on the wall,

Looking as if she were alive. I call

That piece a wonder, now: Frà Pandolf's[10] hands

Worked busily a day, and there she stands.[11]

Will 't please you sit and look at her?[12] I said   5

"Frà Pandolf" by design,[13] for never read[14]

Strangers like you that pictured countenance,[15]

The depth and passion of its earnest glance,[16]

But to myself they turned[17] (since none puts by

---

[10] **Frà Pandolf** = Brother Pandolf。當時的畫家大多為教士（Frà 為義大利語，意為「教兄」，這是對教士的尊稱）。Pandolf 是個虛構的名字。

[11] **there she stands:** 指已故的公爵夫人的畫像。

[12] **Will 't please you sit and look at her?** = Will it please you to sit and look at her?

[13] **by design:** 故意地。公爵憑以往的經驗，知道對方不免有此一問，所以預先告知。

[14] **never read:** 主詞為 Strangers like you，受詞為 countenance。read 在此解作 looked at。

[15] **that pictured countenance:** 那幅畫上的面容。

[16] **The depth and passion of its earnest glance**：它（畫裡的面容）在顧盼之間流露出來的殷切的情誼。

[17] **But to myself they turned:** （觀看此畫的客人不能理解畫中人的表情）總會轉過身來問我。

The curtain[18] I have drawn for you, but I)   10
And seemed as they would ask me, if they durst,[19]
How such a glance came there; so, not the first
Are you to turn and ask thus.[20] Sir, 'twas not
Her husband's presence only, called that spot
Of joy into the Duchess' cheek;[21] perhaps   15
Frà Pandolf chanced to say, "Her mantle laps
Over my lady's wrist too much,"[22] or, "Paint
Must never hope to reproduce the faint
Half-flush that dies along her throat."[23] Such stuff
Was courtesy, she thought, and cause enough   20
For calling up that spot of joy.[24] She had
A heart — how shall I say? — too soon made glad,
Too easily impressed; she liked whate'er

---

[18] **since none puts by the curtain:** 因為只有我才有權利拉開遮住這幅畫的簾幕——換言之，客人欣賞此畫的時候，總有公爵本人陪伴在旁。

[19] **if they durst:** 如果他們有勇氣的話：durst 為 dare 的過去時態。

[20] **not the first / Are you to turn and ask thus** = You are not the first to turn and ask as you did.

[21] **'twas not / Her husband's presence only, called that spot / Of joy into the Duchess' cheek:** 公爵夫人臉上露出那片欣喜的紅暈，並不只是因為她的丈夫在她旁邊的緣故。

[22] **"Her mantle laps / Over my lady's wrist too much":** 「夫人的披風把您的手腕遮得太多」，意即她的手應該多露出一些。Her 和 my lady 都指公爵夫人。在當面稱呼別人時，用 第三人稱代替 第二人稱，乃表示尊敬。

[23] **dies along her throat:** （那片淡淡的紅暈）沿著她的喉嚨逐漸消失。

[24] **such stuff / Was courtesy, she thought, and cause enough / For calling up that spot of joy:** 她認為這種話溫文有禮，值得（cause enough）她為之感動和高興。公爵則不以為然。他覺得這類奉承或殷勤算不了什麼，何必降低他的身分去注意它。至於她因此而臉上泛現紅暈，那更是荒唐，而且有失公爵夫人的尊嚴和身分。

She looked on, and her looks went everwhere.[25]

Sir, 'twas all one![26] My favour at her breast,[27]   25

The dropping of the daylight in the West,

The bough of cherries some officious fool[28]

Broke in the orchard for her, the white mule

She rode with[29] round the terrace—all and each

Would draw from her alike the approving speech,   30

Or blush, at least. She thanked men—good![30] but thanked

Somehow—I know not how—as if she ranked

My gift of a nine-hundred-years-old name

With anybody's gift.[31] Who'd stoop to blame

This sort of trifling?[32] Even had you skill   35

In speech—which I have not—to make your will

Quite clear to such an one,[33] and say, "Just this

---

[25] **she liked whate'er / She looked on, and her looks went everywhere:** 她什麼都想看，看見了就會什麼都喜歡。由此可見公爵夫人年輕而天真無邪。公爵卻認為她只是不夠高傲，缺乏貴族的氣派。

[26] **'twas all one!:** 指下面列舉的東西在公爵夫人的眼裡等量齊觀，不分軒輊。

[27] **My favour at her breast:** 我送給她的胸飾（穿戴在婦女胸前的珠寶之類）。

[28] **some officious fool:** 有個多事的傻瓜。

[29] **the white mule / She rode with:** 她用作座騎的那頭白騾。在這幾行裡，公爵無意中道出了已故的公爵夫人生前多麼熱愛生活，令讀者對她深感同情。

[30] **She thanked men—good!:** 她向人道謝——那很好麼。good 是插入語，乃公爵對他已故夫人的行為的評語。他儘管口頭上說好，其實他講的是反話，正好表現出他陰險毒辣的本性。

[31] **as if she ranked / My gift of a nine-hundred-years-old name / With anybody's gift:** 像是她把我送給她的九百年光榮歷史的家世和任何人送給的任何一件禮物同樣看待。公爵說 anybody 的時候，意含輕蔑。

[32] **Who'd stoop to blame / This sort of trifling?** 誰能降低身分去指責這類小事呢？stoop 這一詞語表示公爵視自己凌駕於眾人之上。

[33] **such an one:** 指公爵夫人。

Or that in you disgusts me; here you miss,
Or there exceed the mark"[34] — and if she let
Herself be lessoned so, nor plainly set   40
Her wits to yours, forsooth, and made excuse[35] —
E'en then would be some stooping;[36] and I choose
Never to stoop. Oh sir, she smiled, no doubt,
Whene'er I passed her; but who passed without
Much the same smile? This grew; I gave commands;   45
Then all smiles stopped together.[37] There she stands
As if alive. Will 't please you rise? We'll meet
The company below, then. I repeat,
The Count your master's known munificence
Is ample warrant that no just pretence   50
Of mine for dowry will be disallowd;[38]
Though his fair daughter's self, as I avowed

---

34 **here you miss, / Or there exceed the mark:** 這兒你做得不夠,那兒你做得又過了頭。

35 **and if she let / Herself be lessoned so, nor plainly set / Her wits to yours, forsooth, and make excuse:** 即使她聽從教訓,並不公然和你頂嘴或者提出一個藉口;wits = mind; forsooth 是插入語,意為「真是!」。

36 **E'en then would be some stooping** = Even then there would be some stooping. 公爵認為, 辱沒身分的行為,是一個大人物決不可以做的傻事。

37 **This grew; I gave commands; / Then all smiles stopped together.:**「這情況變得越來越 嚴重了,我就下了命令,她所有的笑容也就都停止了。」這三個短句緊接在一起,語 氣堅決,無可挽回,和前面溫文爾雅的口氣判若兩人。公爵謀害妻子的罪行就這樣讓 他輕描淡寫地交代過去了。

38 **The Count your master's known munificence / Is ample warrant that no just pretense / Of mine for dowry will be disallowed:**「貴伯爵大人素以慷慨聞名於世,所以我敢相信 他不會拒絕我對嫁妝提出的正當要求」。pretence = claim.。公爵剛說完他如何殺了他 的前妻,就對他那未來的後妻的嫁妝提出了勒索。他那兇殘和貪婪的本性由此可見。

At starting, is my object.[39] Nay, we'll go
Together down,[40] sir. Notice Neptune, though,
Taming a sea-horse, thought a rarity,[41]　　　　　　　　55
Which Claus of Innsbruck[42] cast in bronze for me!

　　　　　　　　　　　　　　—*Robert Browning* (1812-1889)

我的前公爵夫人

牆上掛的是我的前一位公爵夫人，
看起來好像她還活著一樣。我把這畫像
看作一個奇蹟；您看：教兄潘道夫的手
忙碌了一天，她就活生生地站在那兒了。
您要不要坐下來看看她？我這是故意要　　　　　　　　5
提到「教兄潘道夫」，因為像你這樣的
生客，一旦從畫裡描繪的她的這副面容
看見了從她的眼睛裡流露的深情和眷戀，
任誰都會向我轉過身來（因為，除了我，
誰也無權動一動我為您拉開的這個帷幕），　　　　　　　　10
好像，如果他敢的話，很想開口問問我，

---

[39] **Though his fair daughter's self, as I avowed / At starting, is my object:** 儘管我一開始就已聲明，我（所追求的）只是伯爵的美麗的小姐本人而已。

[40] **Nay, we'll go / Together down:** 請別客氣，我們一塊兒走下樓去。也許此時使者想讓公爵先走，但公爵表示禮貌，挽他並排而行。

[41] **Notice Neptune, though, / Taming a sea-horse, thought a rarity:** 請看這尊海神馴馬的銅像，據說它是絕世傑作。公爵誇耀了殺妻的罪行，做完了索取嫁妝的買賣，現在正在帶領客人下樓，又趁機向客人炫耀他作為一個收藏家的眼光。

[42] **Claus of Innsbruck:** 住在因斯布魯克（在今奧地利境內，歷代均以雕刻工藝聞名於世）的雕刻家克勞斯。他也是一個虛構的人物。

怎麼會有如此深情的眼神。所以您不是
第一個轉身向我發問的人。先生，不只是
為了她的丈夫在旁邊，公爵夫人的臉上才
流露出喜悅的神情；也許潘道夫教兄隨便　　　　15
說了句「夫人的披風把您的手腕遮得太多，」
也許他說了句「畫筆永遠也別想畫得出來，
夫人您脖子上漸漸消失的那片淡淡的紅暈」──
她把這些扯淡當作殷勤和恭維的話來聽，
弄得她滿心歡喜，以致她變得滿臉緋紅。　　　　20
她的那顆心兒──叫我怎麼說呢？──太容易讓人哄得歡喜，
太容易被人感動；不管她看到了什麼東西，
她都會喜歡都會愛，而她的眼睛又偏偏什麼都要看。
先生，在她眼裡什麼都是一回事情一個價！
戴在她胸前的掛飾，正在西邊下沉的太陽，25
不知哪個過於殷勤的傻瓜從果子園裡邊
折來的一段櫻桃枝兒，馱著她在台階前
跑得樂的那頭白毛騾──不管牠是什麼玩意兒，
都會得到她的稱讚，甚至叫她歡喜得漲紅了臉。
她向人道謝──好麼！但她道起謝來──不知怎麼的──　　　　30
好像把我給她的那個有九百年歷史的姓氏
看得和別人給她的任何一件東西一樣值錢。
可是誰肯喪失身分來責怪這種輕浮的行為？
就算您口才好──我的口才可一點都不行──
對公爵夫人把這個意思講得連一絲都不差，　　　　35
說道，「你的這點或者那點叫我真受不了；
這兒你做過了頭，那兒做得很不夠。」即使
她聽了以後毫不頂嘴，也不公然和您爭辯，

您還會覺得您已經喪失了自己尊貴的身分，
而我決定：永遠不能喪失我的身分。先生，　　　　40
當然，每當我在她面前走過，她總露出笑容，
可是有誰走過她不露出那一模一樣的笑容？
情形變得越來越糟，於是我就下了個命令；
這下笑容全沒了。她站在那兒，像活的一樣。
請您站起身來，好嗎？讓我們一起去見見　　　　45
等在樓下的那些人吧，和他們一起去談談。
請容我再重複說上一遍，您的主人那位伯爵
素來以慷慨而聞名於世，這樣就足以保證
我對嫁妝的正當的要求不會被他拒絕；
儘管他的那位美麗的女兒，我早就聲明，　　　　50
她才是我一開始就真正追求的目標。不，您別
這麼客氣謙讓，先生。讓我們兩個一起下樓去。
可請您仔細瞧瞧這海神馴馬像，都說是件珍品，
因斯布魯克的克勞斯為我鑄造的這座銅的雕像。

──羅伯特・伯朗寧（1812－1889）

　　上面這兩首詩篇，以及我們在第四章裡讀過的〈夜裡相會〉和〈清晨離別〉，還有第三章最後的〈歌〉，這些都是同一位詩人的作品，但是它們的語氣各自不同。就拿〈歌〉來說，詩人為明媚的春光和清晨的景色所陶醉，不由得對宇宙萬物各安其位的太平盛世發出了熱情的謳歌。原詩的詞語簡樸但歡快，詩句短促有力，予人以興致盎然，激情勃發，難以自抑的感覺。詩人的鑄詞造句也和春天一樣生機勃勃，兩者融洽無間。〈海外鄉思〉也是伯朗寧最聞名的短詩之一，詩裡寫的也是春天的景物，但是詩人的創作目的，和他在創作時的心情，都和〈歌〉不同。他寫這首詩的時候，身在義大利

（他和他的妻子——詩人伊麗莎白・伯朗寧的結合未獲女方家長的同意，因此他們倆私奔海外，從此沒有回去）。義大利的春天雖然風光明媚，但是陽光過於強烈，天氣過於炎熱，色彩過於艷麗，詩人認為畢竟無法和家鄉的春天相比。他久客他鄉，有家難歸，不禁思念起北方故國四五月裡的光景來了。因此他在這首詩裡表達的感情，也就顯然以懷念和嚮往為主。〈我的前公爵夫人〉則是詩人用戲劇裡常用的獨白的口氣，描述文藝復興時期，義大利境內斐拉拉公爵阿爾封索二世的逸事。它講的是公爵婚後三年（1561），殺害了年輕的妻子（據說她嫁給公爵時，年僅十四歲）。後來奧地利的蒂羅爾伯爵許以女兒（一說侄女）。全詩是公爵對伯爵的使者站在他已故妻子的畫像前講的一段話，說的是公爵不屑於教導他的夫人如何擺貴族架子，並且對她天真純樸的性格和她熱情待人的態度，非常厭惡，甚至認為既然她的為人和做事的方式有失尊嚴，她就沒有資格繼續當他的夫人。於是他下令把她殺害了事。這番話向我們生動地顯示出，公爵的外表彬彬有禮，實則野蠻嗜殺；他好像生性愛好藝術，舉止文雅，其實內心冷酷無情，竟然為了毫無來由的妒忌而把年輕美麗的妻子殺害；他在人前擺出君主的姿態，其實卻是個貪財的小人。這就是十五六世紀時義大利的某些公侯等政治領袖人物的所謂「文藝復興時期的性格」。

詩人在這首詩裡著力描繪的就是他們在性格方面的複雜性。他的談吐表面上給人以崇尚風雅、酷愛藝術，甚至有點「平易近人」的印象，其實他的內心卻包藏著專制的冷酷和老謀深算、陰險毒辣的實質。此外，詩人還透過公爵對前公爵夫人的指責而塑造出一個天真無邪、活潑開朗、熱愛生活的少女的形象，尤其可貴的是，她還表現出對待貴賤一視同仁的民主精神。這是文藝復興時期人文主義思想抬頭的表現。由於她打破了封建貴族視若命脈的階級觀念，所以公爵把她視作眼中釘，非找個藉口把她除去不可。從描繪公爵

的文雅的談吐和對他的前夫人的譴責中，詩人讓讀者了解並欣賞到了兩個截然不同的形象。這是伯朗寧獨到的功力。他以公爵的口吻，細緻生動地描繪出他的心態，由於詩人取材翔實，剪裁適當，所以他的敘述令人信服。他採用的全是口語，插入語很多，邊敘邊議，但是每到關鍵所在，敘事者卻又故意語焉不詳。詩裡還有不少地方隱晦曲折，費人猜疑，這種迷惑耳目的文筆和語調也是詩人為了要表現特定人物的特定性格而採用的。這種撲朔迷離的寫作方式也是伯朗寧的一種有特色的風格。所以我們千萬不可拘泥一格，認為一個詩人只可能有一種文筆，一種語調，一種風格。他完全可以根據不同的詩的需要，採用不同的文筆、不同的語氣和不同的風格，關鍵是他想在那首詩裡表現些什麼。

　　我們在前面說過，一首詩裡的語氣，像說話的人的語音、語調一樣，也表達出某種或者某些感情來，就好像詩裡有個聲音在對我們說話一樣。那麼，這究竟是誰的聲音呢？它是詩人自己的聲音嗎？也許是，也許不是。儘管詩裡用的是第一人稱的敘事角度，但是詩人很可能只是在借題發揮──表面上說的是他自己，其實不然。儘管哈代寫了〈他殺的那個人〉（第二章），可是現實生活裡的哈代既沒當過兵，更沒有殺過人。霍斯曼當然也不是一個靈魂不滅論者，儘管他寫下了那首〈我的馬兒可在耕地？〉（第二章）。

第十章

音樂手法

即使那些對於詩最不了解的人也會懂得，詩裡所用的語言，比起一般的語言來，更加富於樂感——即更加富於音樂般的魅力。這是因為，詩人和那些只限於用語言來表達訊息的人不同。詩人在寫詩的時候，既須考慮到他所採用的詞語在意義方面是否確當，而且他還得考慮到，那些詞語的詞音是否符合他的要求——因為他需要利用詞音來加強樂感，使他想在詩裡表達的思想或情感更為動人。由於樂感在詩裡的重要性十分明顯，有些詩人甚至把它看作詩歌不可缺少的成分之一，還在給詩下定義的時候特別予以強調。譬如美國詩人、小說家艾德嘉・愛倫・坡（Edgar Allan Poe, 1809-1849）就把詩說成是「和一個令人感到趣味的思想結合在一起的音樂」。由文字或語言表現出來的這種樂感——姑且不論它在詩裡的地位究竟重要到何等地步——它和詞語的涵義、意象、比喻性的語言一樣，成為詩人的創作手法之一。他就憑藉著它的幫助，表達出一些並不僅僅是訊息而已的東西來。可是樂感畢竟不是詩人所追求的唯一目的。有時候他固然會為了追求樂感而使用一些富於音樂性的語言或者詞彙，可是他多半只把它當作表達詩篇裡的那個整體意義的一個重要輔助手段而已——至少在第一流的詩篇裡必然如此。

詩人使他的詩篇產生樂感的方式大致有二：一是通過詞音的選擇和安排；二是藉助於重音的安排。在這一章裡，我們想要討論的是第一種方法。

一、聲音的重複

眾所周知，音樂的基本要素之一是重複。事實上，我們不妨說，任何一種形式的藝術，都是由重複和變化這兩種因素以各種不同的方式結合而成的。每一件使我們讚嘆不已、以至世代相傳的自然現象以及藝術品，它們無不具有這兩種要素。譬如，大海之

所以能使我們永遠觀之不倦、代代人為之唏噓詠嘆，正因為它始終
不變，然而又從來不是一成不變。又如，我們喜歡看球賽，就因為
每場球賽都是同一個模式和無窮變化這對雙重性質的一種複雜的結
合。如此看來，我們的藝術觀乃深深地根植於與生俱來的本能之
中。我們天生就喜愛我們所熟悉的東西，但我們也喜歡富於變化的
東西。可是最為我們所喜歡的，卻是這兩者巧妙的結合——結合得
不多不少，恰到好處。假如一首詩裡的同一性過多，我們就會覺得
它單調乏味，令人厭倦；但是如果它變化得過於頻繁，我們又會感
到困惑迷茫，無所適從。這就難怪作曲家既要在他的樂曲裡重複某
些樂音，讓它們在某些結合與和音裡重複出現，並且在某些模式或
旋律裡使之反覆出現。詩人亦然。他使某些音在一些組合和安排裡
重複，從而使它們成為他的詩句結構裡的一個組成部分，並在整體
意義和樂感方面發揮出各自的作用，為這首詩的總體目的做出應有
的貢獻。

　　下面這首詩的動人之處，並不在於它有何高明的思想或者意
義，而在於它表達意義或思想的方式令人覺得有趣。

The Turtle

The turtle lives 'twixt plated decks
Which practically conceal its sex.
I think it clever of the turtle
In such a fix to be so fertile.

—*Ogden Nash* (1902-1971)

　　譯成中文，它的大意如下：

烏龜

烏龜住在兩層甲骨的夾縫裡，
使它幾乎是公是母都辨不清。
我覺得烏龜這傢伙可真機靈，
艱難的處境裡居然多子多孫。

——奧格敦・奈許（1902－1971）

中文的譯文固然讀來令人趣味索然，但是如果我們改用英語的散文把原詩的意義寫出來，它就大致成為：

The turtle lives in a shell which almost conceals its sex. It is ingenious of the turtle, in such a situation, to be so prolific.

（烏龜生活在幾乎掩蓋了它的性別的甲殼裡面。在這樣的處境裡，居然還能大量地繁殖後代，可真有能耐。）

由此可見，儘管意義不變，原詩一經意譯（paraphrase）成為散文，雖然意義清晰，但是讀起來卻更加索然無味。也許這首詩篇裡原來的韻味來自它的韻律。因為如果我們把它改寫成一首無韻詩，它就會變成下面這樣：

Because he lives between two decks,
It's hard to tell a turtle's gender.
The turtle is a clever beast
In such a plight to be so fertile.

　　這個文本也許比散文寫的那一個要好些，可是原詩裡的那股魅力卻仍然不見蹤影。那麼，它一定和腳韻有關——就是聲音的重複，如decks和sex，以及turtle和fertile。我們於是再試一次。

> The turtle lives 'twixt plated decks
> Which practically conceal its sex.
> I think it clever of the turtle
> In such a plight to be so fertile.

　　感覺敏銳的讀者一定會發現，和原詩相比，這裡面還缺點兒什麼。他起先也許不知道缺的究竟是什麼，只知道缺了它，就只是一首好詩，有了它，就成了同類作品裡的一首傑作。接著他會發現：它就是 fix 和 plight 之間的差異——原詩裡面用的是 fix，而新的文本裡卻是 plight。一字之差造成了天壤之別。

　　可是，怎麼會呢？ fix 和 plight 這兩個詞語的詞義相差不大。重要的是：它們在詞音方面的差別可就大了。fix 裡的 x 和 sex 裡的尾音 x 掛上了鉤，而它詞首的 f 音又和後面的 fertile 一詞詞首的 f 音相連。這些音的重複出現不但讓人聽起來悅耳，而且它們還使這首詩的結構變得更加嚴謹。它們使詩裡的 sex、fix 和fertile 等詞語的地位變得更加突出，並且使它們結合成為一個整體。

　　十六世紀的英國戲劇家、詩人和小說家托馬斯・奈許在他的那首名作〈春〉裡捕捉富於春天特色的事物和景色——鳥語花香，姑娘起舞，羔羊蹦跳，情人幽會——來抒寫春天的題意，形式上則大量使用單音節的詞語、擬聲詞、疊句和中間韻（一詩行中間停頓的休止音節和本行的最後音節押韻），使得全詩節奏明快，旋律強烈，生動地表現了春天歡快的景象和氣氛。

Spring[1]

Spring, the sweet Spring, is the year's pleasant king;
Then blooms each thing, then maids dance in a ring,
Cold doth not sting, the pretty birds do sing:
    Cuckoo, jug-jug, pu-we, to-witta-woo![2]

The palm and may[3] make country houses gay,   5
Lambs frisk and play, the shepherds pipe all day,
And we hear ay[4] birds tune this merry lay:[5]
    Cuckoo, jug-jug, pu-we, to-witta-woo!

The fields breathe sweet, the daisies kiss our feet,
Young lovers meet, old wives a-sunning sit,   10
In every street these tunes[6] our ears do greet:
    Cuckoo, jug-jug, pu-we, to-witta-woo!
      Spring, the sweet Spring!

— *Thomas Nashe* (1567-1601)

---

1 〈春〉（"Spring"）是奈許寫的《夏天最後的遺囑》（*A Pleasant Comedy Called Summer's Last Will and Testament*，1592年演出，1600年出版）劇中的一首詩，劇中的人物以四季為名，「夏天」就是劇中的一個人物。

2 這一行裡的詞語都是模仿鳥鳴的擬聲詞。它們依次為郭公鳥（中文又稱杜鵑或布穀鳥）、夜鶯、田鳧、貓頭鷹的叫聲。

3 **may:** 山楂樹或山楂花。

4 **ay** = aye = always.

5 **tune**= sing.; **this merry lay** = this happy song.

6 **these tunes:** 指第12行裡列舉的那些鳥鳴。

春

春光哪，可愛的春光！快樂的一年之王；
萬物煥發出榮光，圍著圈兒跳舞的是姑娘；
風兒不像針一樣，漂亮的鳥兒在歌唱——
咕咕，唧唧，噗咦，吐－喂嗒－鳴！

棕櫚和山楂，把喜氣帶給一處處農家；　　　　　　　5
牧羊人整天吹笛吹笳，小羊兒蹦跳著玩耍；
我們哪，總聽見鳥兒把小曲唱得歡洽——
咕咕，唧唧，噗咦，吐－喂嗒－鳴！

田野裡一片芬芳，雛菊的吻落在我們腳上；
年輕的戀人一雙雙，老婦們曬著太陽；　　　　　　10
在所有的街上，我們聽見這樣的歌唱——
咕咕，唧唧，噗咦，吐－喂嗒－鳴！
啊春光，可愛的春光！

　　　　　　　　　　　　——托馬斯・奈許（1567－1601）

　　　　　　　　　　　　（黃杲炘譯）

　　這首詩的語言質樸無華，通俗易懂。它之所以能予人美感，是因為詩人運用了豐富多彩的意象。舉凡視覺意象、聽覺意象、觸覺意象、嗅覺意象等等，莫不應有盡有。詩中把春天的景象概括殆盡：裡面有男女老幼、禽獸花木，有靜止的景物，也有運動中的狀態——讀來簡直使人覺得彷彿身臨其境，陶醉在這一生機盎然、景色迷人的春光之中。除此以外，詩人顯然也還充分利用了詞音和別的聲音方面的效果。詩裡的每個詩節的最後部分，詩人使整個一行

裡都是由模仿鳥叫的擬聲詞組成。除了注意採用輕快的節奏和腳韻以外，他還利用了重複和多變的規律，使每個詩節裡的前三行都押同一個腳韻，並且讓它在每一詩行中（甚至在個別詩行的行首）重複出現。譬如，在第一詩節的前三行裡，-ing 的音韻就在各詩行裡反覆出現：

> Spring, the sweet Spring, is the year's pleasant king;
> Then blooms each thing, then maids dance in a ring,
> Cold doth not sting, the pretty birds do sing,

　　這樣詩人就使整首詩裡的意義和聲音結合得十分完美——換言之，聲音充分地配合了意義，把它的效果增強到了無以復加的地步。

　　由此看來，根據詩人的需要，他可以在一首詩裡重複由某個或某些聲音組合而成的任何一種符合意義需要的聲音的單元，他可以重複個別的母音或子音，可以重複整個音節、詞語、詞組、詩行，甚至幾個詩行構成的成分或段落。假如一首詩確實寫得出色，這類重複就將起不止一個方面的作用：聲音的重複讀來悅耳動聽；重複的部分在詩裡顯得特別重要；它使整首詩產生一個符合詩人的目的和要求的結構。這類重複深受讀者歡迎，並使讀者產生深刻的印象，以至有些詞語或者詞組，由於它們的某些詞音重複，因而易記和易於上口，為一般人士喜聞樂見，以至爭相採用，年深日久，反而成了陳腔爛調。這些例子不難尋找，譬如：

wild and woolly（粗野）	first and foremost（首先）
dead as a doornail（確實死了）	might and main（全力以赴）
sink or swim（孤注一擲）	do or die（決一死戰）

pell-mell（亂七八糟）　　　helter-skelter（手忙腳亂）

harum-scarum（馬馬虎虎）　　hocus-pocus（欺騙手法）

footloose and fancy-free（自由自在）

penny-wise and pound-foolish（小事聰明，大事糊塗）

一個音節由一個母音組成，它的前面或者後面可能帶有子音。這些母音和子音都可以重複出現。於是詩篇和音樂一樣，重複和變化的各種不同的結合構成了樂感，而押韻就是這種結合裡的一個重要部分。

二、押韻

所謂押韻是相同或相似的重讀音節先後出現在兩個或更多詩行的相應位置上，如詩人斐德瑞克・藍伯瑞奇（Frederick Langbridge）的詩篇〈悲觀者與樂觀者〉（"Pessimist and Optimist"）裡的那兩行詩：

Two men look out through the same bars:
One sees the mud, and one the stars.

兩個人從同一個柵欄望出去：
一個看到的是泥，一個看到了星。

末尾的 [arz] 音就是押韻。它體現了這兩行詩之間的關係。儘管有不少英語詩歌並不押韻，但一般說來，押韻仍然是詩歌有別於散文和日常說話的一個重要的標誌。它使詩歌和諧、優美、富於樂感。一個已經熟悉了的聲音在一定的間隔之後，又以相似的形式或聲音重複出現，便產生和音（accord），能給讀者一種感官上的滿

足，產生美的共鳴。

　　真正的押韻（true rhyme）稱為全韻（full rhyme），必須押在有不同的子音開頭的重讀音節上，其中母音相同，跟隨在這個母音後面的子音或者其他非重讀音節也必須相同。如雪萊的〈像獅子般奮起〉（"Rise Like Lions"，取自長詩《無政府狀態的面具》〔*The Mask of Anarchy*〕第三十八節和最後一節）裡的一、二兩行，以及三、四、五那三行都押韻：

> Rise like lions after slumber
> In unvanquishable number－
> Shake your chains to earth like dew
> Which in sleep had fallen on you－
> You are many－they are few.

> 像獅子般在睡眠後奮起
> 以無可征服的數目──
> 把當你們入睡時露水般落在
> 你們身上的那些鏈條搖脫──
> 他們只有幾個，而你們為數眾多。

　　英語韻體詩大多押的是這類真正的韻。但由於各種不同的原因，詩人有時只能押近似韻（near rhymes），或稱有缺陷的韻（imperfect rhymes）。這類韻主要包括下列幾種情況：

　　(1)最後的子音相同，但前面的母音相似而不相同。如：moon 和 rain，以及 green 和 gone。波普在下面這首〈空屋〉裡押的就是近似韻，因為儘管 come 和 home 的詞形相似，但是它們的母音的發音各自不同。

You beat your pate, and fancy wit will come:
Knock as you please, there's nobody at home.

你拍著你的腦袋，以為智謀會從裡面跑出來：
你儘管敲你腦袋的門吧，無奈裡面根本沒有人。

(2)片語裡重音的重複（即母音相同，但後面的子音不同），叫
作同母音或諧母音（assonance），如 lake 和 fate。英語的片語裡有不
少同母音的現象：

mad as a hatter（發狂；大怒）　　time out of mind（遠古時代）
free and easy（輕鬆自如）　　　　slapdash（魯莽；草率）

英語民謠和民歌中常見用同母音作行末的腳韻；如艾茲拉‧龐
德（Ezra Pound）的〈在一個地鐵車站裡〉（第四章）的 crowd 和
bough 就是同母音。

The apparition of these faces in the crowd;
Petals on a wet, black bough.

另外，詩人為了要增加樂感，常在詩行的中間使用同母音，如
下面這一詩行中的 weep 和 see：

Fair Daffodils, we weep to see

(3)母音後面的子音的重複（即重讀母音不同，但所有的子音都
相同），叫作同子音或諧子音（consonance）。如 chatter 和 chitter；

rider 和 reader；despise 和 dispose。在英語裡，有著同子音現象的片語也不少：

first and last（總的說來）　　odds and ends（零碎的東西）
short and sweet（說話簡單扼要的；簡短而愉快的）
a stroke of luck（交了好運）

又如莎士比亞的《馬克白》（第八章）裡的 struts and frets（蹦跳折騰）。

另一種和押韻有關的音樂手法是詞首韻。在一些有關聯的詞語的詞首，出現子音的重複，就叫作詞首韻或頭韻（alliteration）[7]。在古英語和中古英語時期，使用頭韻是詩人進行創作的一種重要手法，但是現在它只是一種裝飾手法而已。下面這些片語裡都有頭韻：

tried and true（忠誠可靠的）　safe and sound（平安的）
fish or fowl（天上飛的和水裡游的）
without rhyme or reason（無緣無故）

音的重複既可單獨使用，也可把不同的重複結合起來使用。在某些成語裡，頭韻和同母音結合在一起，如：

time and tide（時間）　　　thick and thin（甘苦與共）
kith and kin（親戚）　　　alas and alack（嗚呼）

---

[7] 關於音的重複的名稱，迄今尚無統一的術語。重要的是認得出各種不同的重複，並且知道它們各自所起的作用。不必過分拘泥於它們的名稱，因為給它們取名稱，只是為了便於記憶和討論而已。

fit as a fiddle（健康極了）

頭韻和同子音結合在一起使用的例子有：

crisscross（十字形；交錯）
last but not least（最後的但不是最不重要的）
lone and lorn（孤苦零丁）

　　而同母音和同子音結合就構成了押韻。根據「韻」在詩行中的位置，英詩的押韻又可分作兩類：

　　(1)腳韻，又稱尾韻（end rhyme），押在詩行的最後一個重讀音節上。這是英詩中最為常見的押韻位置。我們通常用小寫的英語字母來表示腳韻的韻律（rhyme scheme），例如用 a 代表第一個韻音，b 代表第二個韻音，以此類推。如威廉‧布雷克的〈天真的預兆〉（"Auguries of Innocence"）第一節的韻律為 abab。

To see a world in a grain of sand,	a
And a heaven in a wild flower;	b
Hold infinity in the palm of your hand,	a
And eternity in an hour.	b

一粒沙中見世界，
　一朵花裡識天堂；
手掌裡面有無限，
　一剎那間是永恆。

　　(2)行中韻（internal rhyme），是詩行中間的停頓（pause）或者

休止（cesura）前的重讀音和該行的最後一個重讀音押韻。詩行中間的停頓本來就給人一種節奏感，押韻後，詩的樂感就更加強烈。因此詩人在輕鬆活潑的詩歌中常用這種韻體。例如在威廉·布雷克的下面這兩行詩裡，gowns 和 rounds，以及 briars 和 desires 分別押了行中韻。

And priests in black gowns | were walking their rounds
And binding with briers | my joys and desires.

穿著黑袍的教士正在進行他們例行的巡視，
而且用多刺的荊條束縛著我的愉悅和欲望。

按照押韻的音節的多少，英詩中押韻的方式又可分為：

(1)單韻，又稱陽性韻（masculine rhyme），所押的韻音侷限於詩行中重讀的末尾音節，譬如詩以 late, fate; hill, fill; enjoy, destroy; distain, complain; decks, sex 或 support, report 等詞結尾，押的便是陽性韻。這種韻的韻味強勁有力。

(2)雙韻，又稱陰性韻（feminine rhyme），押韻於連接的兩個音節上，而後一個為非重讀音節，如 lighting, fighting; motion, ocean; winning, beginning; sighing, untying；這種韻體常給人輕快、幽婉之感。

(3)三重韻（triple rhyme），押韻於連接的三個音節上，如 tenderly與slenderly; slips of hers 與 lips of hers; ineffectual 與 hen-pecked you all。這種韻體有時用在嚴肅的詩中，但現在多用於幽默詩和諷刺詩中。

在以上提到的眾多韻體之中，要數腳韻在英語詩歌裡面被詩人用得最多，這是最為人們喜聞樂見的一種聲音重複。因為它位於詩

行之末，它在朗誦時產生的音樂效果最大，在默讀時也最為引人注目。除了詩的節奏和格律以外，在詩的音樂效果和整體結構方面，也許行末的腳韻要比別的音樂手法對英詩的貢獻更大。

可是，儘管如此，大量的英詩卻根本不押腳韻，腳韻對它們也全然並不合適。另外，每個時代都有這麼一個傾向，這就是在詩行之末不用完整的腳韻，而改用「近似的腳韻」（approximate rhyme）。尤其是現代，這個傾向更為明顯。所謂「近似的腳韻」範圍很廣，它包括所有發音相似的詞語，其中有些較為接近，有些則相去甚遠。我們把用於行末的諸如頭韻、同母音、同子音，以及它們之間的各種結合都歸結在一起，籠統地稱之為「近似的腳韻」；它還包括「半韻」（half-rhyme，只有半個詞語押韻——或者重讀的那一半，如 lightly 和 frightful；或者並不重讀的那一半，如 yellow 和 willow），以及難以詳述的種種相似的音韻。

詩人奧登在下面這首詩裡使用了哪些頭韻、半韻、近似韻、同母音、同子音？

That Night When Joy Began

That night when joy began
Our narrowest veins to flush,
We waited for the flash
Of morning's levelled gun.

But morning let us pass,
And day by day relief
Outgrows his nervous laugh,
Grown credulous of peace.

5

As mile by mile is seen
No trespasser's reproach,　　　　　　　　10
And love's best glasses reach
No fields but are his own.

— W. H. Auden (1907-1973)

那個歡樂開始的夜裡

那個歡樂開始的夜裡
我們最細微的血管變得通紅，
我們等待著早晨的
對準了的槍發出的閃光。

但是早晨放我們過去了，　　　　　　　　5
一天又一天，安定了的心情
超過了他的神經質的笑，
開始對安寧有了信任。

正如一哩又一哩沒看見
什麼闖入私人領地的人在走近，　　　　　10
而愛情的最好的望遠鏡
除了他自己的地區以外看不見別人。

——W·H·奧登（1907－1973）

三、疊句

　　除了單個的音或者音節的重複以外，詩人如果認為有此必要，

可以重複整個詞語、詞組、詩行，或者幾個詩行。如果這些重複按照固定的模式出現的時候（但有時也會有一些細微的變化），就成為「疊句」（refrain）。疊句通常出現於詩節的結尾，詩人利用它來形成韻律（即在行末押韻），維持全詩的情調（mood），並且加強關鍵性詞語或者詩行的重要地位，使它們顯得特別突出。疊句在歌曲和如同歌曲一般的詩篇裡尤為普遍，例如莎士比亞的〈冬之歌〉（第一章）和〈春之歌〉（第一章），以及奈許的〈春〉（第十章）等。出現在歌曲裡的疊句稱作合唱（the chorus），這一部分往往由聽眾一起參加演唱。

查爾斯‧蘭姆在他的名作〈昔日熟悉的面孔〉裡使用重複、排比、疊句等手法，從各個方面來表現他對往昔的思念，做到了情境融合，令人感動。

The Old Familiar Faces

I have had playmates, I have had companions,
In my days of childhood, in my joyful school-days;
All, all are gone, the old familiar faces.

I have been laughing, I have been carousing,
Drinking late, sitting late, with my bosom cronies;   5
All, all are gone, the old familiar faces.

I loved a Love once, fairest among women:[8]

---

8 **I loved a Love once, fairest among women:** 蘭姆終身未娶，但這絕不意味著他從未有過愛情。參閱蘭姆的散文〈夢中的孩子們〉（"Dream Children"）。他在這篇文章裡提到的那位愛麗絲，疑即為他一生懷念的那位婦女。

Closed are her doors on me, I must not see her—
All, all are gone, the old familiar faces.
I have a friend, a kinder friend has no man:[9]   10
Like an ingrate, I left my friend abruptly;
Left him, to muse on the old familiar faces.

Ghost-like I paced round the haunts of my childhood,
Earth seem'd a desert I was bound to traverse,
Seeking to find the old familiar faces.   15

Friend of my bosom,[10] thou more than a brother,
Why wert not thou born in my father's dwelling?
So might we talk of the old familiar faces.

How some they have died, and some they have left me,
And some are taken from me; all are departed;   20
All, all are gone, the old familiar faces.

—*Charles Lamb* (1775-1834)

昔日熟悉的面孔

我有過玩伴，我有過朋友，
在我童年的時候，在我學童歡樂的日子裡；

---

9 **I have a friend, a kinder friend has no man:** 有人認為詩人指的是查爾斯·羅伊德
（Charles Lloyd, 1775-1839）。
10 **Friend of my bosom:** 知心的好友。有人認為詩人在這裡指的是塞繆爾·泰勒·柯立芝
（Samuel Taylor Coleridge, 1772-1834）。

這些，這些都消失了，昔日熟悉的面孔！

我曾經歡笑，我曾經暢飲，
直到深夜，和我的好友促膝長談；　　　　　　　5
這些，這些都消失了，昔日熟悉的面孔！

我曾經戀愛，她是最美的女性：
她的門對我緊閉，我不應再見她——
這些，這些都消失了，昔日熟悉的面孔！

我有一個朋友，不能比他更好的朋友，　　　　　10
像個負義的人，我突然離去；
離開他，去思念舊時熟悉的面孔！

像鬼魂我繞著兒時的遊地徘徊；
大地像沙漠，我必須橫跨，
尋找那舊時熟悉的面孔。　　　　　　　　　　15

我最心愛的摯友，你比兄弟還親，
你為什麼沒有生在我家？
那樣我們就能談論那些昔日熟悉的面孔！

他們中有些死了，有些離我而去，
有些從我身邊掠走，都離去了　　　　　　　　20
這些，這些都消失了，昔日熟悉的面孔！

——查爾斯·蘭姆（1775－1834）

（鄭敏譯　朱乃長校）

四、音韻之美與節奏

以上所說的只是幾種比較常見的音素方面的重複而已。若要對此進行詳盡的研究，那就成了攻讀一門深奧而且複雜的學問。可是對於一個詩歌的愛好者來說，他只需要學會如何感覺或者意識到詩歌中的音韻之美，不必仔細探求其所以臻此的奧祕。然而，為了要增長這方面的敏感性，若干基本的知識還是需要的。偶然對一些詩歌進行分析，了解它們所包含的音樂手法，也會對你在這方面的欣賞能力之提高有所幫助。另外，這裡有三點請注意：(1)這些重複只限於音素的重複，與拼寫的重複完全無關。例如：bear 和 pair 押腳韻，through 和 rough 則否；cell 和 sin 押頭韻，folly 和 philosophy 也押頭韻，但sin 和 sugar 則否，gun 和 gem 則否。(2)頭韻、同母音、同子音和陽性韻等只涉及重讀的那個音節，因為只有重讀的音節才會在讀者的聽覺上產生足夠強烈的印象，以致在一首詩篇的音素模式裡發揮重要的作用。例如，在〈烏龜〉（第十章）的第二詩行 Which practically conceals its sex 裡的 which 和 its 這兩個詞語有相同的母音，但是它們在詩裡都不是重讀的音節，因此它們算不得同母音。(3)在這些音素的重複裡，重複的詞語必須相距較近，使讀者或聽者的耳朵，能夠在意識裡或者在潛意識裡，把兩個分開的音素連繫起來。此一距離的限度視具體的情況而定。但是，對於頭韻、同母音和同子音來說，這些詞語一般應該在同一行裡，至少在鄰近的詩行裡。至於行末的腳韻，就不妨相隔較大的距離。

詩人史文朋的詩作以音韻華美、技巧嫻熟、色彩豐富著稱。下面的這首〈當春天的獵犬〉是詩人寫的一部悲劇《阿塔蘭特在卡立登》（*Atalanta in Calydon*）中的一首合唱（chorus）。詩中的部分素材（第5−8行）取自希臘神話裡的關於普洛克妮（Procne）和菲洛美拉（Philomela）姐妹倆的傳說。她們是雅典王潘底翁的兩個美麗的女兒，普洛克妮嫁給色雷斯王特雷烏斯（Tereus），生了個王子伊

提勒斯（Itylus）。特雷烏斯強暴了菲洛美拉，並且割去了她的舌頭以防她揭發他的罪行。但菲洛美拉卻把它在袍子上織成圖畫給普洛克妮看，普洛克妮為之狂怒。她殺死了她和國王的兒子伊提勒斯，並把他的肉做成菜餚，給她的丈夫特雷烏斯吃。特雷烏斯發現後，拿著斧頭追殺姐妹兩人。快要追上時，天神把特雷烏斯變成一隻羽毛鮮艷、喙兒尖長的戴勝鳥，把菲洛美拉變成夜鶯（從此她夜夜哀鳴），把普洛克妮變成燕子。

When the Hounds of Spring[11]

When the hounds of spring are on winter's traces,

　The mother of months in meadow or plain

Fills the shadows and windy places

　With lisp of leaves and ripple of rain;

---

[11] **When the Hounds of Spring:** 這首詩原是史文朋的詩劇《阿塔蘭特在卡立登》的開場時合唱的、獻給狩獵女神阿特米絲（Artemis，她又被叫作黛安娜〔Diana〕；這位處女神又是月神，因此她是月份的母親；她還管婦女的分娩，並保護青年男女）的讚歌。

阿塔蘭特是希臘神話中的人物。她幼時被父親丟棄在森林裡，幸有野熊為她哺乳，活了下來。後來有一群獵人發現了她，把她撫育成為一個美麗而出色的女獵手。她尤其擅長奔跑，速度極快。當時，在希臘的卡立登（Calydon）國境內發生了一件大事。卡立登王俄鈕斯（Oeneus）在祭祀諸神時忘了狩獵女神阿特米絲。女神為了報復，使一頭巨大而凶猛的野豬對當地大肆蹂躪。於是卡立登的王子梅利愛格（Meleager）召集國內所有的獵人和獵犬來捕殺這頭凶惡的野豬。阿塔蘭特也應召而至。經過一場激烈而傷亡慘重的搏鬥，野豬最後死在王子的手中。可是王子以阿塔蘭特的弓箭最先射傷了野豬為由，把割下的豬頭等東西獻給了阿塔蘭特。這一舉動激怒了許多獵人，王子的幾個母舅動手去搶豬頭，卻都被王子梅利愛格殺死。他的母后阿爾希娥（Althaea）得知此事後，立即從為兒子的成功而謝神的途中回宮，從密室裡取出一塊可以決定她兒子生死的焦木。經過一番極為痛苦的思想鬥爭，她終於把那塊焦木投入爐火之中。這時，已經回到城裡的王子突然覺得心中猶如火燒，不久他就氣絕身死──那塊能夠致他於死地的焦木已經化為灰燼，而他的母親也已自縊於餘燼未熄的火爐之旁。

And the brown bright nightingale amorous   5
Is half assuaged for Itylus
For the Thracian ships and the foreign faces,
    The tongueless vigil, and all the pain.

Come with bows bent and with emptying of quivers,
    Maiden most perfect, lady of light,[12]   10
With a noise of winds and many rivers,
    With a clamor of waters, and with might;
Bind on thy sandals, O thou most fleet,
Over the splendor and speed of thy feet;
For the faint east quickens, the wan west shivers,   15
    Round the feet of the day and the feet of the night.

Where shall we find her, how shall we sing to her,
    Fold our hands round her knees, and cling?
O that man's heart were as fire and could spring to her,
    Fire, or the strength of the streams that spring!   20
For the stars and the winds are unto her
As raiment, as songs of the harp-player;
For the risen stars and the fallen cling to her,
    And the southwest wind and the west wind sing.

For winter's rains and ruins are over,   25
    And all the season of snows and sins;

---

[12] **Maiden most perfect, lady of light:** 指希臘神話裡的狩獵女神阿特米絲。

The days dividing lover and lover,
    The light that loses, the night that wins;
And time remember'd is grief forgotten,
And frosts are slain and flowers begotten,   30
And in green underwood and cover
    Blossom by blossom the spring begins.

The full streams feed on flower of rushes,
    Ripe grasses trammel a travelling foot,
The faint fresh flame of the young year flushes   35
    From leaf to flower and flower to fruit;
And fruit and leaf are as gold and fire,
And the oat[13] is heard above the lyre,
And the hoofèd heel of a satyr crushes
    The chestnut-husk at the chestnut-root,   40

And Pan[14] by noon and Bacchus[15] by night,
Fleeter of foot than the fleet-foot kid,
Follows with dancing and fills with delight
    The Maenad and the Bassarid;[16]

---

[13] **the oat:** 指一種用燕麥管做的笛子，它是酒神和牧羊人喜用的樂器。

[14] **Pan:** 即潘恩，他是希臘神話中的山林之神，又是牧羊人和獵人的保護神。他善吹燕麥管製的笛。他具有半人半獸的形體，頭長雙角，腿是羊腿，腳是羊蹄。他通常又被看作一個性喜女色的風流之神。

[15] **Bacchus:** 酒神，又叫戴奧尼索斯（Dionysus）。

[16] **The Maenad and the Bassarid:** 美娜德是侍奉酒神的女祭司，她和白賽莉都是當時迎春節的參加者；下面第49行裡的 the Bacchanal（含有「狂飲作樂者」之意）也是。古代希臘的風俗，在迎接春天的這個節日裡，青年男女以宴飲和舞蹈進行狂歡的慶典，向酒神表示敬意。在古代這種節慶活動中，正如詩人在這首詩裡所暗示的那樣，有時會出現酒後縱欲淫亂的行為。

And soft as lips that laugh and hide　　　　　　　45
The laughing leaves of the trees divide,
And screen from seeing and leave in sight
　　　The god pursuing, the maiden hid.

The ivy falls with the Bacchanal's hair
　　　Over her eyebrows hiding her eyes;　　　　50
The wild vine slipping down leaves bare
　　　Her bright breast shortening into sighs;
The wild vine slips with the weight of its leaves,
But the berried ivy catches and cleaves
To the limbs that glitter, the feet that scare　　　55
　　　The wolf that follows, the fawn that flies.

　　　　　　　— *Algernon Charles Swinburne* (1837-1909)

當春天的獵犬

當春天的獵犬追蹤冬季的印跡，
　　月份的母親便來到了原野和牧場，
讓樹葉的嗦嗦聲響和雨的漣漪
　　塞滿那些陰暗和多風的地方；
而聰明又多情的棕色的夜鶯哪，　　　　　　5
她的痛苦已因伊提勒斯的被殺和
色雷斯船隊被毀、外國人的臉而得到撫慰，
　　啊，失去了舌頭的不眠之夜和所有的痛苦。

來吧，拿著彎弓和漸漸空去的箭囊，

來吧，最完美的少女，光輝的姑娘，　　　　　　　10
挾帶著風的呼嘯和流水的咆哮，
　　帶來了江川的喧嘩，帶來了力量；
繫上你的風鞋，啊，你的腳步最輕快，
繫在你的那雙輕盈而光輝的腳上；
微芒的東方越來越明亮，黯然的西方在發顫，　　15
　　就在白晝的腳邊，還有黑夜的腳旁。

我們會在何處找到她，怎樣為她歌唱，
　　怎樣用手圍住她膝頭簇擁著她？
啊，但願人心如火，撲到她的身旁，
　　像火一樣，或者像騰越的流水般有力量！　20
因為那些星辰和風兒都是她的衣裳，
還有那彈奏豎琴的人的歌兒也一樣；
因為升起和落下的星星纏緊了她，
　　而西南風和西風都為她而歌唱。

因為冬天的風雨和破壞都已經結束，　　　　　　25
　　那霜雪和罪孽的季節也已經過去，
白晝短而黑夜長的日子現在已經改變，
　　情人們在白天相會的時間變得長；
而回憶中的時間是已經忘了的憂愁，
而霜雪已經失勢，鮮花兒正在醞釀，　　　　　　30
而就在那碧綠的灌木叢的庇護底下，
　　春天正從一朵朵花兒開放中到來。

溪水溶溶漲滿，漫上香蒲花滿岸，

芳草萋萋茂盛，愛把腳步來絆，
新的一年裡充滿了幽幽的青春的火焰，　　　　　　　　35
　　從葉子燎紅了花，從花燎紅了果；
而果實和葉片紅艷得似金又似火，
而那燕麥笛吹響得把豎琴都壓過，
而那風流的山林之神的蹄子在踩，
　　踩碎了散落在栗樹根部的栗子殼。　　　　　　　　40

牧神潘恩在中午，酒神巴克斯在夜裡，
　　腿腳要比腿快腳靈的小羊更靈活，
踏著舞步，跟在美娜德和白賽莉後面，
　　載歌載舞，心裡充滿了興奮和快活；
樹葉兒嬉笑著婆娑，似乎又開又合，　　　　　　　　45
溫柔得好似口唇含著笑半開又半合，
遮遮掩掩，一忽兒隱沒一忽兒現了身，
　　那神靈在追趕，而女子在藏躲。

常春藤兒和狂飲作樂者的頭髮絲，
　　掛在她的眉頭上，遮住了她的眼，　　　　　　　　50
撩開她衣裳的是野葡萄的細枝條，
　　她那白淨的胸脯因氣促而微喘；
葡萄枝兒的滑落是因為葉子太繁茂，
可是，結著漿果的常春藤卻緊緊抓住
她那閃閃的胳膊，並攀住了那雙叫跟蹤　　　　　　　55
　　的狼和飛奔的幼鹿害怕的腳。

　　　　　　　　　　　　——阿爾季農·查爾斯·史文朋（1837－1909）

　　史文朋是個十分注重寫作技巧的詩人。他尤其在他的詩篇的音律和格律方面刻意求工，在不同層次上努力做到情景交融，色彩豐富，而且詩情畫意還和優美的音調交融在一起，產生出巨大的樂感效果。這種音樂般的魔術構成了他的長處和短處：喜歡他的詩風的人讚揚他是個音樂大師，反對的人則指責他玩弄音響，說他在遣詞造句方面，主要不是根據意義上的需要，而是按照韻律上的需要來確定的。在〈當春天的獵犬〉的原作裡，每一詩節的行末所押的腳韻頗為複雜（腳韻的模式為ababccab，參閱第十二章），而且陰性的腳韻也還不少（如第一詩節中的 traces, places, faces）。至於頭韻，在這首詩中更是比比皆是，此外還有為數不少的同母音和少數同子音。我們不擬在此一一列舉。

　　總之，我們不可持有這樣的一種信念，以為寫詩就非得採用音樂的手法不可，以為採用音樂手法總是值得的，甚至為了它不惜犧牲詩裡的含義，這種想法乃屬大謬不然。正如詩裡的其他成分一個樣子，它們的有無價值，決定於詩人的創作意圖是否因此而得到了貫徹。英語詩壇裡的許多膾炙人口的偉大作品，如《哈姆雷特》、《李爾王》、《失樂園》等，都不用腳韻。頭韻和腳韻，尤其是陰性的腳韻，如若用得過多，或者用得不當，就會變成滑稽可笑或者非常愚蠢。如果詩人使用它們的原意是在取笑，那麼他就獲得了預期的效果。不然的話，就會適得其反，成為一個笑柄。莎士比亞是最擅長這種手法的大師，他時常在他的作品裡嘲笑頭韻的濫用。譬如他在《愛的徒勞》第四幕第二場裡，他寫下了頭韻迭出的一個句子作為嘲弄：

The preyful princess pierced and pricked a pretty pleasing pricket.

公主一箭鹿身亡。

又如在《仲夏夜之夢》第五幕第一場裡，有這樣的詩行：

Whereat with blade, with bloody, blameful blade,

He bravely broached his boiling bloody breast.

他赤楞楞地一聲拔出一把血淋淋該死的劍來，
對準他那熱辣辣的胸脯裡豁拉拉地刺了進去。

史文朋在他寫的〈奈芙里狄亞〉（"Nephelidia"）裡，他也嘲笑
了自己喜歡用頭韻的風格：

Life is the lust of a lamp for the light that is dark till

the dawn of the day when we die.

生命是盞燈，追求著光明，這光明實則是黑暗，直到我們死的
那天的黎明。

　　然而，如果確實運用得當或巧妙，音樂的手法會給聽覺帶來明
顯而美妙的快感，而且更加重要的是：它可以增加一首詩的深度和
廣度，使它增加了一個維度。
　　再舉幾個例子，讓我們看看音樂在詩裡所起的積極作用。

God's Grandeur

The world is charged with the grandeur of God.
It will flame out, like shining from shook foil;
It gathers to a greatness, like the ooze of oil
Crushed. Why do men then now not reck his rod?
Generations have trod, have trod, have trod;   5
And all is seared with trade; bleared, smeared with toil;
And wears man's smudge and shares man's smell: the soil
Is bare now, nor can foot feel, being shod.

And for all this, nature is never spent;
There lives the dearest freshness deep down things;   10
And though the last lights off the black West went
Oh, morning, at the brown brink eastward, springs —
Because the Holy Ghost over the bent
World broods with warm breast and with ah! bright wings.

— Gerard Manley Hopkins (1844-1889)

上帝的榮耀

上帝輝煌的榮耀充盈在塵世之間。
它灼灼燃燒，如金箔之熠熠生輝；
它聚細成巨，如擠出的油滴匯成了流。
為何人們至今還不服膺他的威力。
一代代人走過了塵世，一代又一代；   5

都為生計而憔悴，因勞作而模糊、而沾污；
沾染著人的污垢，充溢著人的臭氣；
大地光脫脫，腳穿了鞋卻覺察不到。

儘管如此，自然之源卻永不枯竭；
萬物的深處蘊藏著最可貴的生機；　　　　　　　10
縱然最後的光芒已從黑暗的西方消逝
早晨喲，會在東方紅褐色的天際躍起——
因為聖靈用溫暖的胸懷和光輝的雙翼
在俯伏著的塵世之上孵化生靈萬物。

——傑洛德‧曼利‧霍布金斯（1837－1889）

　　前面我們簡單介紹了英語詩歌的押韻及其運用，現在再簡單地談談短句和段落。人們把格律詩中的節奏稱為 meter，而把自由體詩中的節奏叫作 cadence，以示區別。自由體詩既可押韻，也可不押韻。我們不可把不押韻的自由詩和無韻詩（blank verse）混為一談。無韻詩雖然並不押韻，但是詩行有固定的韻律和長度，一般為抑揚格五音步（參閱第12章）。

　　下面這首詩篇是自由詩，它的行末沒有押腳韻。注意詩裡的前五行和最後面的七行在內容發生了變化，相互形成了對照，於是這兩個部分裡佔有主導地位的主要子音音素也隨之而起了變化。

The Harbor

Passing through huddled and ugly walls,
By doorways when women haggard

Looked from their hunger-deep eyes,

Haunted with shadows of hunger-hands,

Out from the huddled and ugly walls,   5

I came sudden, at the city's edge,

On a blue burst of lake,

Long lake waves breaking under the sun

On a spray-flung curve of shore;

And a fluttering storm of gulls,   10

Masses of great gray wings

And flying white bellies

Veering and wheeling free in the open.

—*Carl Sandburg* (1878-1967)

港口

穿過雜亂擁擠的小巷

走過破舊醜陋的門旁,

貧婦們一雙雙深陷的眼睛

在飢餓魔掌的陰影中向我張望。

走出擁擠雜亂的窮街,   5

不覺來到這座大都會的城邊,

藍澄澄的大湖突然在眼前湧現,

碧波壯闊的湖水在陽光下奔騰,

飛濺的浪花沖擊湖岸的曲線。

一群振翅搏擊長空的海鷗,   10

鼓動著龐大的銀灰色雙翼,

雪白的胸脯在雲天閃亮，
翻騰著盤旋著乘風翔翔。

——卡爾・桑德堡（1879－1967）

（楊通榮、丁廷森譯）

第十一章

節奏和格律

　　我們喜愛節奏（rhythm）和格律（meter），更甚於我們喜愛富於樂感的音素的重複。這是因為前者在我們的本能之中，有一個比後者更深的根。這也就是說，格律和我們的生理機制的關係更加密切。它和我們的心臟的搏動有關，和我們的血液在體內的往復流動有關，和我們的肺葉的一呼一吸的頻率有關。我們從以往的經驗裡知道，無論我們做什麼事情，只要做得自然、優美，那麼，毫無疑問，我們的動作就一定會自然而然地產生節奏。我們在走路、游泳和騎馬的時候，在揮動鐮刀、菜刀、鋤頭、船槳，甚至羽毛球拍的時候，都會產生一種節奏。對於我們來說，節奏是一種非常熟悉和自然的現象，以致我們感覺它無所不在。我們若把一只海螺放在耳邊，就會聽見猶如海潮起伏的呼嘯——但是據說其實那只是我們自己的中耳裡面的血液悸動的聲音，它從海螺殼裡傳來了回聲——還有手錶走動的滴嗒聲、列車行進時的轟隆轟隆聲，以至於潮漲潮落、日出日落、四季循環等等，莫不顯示出我們所處的是一個富於節奏的世界。而我們則對之怡然自得，安之若素——簡直把它當做自然界的一個客觀規律。也許正是由於這個原因，具有節奏感的語言對我們有一種巨大而難以抵禦的吸引力。

一、節奏

　　節奏在英語中叫做 rhythm，這詞語源自希臘文，意為「流動」（flow），即從一點向另一點有張有弛地運動，指的是動作或者聲音表現出來的波浪式起伏的重複。我們在說話時的節奏，是指發音的高低、快慢等自然波動。任何一種語言，都不免有輕重音節的交替顯現，所以它在不同程度上表現出一種獨特的節奏。不同的語言自然就有不同的節奏。有些語言的節奏並不明顯，它的模式也並不很清楚，所以人們一般並不理會它；另外一些語言則節奏分明，我

們在說話的時候，就幾乎身不由己地打起拍子來。

所謂格律，就是我們能夠按照著它打拍子的那個節奏。在有格律的語言裡，那些重音都被安排在間隔相同的音節上。有格律的語言就是韻文（verse，也稱詩體），無格律的語言叫作散文。然而，並非所有的詩都有格律；有格律的語言也並不都是詩。韻文（或詩體）和詩不是兩個同義詞──兩者不是一回事。寫韻文的人也並不都是詩人。

格律的研究是一個頗為誘人的、但也是一個頗為複雜的課題。對於詩歌的欣賞來說，它不是一個必要的條件，甚至也不是對詩歌進行深入理解時的必要條件。但是，你若能夠掌握關於格律的某些基本知識，就確實會對詩歌的理解產生一定的幫助。它會使你更加體會到詩歌裡的節奏所產生的效果，更容易懂得如何讀詩，欣賞詩。對有修養的、有經驗的讀者來說，可以藉此對出現在一首詩裡的某些語言和聲音效果進行分析、研究，以求了解它們是如何產生的，看清思想和節奏之間的密切連繫是如何形成的，並且能夠解釋，為什麼一首詩會比另一首在節奏方面更為優越的緣故。由於此一課題畢竟並不難於研究，因此值得每一個詩歌的愛好者予以探索。

凡是有兩個音節以上的詞語，其中一個音節在發音時應該重讀──就是說，它得比另一個（或者比其他幾個）讀得更加重些。譬如：toDAY, toMORrow, YESterday, DAIly, interVENE。如果一個句子裡都是些單音節的詞語，我們也得按照它們各自在句中的意義或者重要的程度而予以重讀或者輕讀──這就是說，儘管它們同樣都是單音節的詞語，句中的有些詞語要比別的詞語讀得更加重些。我們說："He WENT to the STORE."（「他到商店裡去了。」）或 "JACK is DRIVing his CAR."（「傑克在開他的車子。」）。這裡面毫無神祕之處，因為這是說話的常規。在句子的節奏方面，散文和韻文之間的唯一不同之處在於：散文裡的這種重音的出現多半帶有偶然性，

而在韻文裡，詩人把重讀的音節，按照他的目的和要求，仔細予以安排，使它們符合一定的模式，具有一定的規律。

二、格律

格律在英語中為 meter，它來自「度量」（measure）。要度量就得有一個用來度量的單位。量長短，我們用的是寸、尺等等；量時間，我們有秒、分、時等等。我們在量韻文時，就用音步（the foot）、詩行（the line），有時還用詩節（the stanza）。

格律的基本單位是音步。它一般包括一個重讀的音節，另外還有一個或兩個輕讀的音節。有時它只有一個重音節而無任何輕音節，但有時它也可能有一個重音節和三個輕音節。為了用形象來表示詩行裡的重讀音節和輕讀音節，有些人創造了各式各樣的符號。我們則採用一個曲折號（ˇ）來表示一個輕讀音節，一個短橫線（－）表示一個重讀音節，一條斜線（／）表示兩個音步之間的劃分處。基本的音步有下列這些種類：

ˇ －		
to-DAY	抑揚格音步（Iamb）[1]	抑揚二音節格律（Iambic Duple Meters）
－ ˇ		
DAI-ly	揚抑格音步（Trochee）	揚抑二音節格律（Trochaic Duple Meters）
ˇ ˇ －		
in-ter-VENE	抑抑揚格音步（Anapest）	抑抑揚三音節格律（Anapestic Triple Meters）

---

[1] 音步和格律的中文譯名並不統一。有人把「抑揚格音步」譯作「輕重格音步」，把「揚抑格音步」譯作「重輕格音步」，其餘類推。

— ∨ ∨
YES-ter-day   揚抑抑格音步（Dactyl）   揚抑抑三音節格律（Dactylic Triple Meters）

—   —
DAY-BREAK   揚揚格音步（Spondee）²   揚揚格的（Spondaic）

—
DAY   單音節音步（Monosyllabic Foot）

　　詩的第二個度量單元是詩行，而詩行的度量單位是音步的數目，用的是下列名稱：

單音步（Monometer [one foot]）　　　五音步（Pentameter [five feet]）
雙音步（Dimeter [two feet]）　　　　六音步（Hexameter [six feet]）
三音步（Trimeter [three feet]）　　　七音步（Heptameter [seven feet]）
四音步（Tetrameter [four feet]）　　　八音步（Octameter [eight feet]）

　　第三個度量單元是詩節。它包含著數個詩行，它們的格律模式和全詩的其他詩節裡的詩行的格律模式相同。因為並非所有的詩裡面都分音節，所以這一單元留待以後再討論。
　　詩的度量方式一般稱之為「格律圖解」或「節奏分析」（scansion）。在對任何一首詩進行分析時，我們要完成三件事情：(1)認定貫徹全詩的是哪種音步；(2)如果它的詩行之長短符合某種規律的話，要說出每個詩行裡的音步的數量；(3)如果詩裡有詩節的

---

2 揚揚格音步是在同一詞語的兩個音節上同等重讀，或者幾乎同等重讀的音步。它有時被叫作「徘徊不定的音步」（hovering accent）。因為不能在整個一首詩裡都用揚揚格音步或者用單音節音步來寫，所以格律只有四種：即兩個音步的抑揚格和揚抑格，以及三個音步的抑抑揚格和揚揚抑格。

話，說明它的模式。

　　我們先對理查德・拉夫雷斯（Richard Lovelace）的〈出征前致露卡絲塔〉（"To Lucasta, Going to the Wars"）試行格律圖解。作為第一步，我們按照正常的閱讀詩歌的方式把它讀上一遍，邊讀邊聽詩裡的每一詩行的重音落在哪些音節上面，因此最好邊讀邊用手打打拍子。在讀〈出征前致露卡絲塔〉這首詩的時候，我們一開始就會遇到麻煩：第一行裡的音步極不規則，我們也許會難以確定哪些音節應該重讀，哪些應該輕讀。我們不如暫且跳過它，繼續往下讀，找一些比較容易的詩行來進行分析。第二個詩節比較規律一些，但是還數第三個詩節最有規律。所以我們最好從第三個詩節開始，其中的第9、11、12行很有規律，我們圖解如下：

```
      v   – / v   –  / v  – / v  –   /
Yet this  in-cons-tan-cy  is such
```

```
As you too shall a-dore;                        10
```

```
v –   / v – / v   – / v  –   /
I could  not love  thee, Dear,  so much,
```

```
  v   – / v  – / v  –   /
Loved I  not hon-or more.
```

　　第10行也可以按其他各行的規律圖解出來，但我們如果仔細傾聽，就可發現 too 要比它前後的音節讀得更加強些。因此，我們可以圖解如下：

```
  v   – / –  – / v –   /
As you  too shall  a-dore;
```

　　現在我們可以看出，這一詩節是由抑揚格四音步的詩行和抑揚格三音步的詩行，交替排列而成。掌握了這一點以後，我們不妨回過頭去看看第一和第二兩個詩節。因為它們既然和第三詩節屬於同一詩篇，就應該符合這個模式。

　　我們會發現，第二詩節裡的7、8兩行是與之完全相符的，但5、6行卻有點變化。

```
          –    v    –    –   v    –   v   –
          True, a new mis-tress now I chase,                    5

             v   –    –  v     v  –
          The first foe in the field;
          v      – / v   –  / v  –  / v     – /
          And with  a strong-er faith em-brace
          v     –   / v  –   / v  –   /
          A sword, a horse, a shield.
```

　　因為我們預期第5、6行也符合此一格律模式，不妨假定它們也是四音步和三音步相交替的兩個詩行。於是我們就試以這樣圖解，以便在這兩個詩行裡獲得數目最多的抑揚格的音步。結果是：

```
          –    v/ –    – /  v    –  /v   – /
          True, a new mis-tress now I chase,                    5
             v  –  / –  v /  v   –   /
          The first foe in the field.
```

　　接著我們就可以圖解最困難的第一詩節了。我們把我們聽到的重音節先記下來，然後按照四音步詩行和三音步詩行相交替，和按照抑揚格音步為數最多的方式予以圖解，得出如下的結果：

```
    –    v/  –      –  /–v  /v   –    /
Tell me not, Sweet, I am un-kind,
      v    –  / v  –/  v  –/
That from the nun-ner-y                          2
  v    – / –      –  /v      – /v   –
Of thy chaste breast and qui-et mind
     v   – /v   –     /v  – /
To war and arms I fly.
```

這樣，我們可以把關於格律的圖解概括出以下幾條原則：

(1)善於讀詩的讀者一般不會想要圖解他正在閱讀的詩，他當然也不會用誇張的語氣來讀那些重音節，而我們為了試圖區分輕重音節，往往就會把重音節讀得特別重。話雖如此，偶一為之，對誰都有利無弊。在下一章裡，我們將會把這一點說得更加清楚一些。

(2)即使你能夠在這方面做得十分完美，你所做的格律圖解，無非是對於一首詩的節奏予以大致的描述而已。它所依據的是把一首詩裡的全部音節都區分為重讀與輕讀兩大類，並且完全置重讀與重讀之間的區別於不顧。實際上，重讀和輕讀只是相對的差異而已。兩個不同的音節，很少具有程度幾乎完全相同的重讀。我們所說的重讀和輕讀，完全決定於每個音節前面和後面的音節。在〈出征前致露卡絲塔〉一詩裡，第7行裡的 with 是個重讀音節，但其實它並不像它後面的 strong 那麼重；而第2行裡的 nunnery 一詞的最後那個重音 y 要比第11行裡的那個輕讀音節 thee 還要輕。由此可見，格律的圖解方法無法處理詩裡最為微妙的節奏方面的問題。然而，它畢竟是一個頗為實用的手段，別的比它更為精緻的手段，都由於它們過於複雜而無法發揮作用。

(3)格律的圖解並非一種全然精確無誤的科學。在一定的範圍內，我們也許可以說某一個圖解是正確的或者錯誤的。但是在此範

圍以外，內行的讀者完全可以有各自不同的見解。〈出征前致露卡絲塔〉一詩中的第11和12行，可以像前面那樣圖解作完全合乎格律的詩行。但是，第11行也可以讀作：

$$\overset{\bullet}{-}\ \lor\ /\ \lor\ -\ /\ -\ \ -\ /\ \lor\ -/$$

I could not love thee, Dear, so much,

而第12行則可以讀成：

$$-\ \ -/\ -\ \ -\ /\ \lor\ \ -\ \ /$$

Loved I not Hon-or more.

　　而且，音步與音步之間的劃分往往只以個人的意見為依據，而且除了有助於確定一首詩的格律的名目以外，並無其他意義。它並不符合詩行在實際閱讀時的真實情況，因為在誦讀的時候，不能在一個詞語的中間停頓。標出劃分音步的符號只有一個目的，那就是為了讓一首詩可以有一個最為合理的音步。由於這個原因，第6行就被標誌為：

$$\lor\ -\ /\ -\ \lor\ /\ \lor\ -\ /$$

The first foe in the field,

其實這一詩行標誌如下更為合理：

$$\lor\ -\ /\ -\ /\lor\ \ \ \lor\ -\ \ /$$

The first foe in the field,

(4)最後一點——也是最重要的一點——在格律方面完美無缺的

詩不一定就是一首好詩。格律的合乎規律與否並非判斷詩歌好壞的標準。可是，有時候初學英語詩歌的人卻會這麼想：如果一首詩的格律完美，節奏規律而一致，他們就會認為它是一首好詩。其實，任何一個略具詩才的吟詩作賦之士，都能把一些詞語安排得格律妥貼而整齊，讓人讀起來，輕重協調，抑揚有序，所以琅琅上口，十分流暢。這是一件最容易的事情。可是這種十分合乎規律的格律並不可取。其原因有二：其一是，前面已經說過，一切藝術的關鍵在於重複和變化這兩者的結合。如果一種格律裡的輕讀音節和重讀音節的變化過於呆板，缺少變化，它就會單調乏味，引不起讀者的興趣。其二是，一首詩裡的基本格律確定了以後，凡是與之不同的任何變化就顯得格外突出，詩人正好用它來使某些需要強調的內容變得引人注目，以此來吸引讀者的注意。反之，假如詩人把他的格律安排得過於妥貼的話，他就無從利用節奏方面的變化來突出他的某些思想，他的詩裡的一切也就進展得順順當當，平平安安，庸庸碌碌。也許它無可非議，但它肯定並非第一流的好詩——格律像一件過緊的緊身衣，把他發表思想的那點應有的自由全都束縛住了。他動彈不得，只好乖乖就範。以致他把想說和應說的話全都省去不提——因為他唯恐破壞了詩裡的嚴整的格律。

　　善於運用格律，使之發揮最大的效果，就應知道此一事實：我們在閱讀一首詩的時候會發現，所謂格律者，並不只包含一種節奏，而是包含著兩種節奏。其一是為我們所預期的、符合某一格律模式的節奏。另一則為我們在閱讀時實際聽到的節奏。一旦我們已經確定了這首詩的基本格律以後，譬如，抑揚格的四音步，我們就預期此一節奏會在整首詩裡貫穿到底。於是我們在閱讀的時候，心裡就會形成一個無聲的拍子。這個拍子就是為我們所預期的、符合抑揚格四音步格律的那個節奏。但是，我們在閱讀中會發現，這首詩的實際的節奏——就是我們在朗讀它時聽到的那個節奏——有時

候固然與之相符，有時卻並不全然一致。這兩種節奏相互對照，彼此襯托，以致詩的魅力得以倍增，恰如一支樂曲裡的兩個旋律之相互對照，彼此襯托，或者像兩隻燕子之比翼雙飛，朝著同一個方向你旋我轉，但各自遵循著略有不同的路線，看起來就要比孤燕單飛更有情趣得多。所以，如果那個實際聽到的節奏和讀者所預期的節奏過於相符的話，詩裡的格律就會變得沉悶而單調；可是如果它完全脫離那個預期的節奏的話，這首詩裡也就並無令人預期得到的、符合格律模式的節奏可言。如果實際的節奏過於不合規範，那麼音步也就不復存在，結果這首所謂的「詩」，其實成了一篇散文，或者成了一首自由詩。

在創作的時候，詩人可以運用幾種不同的方法來使他的作品在格律方面產生變化。最明顯的那個方法就是用並不合乎格律的音步來代替符合格律的音步。譬如，在圖解〈出征前致露卡絲塔〉的格律時，我們注意到，第1行裡有一個揚揚格和兩個揚抑格，它們代替了詩裡的正規的抑揚格。另一個方法雖然並不明顯，但也同樣有效，那就是簡單地製造和改變重音重讀的程度。在〈出征前致露卡絲塔〉一詩裡的第2、4、8和12詩行裡的格律都被標誌得合乎正規，可是事實上這幾行詩裡的正規程度差異很大。其中要數第4行最合乎規範，因為它的句式（即句中的詞序）和格律中的音步完全一致，因此這個句子就可以讀作「抑揚、抑揚、抑揚」了。第8行也十分合乎規範，因為那些處於輕音節上的音全都很輕，而落在重音節上的音則全都很重，而且音步的劃分全都符合語法的規定，在停頓之處都有標點符號可循。這一詩行恰恰是讀起來「抑揚、抑揚、抑揚」的抑揚格三音步的格律。第12行的情況就不同，它不像前面說的那兩行那麼合乎規律，因為 Honor 這一詞語跨在兩個音步之間，我們只得把它讀為「抑揚、抑揚抑、揚」。至於第2行，它就更加不合乎規律了。nunnery 這一詞語不但跨在兩個音步之間，而且最末的那個

音很短促，很難把它讀成重音。我們只能把這一詩行讀作「抑揚、抑揚抑抑」。另一個方法是：在語法和修辭方面的停頓也能引起變化。在〈出征前致露卡絲塔〉這首詩的第11行雖在圖解中被當作合乎規律的詩行，實際上，由於 Dear 一詞前後都有以逗號為標誌的停頓，從而產生了變化。

三、格律和節奏的作用

　　格律和節奏的作用表現在好幾個方面。重音之富於音樂性或樂感的重複，和聲音的富於樂感的重複一樣，它本身就能產生悅耳動聽的效果。此外，節奏能夠激發情感。若能運用得法，它可以提高讀者對於詩裡所敘述的情節的注意和理解。最後，由於詩人運用了適當的格律，並在格律的模式裡面巧妙地使用了變化的原則，他就能夠使詩裡的聲音適應內容的需要，從而加強這首詩的整體意義，使格律成為詩的含義的一個有力的助手。然而，我們應該避免這種見解：有些人認為某種特別的格律和某種特定的情感有著神祕的連繫。其實這完全是無稽之談。我們沒有任何理由把某一種格律規定為「歡愉的格律」或者「惆悵的格律」。詩人選用什麼格律，這事本身並不十分重要。相比之下，他在選定了格律以後，設法充分發揮其作用，就更為重要得多。儘管如此，有些格律的節奏確實要比別的快速一些，而另外一些則要比別的緩慢一些。又有一些比較歡快，而有些則較為莊嚴。詩人也許會選中一個比較合適的格律，但也許他會選上一個並不那麼合適的格律。而且，由於他處理得當或者不甚得法，他可能會使他所選中的格律更加適合或者不適於他想要表達的內容。如果他想要表達一個莊重而嚴肅的主題，卻選了一個節奏輕快的格律，那麼，其結果可能使讀者無從領略詩裡含蘊著的那些深刻的情感。但如果他選用的是一個較為莊重緩慢的格律，

無疑它就會加強詩裡的這種情感。在所有偉大的詩篇裡，格律和詩裡的其他成分密切配合，共同發揮其作用，為了產生詩人所設定的效果，各自做出應有的貢獻。

當然，我們應該記住，詩並不是非得有格律不可。它就和頭韻和腳韻，隱喻和反諷一樣，甚至像意象一樣，都是詩人可以使用或者不予使用的一些材料而已。詩人的職責是盡力把他的材料用好，以此來達到他寫作的目的——表達他想要表達的經驗。我們不能用任何別的東西為基礎來評判詩人和他的作品。

此外，我們還得熟悉兩個術語：無韻詩（blank verse；blank一詞的意思是：詩行之末是「空的」，並無腳韻）和自由詩（free verse；free 一詞的含義是：不受格律的拘束）。無韻詩是一種抑揚格五音步的不押腳韻的詩體。抑揚格五音步是英詩裡的主要格律之一，英詩裡的許多宏篇鉅作都是用此一格律寫的，其中包括莎士比亞的悲劇和彌爾頓的敘事詩。英語的抑揚格五音步這一格律，似乎特別適於用來處理嚴肅的主題。英語自然流動，和抑揚格比較接近。同時，五音步也比較適於表達莊嚴的口吻，比它短的詩行讀起來往往像歌曲，不宜於長篇的嚴肅題材；比它長的詩行，則容易被人分裂為較短的兩個部分來閱讀。另外，押腳韻固然適於較短的詩篇，但是對於風格較為莊嚴、思想較為崇高的長篇詩作來說，押腳韻顯然就成了一種束縛和障礙。

由於自由詩並不符合任何格律，所以我們可以說，它其實不是一種詩體。它可以有腳韻，也可以沒有腳韻。它和某些富於節奏的散文之間的唯一區別在於它引進了一種外表的節奏單位：詩行——把語言分成若干行，便使它成為富於節奏感或者抑揚頓挫的單元。有人認為，自由體詩並不純粹是現代詩人的一種創造，因為出版於1611年的欽定本英語《聖經》裡的〈詩篇〉（The Book of Psalms）以及〈雅歌〉（The Song of Solomon）都可以說是用自由詩寫的詩

歌。而且大詩人彌爾頓的詩作中也早就有了自由詩的章節。然而，對傳統的詩歌做大膽的革新，廣泛使用自由詩，並且產生深遠影響的，卻是十九世紀的美國詩人惠特曼（Walt Whitman, 1819-1892）。到了二十世紀，絕大部分英美詩人就都開始採用自由體來進行創作了。

我們還需掌握詩行與詩行之間的一個重要的區別：行末結束的詩行（an end-stopped line）和行末未結束的詩行（a run-on line）。前者指詩行之末正好也是一個句子裡自然停頓的地方；而後者則指一個句子的意思並未在詩的一行之末告一段落，而是繼續延展到下一個詩行。當然，句子的停頓有長有短。行末若是句號或者分號，就表示此處的停頓較長；即使行末沒有任何標點符號，但若詩行正好結束在兩個詞組或者意群之間的話，也應作稍微的停頓。行末未結束的詩行是詩人用來使他的基本格律模式產生變化的一種手段。作為一個例子，請參閱伯朗寧的〈我的前公爵夫人〉（第九章）。

赫伯特的〈品德〉裡的四個詩節是靠什麼互相聯結在一起，成為一個整體？它們又怎樣把內容推向高潮？第四個詩節如何和前面三個形成了對照？在它的格律方面，這首詩比較合乎規範，但是也有出格的地方。你能把這些地方指出來嗎？

Virtue

Sweet day, so cool, so calm, so bright,
The bridal of the earth and sky;[3]
The dew shall weep thy fall tonight,

---
[3] **The bridal of the earth and sky** 是句中的 sweet day 的同位語：美妙的白晝是天地交融所構成的絢麗景象。

For thou must die.

Sweet rose, whose hue, angry and brave,[4]   5
    Bids the rash gazer wipe his eye;[5]
Thy root is ever in its grave,
    And thou must die.

Sweet spring, full of sweet days and roses,
    A box where sweets compacted lie;   10
My music[6] shows ye have your closes,[7]
    And all must die.

Only a sweet and virtuous soul,
    Like seasoned timber,[8] never gives;[9]
But though the whole world turn to coal,[10]   15
    Then chiefly lives.

— George Herbert (1593-1633)

---

4 **angry and brave:** angry在這裡意為「紅色」(人在生氣的時候,臉孔往往漲得通紅)。
brave: 鮮艷的。

5 **Bids the rash gazer wipe his eye:** (鮮艷而美麗的玫瑰花)使那些性急的賞花者也不得
不(停下來)拭目細看。

6 **my music:** 我的詩篇

7 **closes:** (樂曲的)尾聲

8 **seasoned timber:** 焙乾、處理過的木材

9 **gives** = yields.

10 **though the whole world turn to coal:** 雖然整個世界將會變成灰燼。按照基督教的說
法,世界末日來臨(Doomsday)時,整個世界將被大火燒為灰燼。

品　德

美好的白晝，靜謐而光亮，
　　天穹和大地配合成雙；
但夜露將為你墜落而流涕，
　　因為你還得消亡。

甜美的玫瑰紅艷而怒放，　　　　　　　　　　　　5
　　逼得人拭目觀賞；
但你一直植根於墳墓，
　　因為你還得消亡。

春光充滿美景和玫瑰，
　　像盒子裡裝滿了喜糖；　　　　　　　　　　　10
但我的詩篇預示你會結束，
　　因為一切都得消亡。

只有甜美、善良的心靈，
　　像晾乾了的木材毫不走樣；
即使整個世界化為灰燼，　　　　　　　　　　　15
　　它可以萬壽無疆。

　　　　　　　　——喬治·赫伯特（1593－1633）

　　　　　　　　（殷寶書譯　朱乃長校）

　　在下面這首詩裡，詩人採用的格律是抑揚格四音步和抑揚格三音步輪換的模式，但由於每逢雙數的詩行押的是陰性韻，因此你在圖解這首詩的格律時，會發現這些詩行的末尾處多出一個輕讀的音節來。

The "Je Ne Sais Quoi"[11]

Yes, I'm in love, I feel it now,
    And Celia has undone me;
And yet I'll swear I can't tell how
    The pleasing plague[12] stole on me.

'Tis not her face that love creates,   5
    For there no Graces revel;
'Tis not her shape, for there the Fates
    Have rather been uncivil.

'Tis not her air, for sure in that,
    There's nothing more than common;   10
And all her sense is only chat,
    Like any other woman.
Her voice, her touch, might give th' alarm—
    'Twas both perhaps, or neither;
In short, 'Twas that provoking charm   15
    Of Celia altogether.

— *William Whitehead* (1715-1785)

---

11 標題中的 "Je Ne Sais Quoi" 係法語，意為「我不知道它是什麼」。

12 **pleasing plague:** 令人愉快的災難。把兩個意義相互矛盾的詞語放在一起（一般是前面那個形容詞修飾後面的那個名詞），在修辭學上稱為「矛盾修飾法」（oxymoron）。第15行裡的 provoking charm（惹人心煩的魅力）也是一例。

不知道為什麼

對，我墜入了情網，我現在感覺得到，
　　西莉亞可真把我害苦了；
可是，我能發誓，我真的說不上來
　　這份美妙的霉運怎麼會降臨到我的頭上。

使我愛上了她的可不是她的那張臉蛋，　　　　　　5
　　因為美慧三女神沒在那兒賜予恩寵；
也不是她的體態，因為命運之神
　　在這些方面對她也很吝嗇。

也不是她的儀態風度，因為在這方面，
　　她的所有也並沒有什麼突出的地方；　　　　10
而她所有的頭腦都用在了閒聊上，
　　和別的任何一個女人沒有什麼兩樣。　　　∴

她的聲音，她的觸摸，會讓人嚇一跳——
　　也許就是這兩樣，但也許兩樣都不是；
總而言之，讓我愛上了西莉亞的　　　　　　　15
　　就是她的整個讓人心煩的嬌媚。

　　　　　　　　　　——威廉‧懷德海（1715－1785）

　　〈啊，那個年輕的罪人是誰〉裡的「他頭髮的顏色」是個象徵，它的含義因人而異——但所指無非是某個地區與「眾」不同的思想、言行、舉止或者生活方式，甚至確實只是頭髮的顏色和別人

不一樣而已。可是與眾不同的結果卻是相同的——被扣上一個莫須有的罪名而「繩之以法」。在人類的社會裡，無地不是如此，無時不是如此。所以這首詩贏得了各個時代的各國人民的喜愛。

Oh Who Is That Young Sinner

Oh who is that young sinner with the handcuffs on his wrists?
And what has he been after that they groan and shake their fists?
And wherefore is he wearing such a conscience-stricken air?
Oh they're taking him to prison for the colour of his hair.

'Tis a shame to human nature, such a head of hair as his;   5
In the good old time 'twas hanging for the colour that it is;
Though hanging isn't bad enough and flaying would be fair
For the nameless and abominable colour of his hair.

Oh a deal of pains he's taken and a pretty price he's paid
To hide his poll or dye it of a mentionable shade;   10
But they've pulled the beggar's hat off for the world to see and stare,
And they're taking him to justice for the colour of his hair.

Now 'tis oakum for his fingers and the treadmill for his feet,[13]
And the quarry-gang on Portland[14] in the cold and in the heat,

---

[13] **Now 'its oakum for his fingers and the treadmill for his feet:** 堵塞船舶裂縫或者踏水車是一般犯人所服的勞役。

[14] **Portland:** 波特蘭是英國的一個半島，以監禁罪犯而聞名於世。

And between his spells of labour in the time he has to spare　　15
He can curse the God that made him for the colour of his hair.

　　　　　　　　　　　　　　　　－ *A. E. Housman* (1859-1936)

　　除了它的思想予人啟發以外，這首詩的格律也很引人注意。它固然看起來符合抑揚格七音步的詩的格律如下：

v　　　－/v　－ / v　　　－ / v　－ / v － / v　－ / v　　－　/
Oh who is that young sin-ner with the hand-cuffs on his wrists?
v　　　－ / v　－/ v － /v　　－ / v　－ /v　　－ / v　－　/
And what has he been af-ter that they groan and shake their fists?
v　　　－　/ v　－ / v　－ /v　　－ /v － / v　　　－ /v　－ /
And where-fore is he wear-ing such a con-science-strick-en air?
v　　－ /v　－ /v　　－ / v　－/v　－/ v － /v　　－ / v　－　/
Oh they're tak-ing him to pris-on for the col-our of his hair.

　　可是，每一詩行裡的重讀音節之間，又有輕重之別。其中第1、3、5、7個音節要比第2、4、6個音節讀得更加重些。如果只按重音本身的輕重不同來區分，則似乎每一詩行只有四個音步了。在下面的圖解裡，短劃「－」表示較輕的重讀音節，而「＝」則表示較重的重讀音節：

v　　　＝/v　－　v　　　＝ / v　－　　v ＝ / v　－　v　＝ /
Oh who is that young sin-ner with the hand-cuffs on his wrists?
v　　　＝ / v　－　v　＝/ v　　－　　v　＝ /v　　－　　v　＝　/
And what has he been af-ter that they groan and shake their fists?
v　　　＝　/ v　－　v ＝ /v　　－　v ＝ / v　　　－　v　＝ /
And where-fore is he wear-ing such a con-science-strick-en air?

```
   v    v   = /v   –   v  = /v   –   v  = /v   –   v  =  /
Oh they're tak-ing him to pris-on for the col-our of his hair.
```

上面這種格律，每一個輕的重讀音節和一個重的重讀音節相間隔，叫作雙音步格律（dipodic verse 或者 two-footed verse）。雖然它並不一定貫徹全詩，但其間總是經常出現，以至它會在讀者的心裡形成一種模式。

如要用中文表達，這首詩的大意如下：

啊，那個年輕的罪人是誰

啊，戴著手銬的那個年輕的罪人究竟是誰？
他犯了什麼罪以至大家都嘆息著搖晃著拳頭？
他為什麼流露出一副如此良心不安的神情？
啊，他們把他關進牢裡去為的是他頭髮的顏色。

他竟然會長著那樣的頭髮真是人類的恥辱；　　　　　　5
在過去，長著這種顏色的頭髮的人會被絞死；
為了他的頭髮的這種古怪而且可惡的顏色，
絞死還嫌太便宜他了，剝皮才算公正合理。

啊，他也曾為了這個煞費苦心，付出很大的代價，
為了藏匿他的腦袋或把頭髮染成有名堂的顏色；　　　10
但是他們摘掉了這混蛋的帽子讓全世界都來看看，
然候他們為了他頭髮的顏色把他扭送到監牢裡去。

現在他的手就得去補船舶的裂縫，他的腳去踏水車，

無論酷暑嚴寒，他都得在波特蘭石礦裡度日，

而且在他緊張的工作裡找出空檔來詛咒上帝，　　　　15

為什麼讓他生下來就長著這種顏色的頭髮。

　　　　　　　　　　　　──Ａ・Ｅ・霍斯曼（1859－1936）

第十二章
聲音和意義

詩裡的節奏和聲音互相配合得好，就能產生我們所謂的「詩的樂感」（the music of poetry）。這樂感具有兩種作用：一是它本身悅耳動聽，二是它能用來加強詩人想要在詩裡表達的意思，並且使它的表現力更為增強。

人生下來不久，就領會得到由聲音和節奏結合而成的樂感——也許嬰兒在搖籃裡牙牙學語的時候，就已經開始懂得音樂之美；當他學唱兒歌或者學會跳繩的時候，無疑已經懂得欣賞樂感了。下面這首兒歌所具有的魅力，就全在於它的「樂感」所致。

<pre>
      – / –   v   / – /
    Pease por-ridge hot,
        – / –   v   / – /
      Pease por-ridge cold,
     – / – v/–   v/ – /
    Pease por-ridge in the pot
          – / – /–   /
         Nine days old.
</pre>

它的大意是：

> 豌豆粥熱，
> 　　豌豆粥涼，
> 豌豆粥有九天
> 　　罐裡邊藏。

這首兒歌談不上含有什麼意義。如果說它有什麼動人之處的話，無非是它的節奏感強，腳韻清楚而響亮（這首兒歌裡的 hot 和 pot 裡的短母音和收尾處的短子音，以及 cold 和 old 裡的長母音和

收尾處的長子音的組合，兩者形成了強烈的對照），頭韻鏗鏘有力（以爆破音 p 開始的詞語，佔了所有詞語的半數）。從我們在小時候愛聽和愛唱這類沒有什麼意義的兒歌開始，隨著年歲的增長，知識的逐漸增多，就會愛上了這些音調鏗鏘、比較有點意思的詩歌。譬如，史文朋的〈當春天的獵犬〉（第十章）給我們的情趣就以它的樂感為主。

可是詩畢竟是詩，它和音樂有所不同。詩人寫詩的主要目的不是表現聲音，而是藉聲音之助，來傳達思想或經驗。在三、四流的詩作中，由於聲音和節奏過於突出，以至它們會干擾讀者的注意力，使他忽視了詩裡所含蘊的意義的重要性。這就成了反客為主，捨本逐末。第一流的詩篇就不會如此。詩人在寫作的時候，不會一味追求樂感，他只用聲音和節奏作為意義的裝飾，它的聲音和節奏純粹是傳達意義的輔助工具。它們所起的作用，是幫助在詩裡扮演主角的那個意義，使它表現得更加出色，決不像一些喜歡嘩眾取寵的演員那樣，會在戲台上出風頭、爭場面，硬要演一齣喧賓奪主的鬧劇。

說到運用聲音來加強詩中的意義，詩人的手法決不僅止一端。但我們不妨大致把它們歸作四類。雖然我們不能說這四類已經足以概括它們，但諒必相差不遠。

一、音義相近的詞

首先，詩人可以選用一些音義相近的詞語。從狹義來說，這就是使用擬聲詞（onomatopoeia）。這類詞語妙就妙在它們的發音和它們的詞義正好相同或者相似。譬如，hiss 這一動詞讓人聽起來就像有什麼人，或者動物，或者東西，在發出「嘶嘶」的聲音；snap 像是「啪」地作響或者斷裂；bang 則顯然是「砰」然一聲巨響。這些

詞語的詞音幾乎和它們的詞義相同，兩者彷彿完全是一回事。

讓我們先看看莎士比亞運用擬聲詞的一個例子。

Song

Hark, hark!
　　Bow-wow,
The watch-dogs bark!
　　Bow-wow.
Hark, hark! I hear　　　　　　　　　　　　　　　5
The strain of strutting chanticleer
Cry, "Cock-a-doodle-doo!"

— William Shakespeare (1564-1616)

如果把它譯成中文，你當然也得設法使用中文裡的一些與之相應的擬聲詞。

歌

聽啊！聽！
　　汪！汪！
看門狗在叫！
　　汪！汪！
聽啊！聽！我聽到　　　　　　　　　　　　　5
雄赳赳的公雞在啼叫
「喔喔－喔喔－喔──！」

──威廉・莎士比亞（1564－1616）

在上面這首詩裡，bark（狗叫）、bow-wow（狗叫的汪汪聲）和cock-a-doodle-doo（公雞的啼鳴聲）都是擬聲詞。除此以外，莎士比亞還重複使用 hark（聽）一詞，利用它的發音和 bark 相似的特點，加強聲義相輔的擬聲詞效果。可是擬聲詞能起的作用畢竟有限。唯有當詩人在描繪某些聲響的時候，它們才能發揮作用，而大部分詩歌的主旨都並不在於描繪聲響。而且，純粹為了想要表現擬聲詞的作用而寫的詩歌——譬如剛才讀的那一首——可能只會讓人看作微不足道的雕蟲小技而已，除非詩人能夠把它安排在一篇內容複雜的鉅作裡，成為它的一個部分。（莎士比亞的這首〈歌〉原是他的戲劇《暴風雨》中的一個組成部分，見該劇第一幕第二景382行起。）如果詩人利用擬聲詞的擬聲效果來渲染氣氛，並且把它和別的修辭手法結合使用，他就可以獲得美妙的效果，而且讀者一旦認出詩人所採取的這種技巧，一定會使他感到自己的鑑賞力十分了得而格外感到高興。

除了擬聲詞以外，還有一種通常稱為「語音強調詞」（phonetic intensives）的詞語，它們的發音往往也能夠或多或少地反映出它們的詞義。例如位於詞首的fl- 音常和光的閃動有所關聯，例如：

flame （發光）	flash （一閃）	flimmer （微光閃現）
flare （閃耀）	flicker （閃爍）	

詞首由 gl- 開始的詞語也常有「光」的意思——一般是不動的光：

glare （耀眼）	glint （閃光）	glisten （閃耀）
gleam （微光）	glow （發光）	

詞首為 sl- 的詞語常有「滑溜」的意思：

slippery（滑溜）　　　slick　（光滑）　　　slide　（滑道）

slime　（黏液）　　　slop　（污水）　　　slosh　（濺）

slobber　（流涎）　　　slushy（半融的雪）

詞語中含有短的 -i- 音者，常帶有「細小」的意思，如

inch　　　（英寸）　　imp　　（小妖）　　thin　　（薄）

slim　　（苗條）　　little　　（小，少）　　bit　　（一點兒）

chip　　（小片）　　sliver　　（薄片）　　chink　　（裂縫）

slit　　（裂口）　　sip　　（啜飲）　　whit　　（一點兒）

tittle　　（絲毫）　　snip　　（碎片）　　wink　　（眨眼）

glint　　（閃光）　　glimmer　（微光）　　flicker　（閃光）

pigmy　　（侏儒）　　midge　　（小黑蚊）　　chick　　（小雞）

kid　　（羔羊）　　kitten　　（小貓）　　minikin（小東西）

miniature（微型畫）

詞語中的長 -o- 或 -oo- 的音則暗示「憂傷」：

moan　（嗚咽）　　　groan　　（呻吟）　　　woe　　（悲痛）

mourn　（哀悼）　　　forlorn（孤苦）　　　toll　　（喪鐘）

doom　（厄運）　　　gloom　（陰森）　　　moody（陰鬱）

詞語的中間或詞末的 -are 有時暗示強光或巨響。如：

flare　（閃耀）　　　　glare　（眩目）　　　　stare　（瞪視）

blare　（發出響聲）

詞語中間的 -att 意味著某種零星不定的動態。如：

spatter （飛濺）　　scatter （散灑）　　shatter （粉碎）

chatter （嘮叨）　　rattle　（嘎嘎聲）　clatter （咔噠聲）

prattle　（像小孩一般嘀嘀咕咕地說話）　　batter　（連續猛擊）

詞語之末的 -er 或 -le 意為重複。如：

glitter　（閃閃發光）　flutter　（飄動）　　shimmer （閃爍）

whisper （耳語）　　jabber　（急急忙忙地說）chatter　（嘮叨）

clatter　（咔嗒聲）　sputter （劈哩啪啦響）flicker　（閃爍）

twitter　（鳥吱吱叫）　mutter　（喃喃自語）ripple　（粼粼微波）

bubble　（起泡沫）　twinkle（眨眼）　　sparkle （閃閃發光）

rattle　（嘎嘎聲）　rumble （隆隆作響）jingle　（叮噹作響）

可是這些聲音絕非總是和它們所暗示的意思結合在一起。事實上，-i- 這個短音固然出現在 thin（薄）裡，但它也出現在 thick（厚）裡。語言是一種複雜的現象，不可生搬硬套。可是，詞音和詞義的這些關聯，充分表示兩者之間有著一種隱祕的內在關係。而且，像 flicker[1]（閃爍）這類詞語很像在暗示它的含義：fl- 暗示活動著的光，-i- 暗示小，-ck- 暗示活動的突然中斷——如 crack（破裂）、peck（啄）、pick（摘）、back（回）、flick（輕拍）等，而 -er 則暗示重複。

上面列出的詞音和詞義一致的詞語表內，尚未把這類詞語全部

---

[1] **flicker** 和別的與之相似的詞語並非擬聲詞，因為它們的詞義和它們的發音並不相同或者相仿。

包括在內。可是，即使把它們全都列了出來，它們也只佔所有詞語中很小的一部分而已。儘管如此，它們要比和它們相關的擬聲詞多得多。

　　詩人在下面這首詩裡採用了哪些手法，來加強它的樂感以及詞音和詞義之間的關聯？

Splinter

The voice of the last cricket
across the first frost
is one kind of good-by.
It is so thin a splinter of singing.

— *Carl Sandburg* (1878-1967)

碎片

飄過最早的一片寒霜的
最後一隻蟋蟀的鳴聲
是一種道別的方式。
它是如此稀薄的一小片歌詠。

——卡爾・桑德堡（1878－1967）

二、和諧音與非和諧音

　　詩人可以選擇並且安排詞音，使它們聽起來和諧悅耳，或者使它們粗糙刺耳。我們不妨把它們分別稱之為「和諧音」（euphonious）和「非和諧音」（cacophonous）。一般說來，母音要

比子音悅耳，因為母音是樂音，而子音則是噪音。當一個詩行裡的
母音比子音多的話，它讓人讀起來就覺得和諧悅耳；反之，就不那
麼和諧悅耳。母音和母音之間，以及子音和子音之間，差異也會很
大。長母音如 fate（命運）、reed（蘆葦）、rime（腳韻）、coat（外
套）、food（食物）、dune（沙丘），比短母音如 fat（肥胖）、red
（紅色）、rim（邊緣）、cot（帆布床）、foot（腳）、dun（褐色）
等的發音更為洪亮。有些子音則比另一些要稍為悅耳，如 l, m, n 和
r 等「流音」（liquids）；柔和的 v 和 f 音；半子音 w 和 y 音；以及
th 和 wh 等。其他子音，如爆破音 b, d, g, k, p, t 聽起來就比較刺耳。
這些發音上的差異成為詩人創作的素材。當然，這並不意味著他會
蒐集一些詞音悅耳的詞語，並且設法把它們組合成和諧、協調的詩
行。不，他絕不會這麼做。他寧可按照他想要表達的內容，選擇一
些和諧音和非和諧音，把它們適當地組織起來，使之和詩人在詩裡
表達的內容相輔相成，相得益彰。如哈代的〈偶然〉（第二章）即為
一例。

　　試讀下面這首詩。

Upon Julia's Voice

So smooth, so sweet, so silv'ry is thy voice,
As, could they hear, the Damned would make no noise,
But listen to thee (walking in thy chamber)
Melting melodious words to Lutes of Amber.

—*Robert Herrick* (1591-1674)

關於茱莉亞的聲音

你的聲音那麼圓潤、甜蜜，美妙如銀鈴，
地獄裡的鬼魂如能聽了也都不會號叫，
以便傾聽你的聲音──當你在閨房裡漫步──
優美而消魂的話語和琥珀琵琶的琴韻交融。

　　　　　　　　　──羅伯特·赫立克（1591－1674）

　　這首詩裡沒有一個稱得上是真正的擬聲詞，可是由詩裡的詞語組合而成的聲音卻和詩裡的含義契合無間。第一行和最末一行裡的此一情況尤其明顯。而這兩行的內容恰巧都是意在描繪茱莉亞的聲音的詩句。在第一行裡，最引人注意的是那些清子音 s 和發音柔和的 v，再加上清子音 th 從旁協助。

So smooth, so sweet, so silv'ry is thy voice.
^　^　　　^　^ ^　　^ ^　^　　　　^　^

在第四行裡，主要是 l, m, r 等流音，並加上半子音 w：

Melting melodious words to Lutes of Amber.
^　^　　　^　^　　　^　^　　　^　^　　　^

　　另一方面，這首詩裡最不和諧的那個詩行要數第二行。而這一行裡提到的是在地獄裡受折磨的那些鬼魂，而不是茱莉亞的聲音。這一行裡的主要的音是幾個 d 音、一個濁子音 s（清子音 s 讀作 [s]；濁子音 s 則讀作 [z]），以及兩個 k 音。

As, could they hear, the damned would make no noise.
　^　^　^　　　　　　^　　　　^　　　^　　　　　^

　　由此看來，貫穿全詩的是悅耳動聽的音調和歡快愉悅的內容彼此呼應的一致性，以及刺耳粗糙的聲音和陰鬱寡歡的內容互相配合的一致性。

三、格律的選擇

　　詩人可以按照他想要傳達的內容，選擇一個與之相配的格律，來控制詩行節奏的速度，以此來加強詩的含義。他採用的辦法是選用一些適當的母音和子音，並把它們妥善地排列起來，而且安排語氣上的停頓，以此來控制詩行的速度。在任何一種格律裡，非重讀音節的發音要比重讀音節的發音快，因此三音步的格律要比兩音步的格律快一些。但是詩人可以更換詩行裡的某些音步，從而改變任何一種格律的速度。只要有兩個或者更多的輕讀音節碰在一起，就能使詩行的速度變快；反之，如果有兩三個重讀音節相遇，它們就會減緩閱讀詩行時的速度。可是詩行的速度也會由於母音的長度，以及詞音和詞音之間是否容易連讀而受到影響。發一個長母音要比發一個短母音花去較長的時間。有些詞語容易連在一起誦讀，有些則先得變換口形，才能讀出下一個詞語來。例如，下面兩個句子裡的音節數目雖然相同，但是說出前一句來要比說出後面那個句子花去更多的時間：

　　　　Watch dogs catch much meat.
　　　　My aunt is away.

　　此外，詩人還可以利用語法和修辭上的停頓，來延緩一個詩行的速度。

試以丁尼生的〈尤里西斯〉（第六章）中的第54到56行為例。

```
      v –    / v – / v  – / v   –  / v –   /
The lights be-gin to twin-kle from the rocks;
      v –  /  –   –  / v – /  –    –   /
The long day wanes; the slow moon climbs; the deep      55
      –    –   / v   –  / v – / v
Moans round with man-y voi-ces.  ...
```

丁尼生想要在這幾行詩裡描繪永晝漫漫，月行緩緩的景象。他在這首詩裡採用的是抑揚格五音步的無韻體詩行，這原本就是一種節奏緩慢的格律。可是詩人卻要在這三行裡使它的節奏變得更加從容。他採用的是下面這些方法：(1)他藉助三個揚揚格的音步，在三個不同的位置上使三個重音碰在一起；(2)他為重音節選用了一些長母音或者雙子音，如 long, day, wanes, slow, moon, climbs, deep, moans, round 等，從而使重音節上的讀音拖長；(3)他選用了幾個不易連讀的詞語；除了 day 和 slow 以外，這些詞語裡的每一個，都使閱讀的人在不同的程度上先得變換口形，然後才能繼續發出下面一個詞語的音來；(4)他在 wanes 和 climbs 的後面安排了兩個語法上的停頓，在 deep 的後面則安排了一個修辭上的停頓。詩人的這番布置，減緩了這三個詩行節奏的速度，從而使它們的讀音和它們的詞義配合無間，相得益彰。

四、靈活調配詞音和格律

詩人利用詞音來加強詞義的效果的第四種方法，就是調配詞音和格律，使重音落在含義重要的詞語上。他可以藉助頭韻、同母音、同子音，或者腳韻，使這些含義重要的詞語格外引人注意；他

可以把它們安置在停頓的前面，予以強調；他也可以讓它們符合或者脫離詩中的格律，使它們變得突出。讓我們再讀一下莎士比亞的〈春之歌〉（第一章），看看他在這首詩裡是怎麼安排的。

```
       v   – / v   –  / v    – / v    – /
When daisies pied and vio-lets blue
     v    –/ v    –   / v  –/ v     – /
And la-dy smocks all sil-ver-white
   v    –  / v   –   / v  –/ v    – /
And cuck-oo buds of yel-low hue
      v   –  /  v    – /  v     –  / v –   /
Do paint the mea-dows with de-light,
     v  –   / v   –  / v  –/ v      – /
The cuck-oo then, on ev-ery tree,                        5
    –     – / v    –   / v   –/ –    – /
Mocks mar-ried men; for thus sings he—
```

                    Cuckoo,
       Cuckoo, cuckoo! Oh, word of fear,
       Unpleasing to a married ear!

在第六行以前，這首詩裡的格律十分合乎規範：詩人用的是抑揚格四音步。但詩人在第六行的開頭卻用的是揚揚格。另外，這一詩行的前三個詞語都以 m 音開始，而且它們都以子音結尾，因此不能彼此連讀，於是這三個詞語都顯得突出而且強調。我們幾乎可以這麼說：詩人之所以這麼做，是為了讓它們產生一種莊重的，或者說接近莊重的語調。姑且不論語調究竟莊重與否，詩人把重音擱在這幾個詞語上，處理得非常得當，因為這足以表示，詩裡的語調在這兒發生了突變。在前五行裡，除了表現歡快的意象以外，可以說

別無他物。而結束此一詩節的那四個詩行，突然語調大變，出現了調侃式的反諷，令讀者的精神為之一振。

在上面這首詩裡，莎士比亞利用破格的格律和頭韻，來加強重要的詞語，而丁尼生則在他寫的〈尤里西斯〉（第六章）中的最後一個詩行裡，以巧妙的句法上的停頓，加強了關鍵性詞語的重要地位。

    v   – /v –/ v – /v – /v   – /
Though much is ta-ken, much a-bides; and though

                         65

    v – / v – / v – / v v – / – /
We are not now that strength which in old days

  – – /v – /v –/ v v – / v – /
Moved earth and heav-en, that which we are, we are:

  – –/ v –/ v –/ v –/v – /
One e-qual tem-per of he-ro-ic hearts,

   – – / v – /v – / v – /v – /
Made weak by time and fate, but strong in will

  v – /v – / v – /v –/ v – /
To strive, to seek, to find, and not to yield.   70

丁尼生在〈尤里西斯〉裡把無韻詩體的節奏運用得得心應手，變化多端。可是，它的最後一行不但在格律方面十分合乎規範，而且簡直合乎到了無以復加的地步。其原因有三：(1)這一詩行裡的詞語全都是單音節的詞語，而且沒有一個詞語被音步所割裂；(2)行裡的輕音節都很短促，都是一些很不重要的詞語——其中有四個 to 和一個 and，而重音節則都落在四個重要的動詞和一個重要的 not 上面；(3)在每個動詞後面都有一個由標點符號標誌出來的句法上的停頓，從而加強了這四個動詞的重要地位，使它們變得格外突出。詩

人採用的這些手法使這一詩行裡的輕重音節的更迭更加明顯,聽起來就像有人在用一把巨錘敲打,打在那四個動詞和那個 not 上,使這幾個鏗鏘有力的聲音足以振聾發聵。

在如何運用並調配詞音,以此來加強詞義的作用方面,下面這首短詩顯得很有特色。我們不妨對它進行一番探索,從而結束關於利用詞音來配合意義的討論。

The Span of Life

The old dog barks backward without getting up.
I can remembrer when he was a pup.

—Robert Frost (1874-1963)

一生的歷程

那條老狗掉轉頭去叫了兩聲,可它沒有站起來,
可它還是一條小狗時的情景,我也還記得起來。

——羅伯特 · 福洛斯特 (1874－1963)

詩人在晚年寫的這首詩,藉助一條老狗的龍鍾老態,和它在幼小時的活潑淘氣的對比,來表達自己對人生變遷的感慨。詩人並不直抒胸臆,而以一行白描、一行陳述以後,就戛然而止,讓讀者自己去領會並做結論。而且,這首詩的格律也起了陪襯、烘托的作用,使全詩的創作目的顯得更加突出。它的格律是抑揚格四音步,雙行押腳韻。它的格律可以圖解如下:

```
    v –  /  –   –      – / v    v   – / v  v   – /
The old dog barks back-ward with-out get-ting up.
–/ v   v   – /  v      v   –/ v  v  – /
I can re-mem-ber when he was a pup.
```

那麼，這首詩裡的詞音，由於詩人做了些什麼樣的選擇和安排，使它們變得合宜並且加強了詩裡的含義呢？首先，詩人所選用的三個音節的格律是一種頻率快速的格律。可是他卻在開頭的第一行裡，就用了一種非常少見的方式來減緩它進展的速度：他用的是一種我們還叫不出名字來的音步來代替抑抑揚格。我們不妨稱之為揚揚揚格音步，即重音落在連續的三個音節上。此一音步和緊接在前面的那個音步的重音節加在一起，就出現四個重音節連在一起的情況。此外，這幾個重音節都還以一個強勁有力的子音或連續子音開始並且結束，使它們之間的連續誦讀產生困難——讀者在發下一個音節的音以前，非得調整口形不可。例如：

```
The old dog barks backward.
^^ ^  ^^ ^ ^^^ ^  ^
```

因此詩行裡的這一部分大大地放慢了進展的速度，甚至於差一點破壞了詩裡原有的格律，而且也使它變得不易誦讀。詩人把這行詩處理得就像那頭老狗，簡直和牠一樣衰弱無力。

可是當我們一讀到第二詩行時，卻就感到精神為之一振，它和第一詩行適成對比。它的節奏明快，合乎規範，它的每一個音節都落在母音或者流音的子音上，所以很容易把它們連起來誦讀，使整個詩行讀來彷彿一氣呵成。至於第一詩行裡的爆破音和非和諧音，則在整個詩行的音節裡佔了很大的比例：

The old dog barks backward without getting up.
^ ^ ^ ^   ^   ^   ^   ^   ^^ ^   ^

而在第二詩行裡，那些子音大多光滑而柔和：

I can remember when he was a pup.
^ ^ ^   ^   ^ ^   ^ ^   ^ ^

　　因此，這兩個詩行的節奏頻率，顯然和各自的詞語所表現的視覺意象一致，另外，在第一詩行裡，詩人利用 back 這一詞語的詞音，和它前面的那個擬聲詞 barks 的詞音相似的特點，就好像它的回聲一樣，加強了讀者對前者的印象，因此突出了這個聽覺意象。如果我們認為，這首詩雖然只有兩個詩行，卻具有巨大的表現力的話，其重要原因也許就在於詞音和詞義這兩者的美妙結合。

　　我們想要對詞音和詞義如何取得協調進行分析的時候，應該設法避免誇大其作用。有人曾寫過許多文章，大談哪一些格律有利於表現哪一方面的情調，以及哪些聲音易於產生哪些效果，等等。我們應該防止這一易犯的錯誤：把那些只存在於我們的想像之中的某些音和義之間的對應關係當作事實來對待。儘管如此，第一流的詩人似乎天生就有這種了不起的才能，善於利用詞音，幫助他的詞語的意義發揮其作用，從而更有效地表達他想要表達的東西。而二流的詩人則不能，他們通常在這方面並不擅長。若要判斷詩的優劣，有一些可靠的規律可供讀者遵循。其中之一就是：詩的形式必須適應它的內容的需要。這個規律並不意味著形式和內容兩者之間，非得有一個十分緊密、容易讓人看得出來的對應關係不可，但卻要求詩裡的音和義不能十分明顯地格格不入。二流詩人，甚至一流詩人的三流作品裡，有時會在這方面犯下可怕的錯誤。

　　在本章的開首，我們曾舉兩首詩為例。在第一首〈碗豆粥熱〉

裡，我們談到了純粹為了追求聲音的和諧悅耳而寫詩；在第二首
〈歌：聽啊！聽！〉裡，我們談的是純粹為了模仿意義而使用聲
音。作為嚴肅的詩作而言，這兩首詩也許是這本書裡最微不足道的
作品。可是，就在這兩個極端的例子之間，卻有著一個極為廣闊的
天地可供詩人的想像力和創造力馳騁和翱翔。在許多作品裡面，實
在不乏佳構鴻篇；有的音調優美動聽，卻並不破壞詩的含義；有的
則在不同的程度上音、義二者融洽並存，甚至相輔相成、相得益
彰，使整首詩篇增色不少。讀者如果能夠在這方面予以辨別和鑑
賞，就會使你樂趣倍增，獲益匪淺。

　　也許你能夠在下面這些詩裡發現不少音、義兩者融洽無間以致
相得益彰的範例。

　　十八世紀英國詩人波普崇奉新古典主義，重節制，講法則，尚
文雅，鄙陋俗。他的這番主張和當時崇尚理性的社會風尚合拍。他
認為，卓越的詩篇和出色的詩句必須是：

What of was thought, but ne'er so well express'd;

　　也就是說：其內容雖是時人們所熟悉的，但文字卻是空前美
妙的。他自己的作品完全實現了他的主張。尤其在「英雄雙韻體」
（heroic couplet，或稱「英雄雙行體」，即兩個押韻的抑揚格五音
步詩行；由兩個英雄雙韻詩行構成的詩節，則稱為「英雄詩節」〔
heroic stanza〕）的運用上，他的技巧至今無人能夠與之匹敵。

　　下面是摘自他的名作《論批評》（*An Essay on Criticism*）裡的段
落。他在這一段裡強調，寫詩要精心雕琢，以求自然流暢，形式和
內容和諧統一。他主張措辭要恰當、得體，務使文字服從思想，聲
調追隨意義。這些主張至今仍然對作者和讀者十分有益。這首詩本
身就是實踐這種主張的一個範例：它言明意達，構思精巧，做到了
意美、形美和音美三者有機的結合。

Sound and Sense

True ease[2] in writing comes from art, not chance,

As those move easiest who have learned to dance.

'Tis not enough no harshness gives offense,

The sound must seem an echo to the sense.[3]

Soft is the strain when Zephyr[4] gently blows,   5

And the smooth stream in smoother numbers flows;

But when loud surges lash the sounding shore,

The hoarse, rough verse should like the torrent roar;

When Ajax[5] strives some rock's vast weight to throw,

The line too labors, and the words move slow;   10

Not so, when swift Camilla[6] scours the plain,

Flies o'er the unbending corn, and skims along the main.

Hear how Timotheus'[7] varied lays surprise,

And bid alternate passions fall and rise!

— Alexander Pope (1688-1744)

(from *An Essay on Criticism*)

---

2 **ease:** 指文筆之得心應手，自然流暢；art: 指精心雕琢文辭的技藝，這與得自自然靈感的流暢相對。

3 **The sound must seem an echo to the sense:** 音韻須作意義的回聲。他接著就在下面採用擬聲手法舉例說明。

4 **Zephyr:** 微風，一般指西風。

5 **Ajax:** 荷馬史詩《伊里亞德》中所寫的希臘英雄、大力士，善擲巨石。

6 **Camilla:** 羅馬詩人維吉爾（Virgil）寫的史詩《伊尼亞德》（Aeneid）裡的女英雄。她的行動敏捷如飛，所過處，麥穗不倒，水不沾履。

7 **Timotheus:** 英國詩人德萊頓（John Dryden, 1631-1700）所作的詩篇《亞歷山大的盛宴》（Alexander's Feast）中的樂師。他能用不同的音樂（varied lays）喚起聽眾不同的情感（bid alternate passions fall and rise）。

聲音與意義

寫作流暢並非得自偶然，而是來自技巧，
就如你學會了跳舞才能舞姿翩躚。
不可只因聽起來舒服就感到滿意，
文辭裡的讀音一定得像是它的意義的回聲。
當你寫到微風習習，詞語就該溫柔和順，　　　　　5
如若描繪潺潺流水，用詞自當格外順暢自然；
但當波濤洶湧，拍打著海岸發出了巨響，
只有那粗獷嘈雜的文辭才能反映它的狂暴；
當你寫到大力士艾傑克斯拋出了沉重的大石，
你的詩行也應顯得費勁，你的詞語緩慢而吃力；　　10
當那步如流星的卡蜜拉在平原上奔馳而過，
在挺直的麥桿上飛翔，在海面上掠過，那就不一樣。
聽聽樂師提摩修斯的歌聲多變得驚人，
就讓各種不同的激情也這樣此伏彼升。

——亞歷山大・波普（1688－1744）

〈天堂——港灣〉裡說話的人是誰？構成這首詩的是什麼隱喻？詩裡的 spring（第2行）一詞的含義為何？lilies（第4行）喻指什麼素質？標題中，Heaven-Haven 的聲音方面的重複產生了什麼效果？這首詩裡有無別的類似的例子？嘗試圖解這首詩的格律。為了要使它加強意義，詩人在抑揚格方面做了哪些調整？

Heaven-Haven
A nun takes the veil [8]

I have desired to go
    Where springs not fail,
To fields where flies no sharp and sided hail
    And a few lilies blow.

And I have asked to be   5
    Where no storms come,
Where the green swell is in the havens dumb,
    And out of the swing of the sea.

— *Gerard Manley Hopkins* (1844-1889)

天堂──港灣
一個修女宣誓受戒

我曾想去到
    泉水永不乾涸的地方，
去到尖銳和多菱的冰雹不侵的田野上，
    那兒有幾朵百合花開放。

我要求去到   5
    風暴不來侵擾的地方，

8　**take the veil** = become a nun.。the veil 在這裡解作 the vows of a nun。

去到綠色的波濤永遠靜寂的港灣裡面，

　　那兒海潮起落和它無干。

——傑若德・曼利・霍普金斯（1844－1889）

第十三章

詩體

　　說到底，藝術無非是個組織問題。藝術家追求的是秩序，是結構。按照《聖經》裡的傳說，上帝從混沌裡創造出宇宙來──把雜亂無章的東西組織起來，使之成為一個井然有序的花花世界──這就是最原始的藝術創造。從此以後，每一代的每一個藝術家都以上帝他老人家為楷模，莫不想把各自的亂七八糟的經驗，經過一番篩選、剪裁和重新安排，編製成為一個個情趣盎然的整體。由於這個緣故，我們在評價一首詩的時候，就好像語文教師評價一篇作文那樣，用的也是那麼一些標準：看它內容是否統一，首尾是否連貫，重點是否確當。一首好詩之所以結構完美，就因為它寫得恰到好處──內容既不太少，又不太多；它的每一個部分都被安置在最熨貼妥當、好得不能再好的地方；任何兩個詩節、兩個詩行、兩個詞語，甚至任何兩個音節，都各得其所，各安其位──若有人膽敢把它們對調一下的話，就會牽一髮而動全身，使整首詩都會因之而遜色。總之，如果我們讀的是一首真正的好詩，就會覺得它好得不能再好──甚至詩裡的每個詞語，無不讓詩人給挑選和安排得恰到好處，不能做絲毫改動。

　　詩人不但要使他的詩篇在題材、意象、思想、聲音等方面形成一個內在的秩序，而且他還得使它在外表上具備一個與之相稱的形式。這就是說，他的詩篇在內容方面固然應該合乎邏輯，而且它也應該有一個與之相應的形式。他之所以如此不辭辛勞地探索和尋求，乃由於他要滿足人類對圖形結構的那種出於本能的需求。這本能使原始人在自己的胴體上針刺紋身和著色繪畫，使他們的子孫以美麗而複雜的圖案來裝飾他們的長劍和圓盾，使現代人選用彩色花紋的領帶、衣服、地毯、窗簾和壁紙。詩人也未能免俗，他設法利用每一件作品的適當形式，來迎合我們喜愛漂亮事物的心理。

一、三類詩體

詩人一般可以按照下列三類詩體的要求來進行創作。它們是：連續型詩體（continuous form）、詩節型詩體（stanzaic form）和固定型詩體（fixed form）。

在按照連續型詩體的方式寫成的詩作裡，諸如〈尤里西斯〉（第六章）、〈我的前公爵夫人〉（第九章）等，在外形方面，全詩中的模式成分很少。詩句按照思想內容的需要而分段，就像散文的分成段落一樣。儘管如此，這類詩還可分為若干不同的詩體。〈尤里西斯〉在格律和詩行的長短方面都有規律可循：它是一首抑揚格五音步的無韻詩。〈我的前公爵夫人〉則除了固定的節奏和長短一致的詩行以外，還有符合一定規律的腳韻：抑揚格五音步的雙行押韻體。由此可見，這幾首詩的作者顯然都按照每首詩的內容所需，各自把它安置在合適的詩體模式裡。

詩節型的詩篇就有外表明顯、格式整齊的「節」或「段」可循：每一詩節裡的詩行數目相等，節奏模式相同，還往往有著一個全然一致的韻律。詩人在創作的時候可以根據詩篇的內容所需，從為數眾多的傳統詩節型詩體裡，選一種來供他使用，也可以根據自己的需要而創造出一種嶄新的詩節型詩體來。傳統的詩節模式——如「隔句押韻三行詩節」（terza rima）、「歌謠體四行詩節」（ballad meter）、「皇家七行詩節」（rime royal）、「斯賓塞九行詩節」（Spenserian stanza）——可謂種類繁多，不勝枚舉。專攻英美文學的研究者也許會想把其中某類型的詩節研究透徹，但一般學生就只需知道這些名目就夠了。可是話得說回來，由於這些傳統的詩節往往有淵源流長的典故和歷史，如果你對此耳熟能詳，在讀到用這類詩節寫成的詩篇時，就會浮想聯翩，增添不少樂趣。而對此一無所知的人，就無從領略了。

詩節型的詩裡也有規律化程度不同的數種結構模式。例如在理

查德・勒夫萊斯在（Richard Lovelace）〈出征前致露卡絲塔〉（"To Lucasta, Going to the Wars"）的詩裡除了一個節奏方面的模式以外，還有了個押腳韻的模式。而莎士比亞的〈冬之歌〉和〈春之歌〉（皆在第一章），除了合乎規律的格律和韻律外，又多了一個疊句。

　　我們可以從下列四個方面來觀察詩節：**行末押腳韻**（如果詩中的行末壓腳韻的話）的模式（即「韻律」）為何，**疊句**（一般沒有疊句）的位置在何處，貫穿全詩的**格律**為何，以及每一詩行裡有幾個音步。韻律的模式通常用字母 a, b, c 等依次表示押韻的詩行，用 x 表示不押韻的詩行。疊句裡的詩行的行末腳韻可以用大寫字母 A, B, C 等來標誌；音步的數目則以置於字母後面的阿拉伯數字作標誌。譬如，伯朗寧的〈夜裡相會〉（第四章）裡的詩節的標誌形式為：「抑揚格四音步 abccba」（或者標誌作「抑揚格 abccba 4」）。莎士比亞的〈春之歌〉（第一章）的詩節可以標誌為「抑揚格 ababcc4xlDD4」。

　　固定型詩體是用在整個一首詩裡的一種傳統的詩體。在法語裡，傳統的固定型詩體種類繁多。雖然有些詩人曾做過嘗試，按照法語傳統的固定型詩體的模式，用英語來進行創作。可是他們的努力大多只停留於有趣的嘗試而已。其中只有兩種詩體在英語詩壇上扎下了牢固的根，並且開出了美麗的花。它們就是打油詩（the limerick）和十四行詩（the sonnet，有人譯作「商籟體」）。

二、打油詩

　　打油詩儘管在詩壇上的地位不高，但它卻已得到公眾和專家的承認。它在1820年左右開始出現在美國的雜誌上，二十多年後，英國幽默大師、畫家愛德華・李爾（Edward Lear, 1812-1888）創作了大量幽默、詼諧的五行打油詩，深受英、美兩國讀者的喜愛，所以

無形中推廣了這種詩體。直到現在，我們可以在英語的幽默刊物，甚至在推銷廣告上都會經常讀到這類詩作。由於它在固定型詩體中具有代表性，所以我們不妨拿它作為例子，來說明它們所共有的特徵。打油詩的標誌形式為「抑抑揚格 aa3bb2a3」。例如：

<pre>
    v   — /v   v   —/ v v   —/ v
There was a young la-dy of Ni-ger
    v   — / v   v — /v   v —/ v
Who smiled as she rode on a ti-ger;
       v   v —   / v   v — /
    They re-turned from the ride
      v   v –/ v v   — /
    With the la-dy in-side,
v   v   — /v   v — /v   v –/ v
And the smile on the face of the ti-ger.
</pre>

— Anonymous

如果譯成中文，它的大意為：

從前有個黑人少婦，
面含笑容騎著老虎；
　他倆逛罷回來，
　少婦進了老虎的大肚，
她的笑容卻在老虎的臉上展露。

——佚名

　　打油詩純然被用來表達幽默或者胡鬧。由於它詩行短，腳韻重，吟誦起來節奏明快，易於上口，所以它的形式和內容非常相配。你若不信，不妨試用別的詩體來寫某些打油詩裡表達的笑話和胡扯的內容，或者把它們寫成散文，你就會發現效果大不相同：令人發噱的情趣丟失無遺，甚至讀來興味索然。由此可見，形式和內容之間儘管並無絕對的連繫，也沒有任何神祕的或者魔術般的關係，但是這兩者之間多少有著一個相互之間能否適應的問題。以打油詩為例，它顯然不宜用來寫嚴肅的題材。

　　下面列舉幾首打油詩供讀者參考，所附譯文雖然試圖盡量遵守原詩體的模式，但是兩種截然不同的語言畢竟無法對應地移譯。生搬硬套的結果不免顧此失彼，弄得不倫不類。所以寫來只望博讀者一笑而已——其實，本書裡的其他譯文又何嘗不是如此？

A Handful of Limericks

I sat next the Duchess at tea.　　　喝茶時我坐在公爵夫人旁邊，
It was just as I feared it would be:　　我一直害怕的就是這一點；
　　Her rumblings abdominal　　　　　她的肚子裡隆隆響，
　　Were simply abominable,　　　　　　響得大夥全都發慌，
And everyone thought it was me.　　每個人都以為那是我在作怪。
　　　　　　*

There was a young lady of Lynn　　林城來了一個年輕的姑娘，
Who was so uncommonly thin　　　她的身子骨瘦得實在少見。
　　That when she essayed　　　　　當她口渴想要
　　To drink lemonade　　　　　　　喝一杯檸檬汁，
She slipped through the straw and fell in.　她從吸管掉進了瓶兒裡。
　　　　　　*

A tutor who tooted the flute

有個師傅嘟嘟、嘟嘟會吹笛，

Tried to tutor two tooters to toot.

想教兩個號角手學會去嘟嘟，

    Said the two to the tutor,

    那兩個問師傅，

      "Is it harder to toot or

    倒底什麼更難做，

To tutor two tooters to toot?"

吹笛還是教兩個號角手吹笛？

    *

There was a young maid who said, "Why

有個年輕的丫頭問了個傻問題，

Can't I look in my ear with my eye?

「為什麼我沒法用眼睛看耳朵？

    If I put my mind to it,

    只要我用心去做，

    I'm sure I can do it.

    相信一定能辦到。

You never can tell till you try."

不試試，你能做什麼就沒法說。」

    *

There was a young woman named Bright,

有個年輕的女人她名字叫亮亮，

Whose speed was much faster than light.

她跑起路了要比光線還快得多。

    She set out one day

    一天出發上了路，

    In a relative way

    在相對的情況下，

And returned on the previous night.

就在那天的前一天回到了家。

    *

There was an old man of Peru

有個祕魯老頭兒為人挺古怪，

Who dreamt he was eating his shoe.

他做夢見到他在吃自己的鞋。

    He awoke in the night

    他在夜裡醒過來，

    In a terrible fright,

    可真嚇了一大跳，

And found it was perfectly true!

發現他一點不錯真在那兒吃。

    *

A decrepit old gas man named Peter

煤氣工人彼得實在太衰老，

While hunting around for the meter,

當他跑來跑去到處尋找煤氣錶，

    Touched a leak with his light.

    明火點著了漏出的氣。

He arose out of sight	一下就把他沖上了天。
And, as anyone can see by reading this, he	而且，誰讀了這個都會想得到，
also destroyed the meter.	他把煤氣錶也毀掉了。
— *Anonymous*	——佚名

三、十四行詩

　　十四行詩體比打油詩體遠為重要得多。它的形式雖然不像打油詩那麼固定，但是它必須由十四個詩行組成，每行一般有抑揚格的五個音步。在結構和韻律的模式方面，它卻有一些靈活性。可是，只要是一首十四行詩，它多半屬於兩個類型之一：義大利十四行詩（the Italian sonnet）和英國十四行詩（the English sonnet）。

　　義大利十四行詩也叫作「佩脫拉克十四行詩」（the Petrarchan sonnet），因為十四世紀的義大利詩人佩脫拉克首創了這一詩體。它一般分為兩段：前段八個詩行，稱為「八行段」（the octave），其韻律模式為 abbaabba，後段六行，稱為「六行段」（the sestet），可有兩個或者三個腳韻，最常用的模式為 cdcdcd 或 cdecde。義大利模式裡的前八行與後六行的劃分，有著不同的韻律標誌，有時前後兩段之間空出一行。在詩篇的思想內容方面，它也構成一個分界的標誌。前八行描述一個情節，後六行則提出一個評論；或者前八行裡提出一個概念，後六行則舉出一個例證；或者前八行裡提出一個問題，後六行裡就予以回答。

　　試看下面這個例子。

On First Looking into Chapman's Homer[1]

Much have I travell'd in the realms of gold,[2]
And many goodly states and kingdoms[3] seen;
Round many western islands have I been
Which bards in fealty to Apollo hold.[4]
Oft of one wide expanse[5] had I been told   5
That deep-brow'd Homer ruled as his demesne;[6]
Yet did I never breathe its pure serene[7]
Till I heard Chapman speak out loud and bold:
Then felt I like some watcher of the skies

---

[1] 這首詩的主題是發現了新天地的狂喜之情。濟慈不懂希臘文。1816年夏天的某日，他的朋友克拉克（Charles Cowden Clark）借到了英國詩人查浦曼（George Chapman, 1559-1634）譯的荷馬史詩，請濟慈和他共享，兩人一起讀了一整夜。濟慈感到驚喜萬分，天亮回去立刻寫了這首詩。他在詩中以兩個意象具體而生動地表達出詩人的感受：一是天文學家發現了新的行星，二是探險家發現了新的大洋。詩人以此來描繪他在接觸了荷馬史詩以後，感到他自己的寫作境界變得無限開闊而欣喜萬分。據英國詩人波普（Alexander Pope, 1688-1744）說，查浦曼的譯文充滿了「大膽而火熱的精神」。

[2] **Much have I travell'd in realms of gold:** 詩人把自己比作一個探險家、探索者，他探索的領域則是偉大的文學作品。realms of gold 指偉大的文學作品價值貴重猶如黃金，燦爛也如黃金。

[3] **goodly states and kingdoms:** goodly = beautiful.；這裡的 states 和 kingdoms 和上一行的 realms 一樣，都是指偉大的文學作品。

[4] **Round many western islands have I been / Which bards in fealty to Apollo hold**：這裡的 I have round many western islands 指的是詩人自己曾涉獵過許多希臘文學作品，因為古希臘由許多島嶼組成，而這些島上的詩人（bards）臣服（in fealty to）於希臘詩神阿波羅（Apollo），到這些島上漫遊也就是在涉獵希臘文學作品。

[5] **wide expanse:** 廣大的領域。

[6] **deep-brow'd Homer ruled as his demesne:** 深目濃眉的荷馬視為他的領地而統治著。即指荷馬的史詩。

[7] **pure serene:** 指荷馬的風格既清且純。

When a new planet swims into his ken;[8]   10
Or like stout Cortez[9] when with eagle eyes[10]
He stared at the Pacific — and all his men
Look'd at each other with a wild surmise[11] —
Silent, upon a peak in Darien.[12]

— John Keats (1795-1821)

初讀查浦曼譯荷馬史詩有感

我曾在許多金色的國度裡遨遊，
看見過不少美妙的城市和國度；
我到過西方的島嶼一座又一座，
詩人都已把它們獻給了阿波羅。
但我常聽說起一個廣闊的領域，   5
那是眉宇高聳的荷馬統治的天地；
但我從未領略過那裡的純淨和安詳，
直到我聽到了賈浦曼傳來的信息

8　**swims into his ken:** 進入他的視野。

9　**Cortez:** 考台茲（Hernando Cortez, 1485-1547），西班牙探險家，墨西哥的征服者。其
　　實第一個發現太平洋的歐洲人不是考台茲，而是他的同胞巴爾波阿（Vasco Nunez de
　　Balboa, 1475-1517）。有人說這是濟慈的失誤，也有人認為這是詩人故意如此，因為他
　　曾見過考台茲的畫像，對他敏銳如隼、灼灼逼人的眼神印象甚深。而且他覺得考台茲
　　這個姓氏要比巴爾波阿更能入詩，所以存心張冠李戴，做了更動。

10　**eagle eyes:** 在濟慈的第一稿裡，詩人用的是 "wond'ring eyes"。濟慈的朋友李‧杭特
　　（Leigh Hunt, 1784-1859）在他的回憶錄中說，濟慈曾見過義大利名畫家提香（Titian,
　　c. 1490-1576）畫的考台茲的像，而「鷳眼」這一形象是詩人在那幅畫裡見到的。

11　**with a wild surmise:** 做各種荒唐的猜想。

12　**Darien:** 達利安是中美洲的一個海灣，位於巴拿馬和哥倫比亞之間的加勒比海。

洪亮而高亢，於是我像在天際

發現了一顆嶄新的星球進入眼簾；　　　　　　　　10

或者像考台茲以銳若鷹鶻的眼睛

凝望著太平洋，而他的夥伴們

一個個全都驚慌失措，相顧失色，

在達利安的一座峰巔上啞口無言。

——約翰·濟慈（1795－1821）

　　英國十四行詩（the English sonnet）或者莎士比亞十四行詩（the Shakespearean）是英國詩人瑟瑞（Henry Howard Surrey, 1517-1547）所創，但它由於莎士比亞按此詩體寫的十四行詩而流傳於世，因而得名。它由三個四行段（the quartrain）和一個結尾的押韻雙行段（the couplet）構成。它的韻律模式為 abab cdcd efef gg，即全詩十四行可分為四組：前四行、中四行、後四行和最後兩行。每首詩一般只有一個比較簡單的主題，但是分組使它能有一點變化。以下面這首詩而論，前四行相當於「起」，中四行是「承」，都是講歲月無常，青春難再；後四行可以看作「轉」，因為全詩到了這裡忽然發生變化——作者宣告：雖然別人美貌難以永存，但是他所愛的朋友將會靠他的詩篇而永保青春；最後兩行是音韻鏗鏘的總結，就是「合」。當然並非每首莎士比亞的十四行詩都有如此明顯的起、承、轉、合，但是詩人能在這一詩體的範圍裡寫出曲折多變的作品來，這是一個不容懷疑的事實。各個單元的內容，以及整首詩裡的思想的進展，兩者之間必然有關聯。譬如說，詩人可以在前面的三個四行段裡分別提三個事例，而在最末的那個押韻雙行段裡做結論。

Shall I Compare Thee to a Summer's Day?

Shall I compare thee[13] to a summer's day?

Thou art more lovely and more temperate:

Rough winds to shake the darling buds of May,

And summer's lease[14] hath all too short a date;[15]

Sometimes too hot the eye of heaven[16] shines,　　　　5

And often is his gold complexion dimm'd;

And every fair from fair sometimes declines,[17]

By chance, or nature's changing course untrimm'd;[18]

But thy eternal summer shall not fade.

Nor lose possession of that fair thou ow'st,[19]　　　　10

Nor shall Death brag thou wand'rest in his shade,

When in eternal lines to time thou grow'st:[20]

13　**thee:** 在十七世紀的英語裡，代名詞 thou（見第2行）和它的變格形式（thee, thine）用於第二人稱單數，熟人好友相見，一般以此相稱。you（或 ye）及其變格形式（you, your, yours）則用於第二人稱複數，同時又是第二人稱單數的尊稱形式。和 thou 相應的第二人稱單數動詞的形式為動詞的後面變化為 -est、-st 或 -t；例如第2行裡的 art = are，第10行裡的 ow'st = owe，第 11 行裡的 wander'st = wander，第12行裡的 grow'st = grow。

14　**lease:** 租用期。

15　**date:** 時間的長度。現在此一詞語解作具體的年、月、日——即日期。

16　**the eye of heaven:** 指太陽。

17　**every fair from fair sometimes declines:** 這裡的兩個 fair 都是名詞，但它們的意義各不相同，前者指具體的美人，後者指美貌（第10行裡的 fair 也指美貌）。

18　**untrimm'd:** 即 untrimmed，詩人為了要省去一個音節，所以用「'」代替e，意謂奪走了美貌。trim 原意為 dress，因此 untrimmed 作「奪走了華美的外衣」解。此一詩行為倒裝句，應解為 untrimmed by chance or nature's changing course.。

19　**that fair thou ow'st:** ow'st = owest（參閱注1）。在當時，owe 和 own是同一個詞語，解作「享有」，和現在的「欠（債）」之意大不相同。

20　**to time thou grow'st:**（grow'st = growest）與時間合一，和時間同壽，也就是不朽的意思。

So long as men can breathe, or eyes can see,
So long lives this, and this gives life to thee.

— William Shakespeare (1564-1616)

或許我可用夏日將你作比方

或許我可用夏日將你作比方，
但你比夏日更可愛也更溫良。
夏風狂作常會摧落五月的嬌蕊，
夏季的期限也未免還不太長。
有時候天眼如炬人間酷熱難當，　　　　　　　　5
但轉瞬又金面如晦常惹雲遮霧障。
每一種美都終究會凋殘零落，
或見棄於機緣，或受挫於天道無常。
然而你永恆的夏季卻不會終止，
你優美的形象也永遠不會消亡，　　　　　　　10
死神難誇口說你在他的羅網中遊蕩，
只因你借我的詩行便可長壽無疆。
　　只要人口能呼吸，人眼看的清，
　　我這詩就長存，使你萬世留芳。

——威廉·莎士比亞（1564－1616）

（辜正坤譯）

　　再讓我們看看詩人的另外一首著名的十四行詩。詩人在詩裡把說話者的年齡比作一年中的秋季。在前面三個詩節裡，詩人用一系列意象，越來越迫切地描繪出一個中年人痛感來日無多的心情。直

到最後兩行，詩人把全詩的主題明確地提出來：一個年歲日增的人寄望於對方的憐憫，期望她對即將失去的東西會加倍地愛惜。

That Time of Year Thou Mayst in Me Behold

That time of year thou mayst in me behold
When yellow leaves, or none, or few, do hang
Upon those boughs which shake against the cold,
Bare ruined choirs where late the sweet birds sang.
In me thou see'st the twilight of such day   5
As after sunset fadeth in the west;
Which by and by black night doth take away,
Death's second self, that seals up all in rest.
In me thou see'st the glowing of such fire,
That on the ashes of his youth doth lie,   10
As the deathbed whereon it must expire,
Consumed with that which it was nourished by.
    This thou perceiv'st, which makes thy love more strong,
    To love that well which thou must leave ere long.

— William Shakespeare (1564-1616)

晚秋的季節

你在我身上會看見晚秋的季節，
那時候只有幾片黃葉兒凋殘，
在枝頭搖曳著飽嘗寒風的催逼，

雖然它曾是百鳥爭鳴的歌壇。

你在我身上會看見一天的薄暮，　　　　　　　　　5

它在日落後逐漸消逝在西方。

死亡的化身，黑夜，把一切消除，

也定將冥冥的薄暮徹底埋葬。

你在我身上會看見將滅的火發紅，

在青春的餘燼上它一息奄奄，　　　　　　　　　10

就像在病榻上它一定將會命終，

焚化它的正是滋養它的火焰。

　　你看見了這些，對我的愛就會加劇，

　　即將永別的東西，你定會倍加愛惜。

　　　　　　　　　　　　──莎士比亞（1565－1616）

　　　　　　　　　　　　（殷寶書譯　朱乃長校）

　　你也許會感到奇怪，詩人為什麼心甘情願地把他自己禁錮在這個毫無道理的十四行詩體的桎梏裡，忍受格律和韻律的束縛？這豈不可笑？當然，他之所以這麼做，主要原因固然是為了繼承傳統。其實，我們每個人都在有意無意地繼承著某些傳統──不為別的，只是為了繼承而繼承──因此人類的文化才得以一代一代地傳下去，後繼有人，不致中斷。但是另外還有一個原因：十四行詩似乎在處理某些題材和情思方面特別有效。它的領域不像打油詩那麼狹窄，它能夠處理關於愛情方面的題材，而且它也可以處理與死亡、政治、宗教等有關的嚴肅問題。不過，形式和內容，或者和處理方式畢竟沒有絕對的和神祕的關聯──不少寫得非常出色的十四行詩裡寫的內容都和剛才提到的題材無關。十四行詩還有另外一個用途：由於它格律嚴謹，題材的範圍較小，所以它很難寫，是典型的文人詩。對於詩人來說，它是一種挑戰和考驗。蹩腳的詩人當然過

不了關，他情急之下，不得不用一些不必要的詞語來填補詩行裡的
音步之不足，或者為了硬湊韻律而用上一些並不妥貼的詞語。可是
才華俊秀的詩人卻對此一挑戰歡迎之不暇，它會使他想到在其他情
況下不易想到的概念和意象，所以他在寫十四行詩的時候，游刃有
餘，得心應手，而讀者在閱讀他的詩篇時，也會感到如沐春風。可
見任何一種詩體都會予人它所特有的樂趣。現在讓我們看看詩人羅
塞提對十四行詩的看法。

The Sonnet

A Sonnet is a moment's monument—
Memorial from the Soul's eternity
To one dead deathless hour. Look that it be,
Whether for lustral[21] rite or dire portent,
Of its own arduous fullness reverent;   5
Carve it in ivory or in ebony,
As Day or Night may rule; and let Time see
Its flowering crest impearled and orient.

A sonnet is a coin: its face reveals
The soul—its converse, to what Power 'tis due—   10
Whether for tribute to the august appeals
Of Life, or dower in Love's high retinue,

---

21 **lustral** = purification.

It serve; or, 'mid the dark wharf's cavernous breath,
In Charon's[22] palm it pay the toll to Death.

— Dante Gabriel Rossetti (1828-1882)

十四行詩

十四行詩是一座片時的豐碑——
營造自心靈的永恆,來紀念
已經逝去了的永不磨滅的一刻。
無論為了純化思想還是宣示不祥之兆,
它都顯得對辛勤而得的充滿崇敬;   5
不管用的是象牙還是烏木,
要看當時是白天還是夜晚;讓時間看見
它頂端有個指點方向的鑽石花冠。

十四行詩是枚硬幣:它的正面顯示出
它的精髓——它的反面標誌它屬於哪個方面——   10
它所頌揚的是生活裡莊嚴的那些方面,
還是成為愛情的高級扈從的妝奩,
或者,就在幽暗的碼頭深沉的氣息裡
用來付給凱隆擺渡到陰間去的渡資。

——但丁 · 蓋布瑞爾 · 羅塞提(1828－1882)

---

[22] **Charon** = the ferryman who, for a fee, rowed the souls of the dead across the river Styx. 古希臘人在給死者殯葬時,總在他的眼睛上面或者嘴巴裡放幾個硬幣,好讓他有錢去打發冥河上的這位渡船夫凱隆。

　　下面這十四行詩摘自莎士比亞的悲劇《羅密歐與茱麗葉》中的
第一幕第五場。羅密歐和茱麗葉首次相會於茱麗葉的父親在自己家
裡開的化裝舞會上，羅密歐打扮成一個前去參拜聖地的朝聖信徒，
他為茱麗葉的美貌所動，所以雖然他明知她也許是仇家的眷屬，仍
然不由得找個藉口走上前去和她攀談。

From *Romeo and Juliet*

ROMEO.	If I profane with my unworthiest hand
	This holy shrine,[23] the gentle sin is this,
	My lips, two blushing pilgrims, ready stand
	To smooth that rough touch with a tender kiss.
JULIET.	Good pilgrim, you do wrong your hand too much,　5
	Which mannerly[24] devotion shows in this;
	For saints have hands that pilgrims' hands do touch,
	And palm to palm is holy palmers'[25] kiss.
ROMEO.	Have not saints lips, and holy palmers too?
JULIET.	Aye, pilgrim, lips that they must use in prayer.

　　　　　　　　　　　　　　　　　　　　　　　　　　10

ROMEO.	Oh! then, dear saint, let lips do what hands do.
	They pray, grant thou, lest faith turn to despair.
JULIET.	Saints do not move,[26] though grant for prayer's sake.
ROMEO.	Then move not, while my prayers' effect I take.

　　　　　　　　　　　　　　　　　　— William Shakespeare (1564-1616)

---

[23] **This holy shrine:** 這裡指茱麗葉的手。

[24] **mannerly** = well-bred.

[25] **palmer's** = pilgrim's. （古時帶著棕櫚葉做的十字架，從聖地回來的）朝聖者

[26] **move** = propose; instigate.

下面是兩種試用中文表達的這首詩的大意。

引自《羅密歐與茱麗葉》

（一）

羅密歐　　要是我這俗手上的塵污
　　　　　褻瀆了你的神聖的廟宇，
　　　　　這兩片嘴唇，害羞的信徒，
　　　　　願意用一吻乞求你宥恕。

茱麗葉　　信徒，莫把你的手兒侮辱，　　　　　　　　5
　　　　　這樣才是最虔誠的禮敬；
　　　　　神明的手本許信徒接觸，
　　　　　掌心的密合遠勝如親吻。

羅密歐　　生下了嘴唇有什麼用處？

茱麗葉　　信徒的嘴唇要禱告神明。　　　　　　　　10

羅密歐　　那麼我要祈求你的允許，
　　　　　讓手的工作交給了嘴唇。

茱麗葉　　你的禱告已蒙神明允准。

羅密歐　　神明，請容我把殊恩受領。

——威廉·莎士比亞（1564－1616）

（朱生豪譯）

（二）

羅密歐　　如果我用我最卑賤的手褻瀆了你這聖潔的神座，
　　　　　請讓我這樣做來減輕我的罪過：
　　　　　我的雙唇，一對臉紅的朝聖者，準備用
　　　　　溫柔的一吻來消除我的粗魯接觸所留下的痕跡。

茱麗葉	善良的朝聖者，你錯怪你的手了。	5
	它那樣做正是表示禮貌的虔敬呢。	
	神靈之手是讓朝聖者接觸的；	
	掌合掌就是朝聖者的接吻。	
羅密歐	難道神靈沒有嘴唇嗎？連朝聖者也沒有嘴唇嗎？	
茱麗葉	有是有的，朝聖者。但嘴唇必須用於做禱告。	10
羅密歐	啊，敬愛的神靈，且讓嘴唇代替雙手吧。	
	它們祈求你賜予一吻，否則我的信仰就會變成失望。	
茱麗葉	神靈縱使允許你的請求，但他不會主動賜賞你的。	
羅密歐	那麼當我的祈禱生效時，你就呆著不要動吧。	

——威廉·莎士比亞（1564－1616）